Reino de fieras

Gin Phillips

Reino de fieras

Traducción de
Isabel Murillo

Papel certificado por el Forest Stewardship Council®

Título original: *Fierce Kingdom*
Primera edición: enero de 2018

Printed in Spain – Impreso en España

ISBN: 978-84-9129-158-9
Depósito legal: B-22.965-2017

Compuesto en Arca Edinet, S. L.
Impreso en Rodesa, Villatuerta (Navarra)

SL91589

Penguin
Random House
Grupo Editorial

Para Eli, que tiene un montón
de mundos en su interior

«Solo quiero saber si un sonido es capaz de engendrar un niño. O si una mujer se convierte en madre cuando cree oír que un bebé la está llamando con su llanto».

Elizabeth Hughey
Questions for Emily

16:55

Durante un buen rato, Joan ha conseguido mantener el equilibrio sobre los talones de sus pies descalzos, acuclillada, la falda rozando el suelo. Pero los muslos empiezan a claudicar y finalmente apoya una mano en la arena y se deja caer.

Se le clava algo en la cadera. Palpa el suelo y descubre una pequeña lanza de plástico que no debe de medir más de un dedo, pero no se sorprende. Está acostumbrada a encontrar armas diminutas en los lugares más inesperados.

—¿Has perdido una lanza? —pregunta—. ¿O es un cetro?

Lincoln no responde, aunque coge la pieza de plástico que ella sostiene sobre la palma de la mano. Al parecer, estaba esperando que el regazo estuviera disponible: se incorpora, se instala confortablemente sobre las piernas, sin un solo grano de arena encima. Se nota que es escrupuloso; no le gusta siquiera pintar con los dedos.

—¿Quieres una nariz, mamá? —pregunta.

—Ya tengo una —responde ella.

—¿Pero te gustaría tener otra más?

—¿Y a quién no?

Sus rizos oscuros necesitan de nuevo un buen corte y Lincoln se los retira de la frente. Las hojas descienden flotando a su alrededor. El tejado de madera, apuntalado sobre troncos redondos e irregulares, los protege por completo, pero, más allá, la gravilla luce un estampado de luz y sombras que el viento que sopla entre los árboles hace oscilar.

—¿Y de dónde piensas sacar esas narices de más? —pregunta ella.

—De la tienda de narices.

Ella se ríe y apoya las manos en el suelo, sucumbe a la sensación de la arena que se pega a ellas. Sacude los granos que han quedado adheridos bajo las uñas. La Cantera de los Dinosaurios siempre está húmeda y fría, no la toca nunca el sol, pero, a pesar de que la arena se le pega en la falda y las hojas en el jersey, es tal vez la parte que más le gusta del zoo: queda apartada de los caminos principales, lejos de la noria, del zoo infantil y de los gallineros; está detrás de una zona de espesa vegetación marcada con un cartel que reza tan solo «Bosque». Aquí hay poca cosa más que árboles, rocas y algunos animales dispuestos a lo largo de los estrechos senderos de gravilla.

Hay un buitre que, por alguna razón, comparte jaula con una furgoneta oxidada. Una lechuza que mira airada un juguete de plástico que le han colgado enfrente. Pavos reales que siempre están sentados, inmóviles, y la verdad es que no está segura de que tengan patas. Se imagina la broma cruel de algún cazador, un collar empapado en sudor decorado con patas de pavo.

Le gusta la rareza caótica de aquel bosque, un tibio intento de parecer una atracción de verdad. Entre los árboles emerge una tirolina colgada, aunque nunca ha visto a nadie lanzándose por ella. Recuerda que hace un par de años había figuras de dinosaurios con movimiento y que en su día hubo también un «sendero encantado». Hay indicios de vidas más remotas: rocas enormes que supone que son reales pero que seguramente no lo sean, además de vallas construidas con troncos de madera y la cabaña de un colono. Nada tiene una razón de ser evidente. Hay estanques vacíos con fondo de cemento que debieron de ser abrevaderos para mamíferos de gran tamaño. De vez en cuando se observa algún que otro esfuerzo de convertir el entorno en un sendero natural, carteles colocados al azar que hacen que el paseo resulte más aventurado que seguro; un árbol identificado mediante un rótulo como «SASAFRÁS» rodeado por otros veinte sin nombre.

—Oye —empieza a decir Lincoln, que posa la mano en la rodilla de Joan—. ¿Sabes lo que le iría muy bien a Odín?

Lo sabe, la verdad es que últimamente sabe mucho sobre dioses nórdicos.

—¿Una tienda de ojos? —sugiere.

—Pues sí. Porque así ya no tendría que llevar ese parche.

—Aunque también puede ser que le guste llevar ese parche.

—Puede —reconoce Lincoln.

La arena está repleta de héroes y villanos de plástico: Thor y Loki, Capitán América, Linterna Verde y Iron Man. Últimamente han vuelto los superhéroes. Enterrados en el arenero hay esqueletos de mentira, las vértebras de algún animal extinto emergen en la arena detrás de ellos, y en un rincón hay un cubo con pinceles viejos para limpiarlos. En la anterior vida de Lincoln, cuando tenía tres años, solían venir aquí a desenterrar huesos de dinosaurio. Pero ahora, dos meses después de su cuarto cumpleaños, lleva varias reencarnaciones desde su pasado como arqueólogo.

La Cantera de los Dinosaurios es ahora la Isla del Silencio, el lugar donde está encarcelado Loki, el embustero hermano de Thor, y —siempre y cuando no surjan preguntas sobre narices de más— el ambiente vibra con los sonidos de una batalla épica durante la cual Thor intenta que Loki confiese que ha creado un demonio de fuego.

Lincoln se inclina hacia delante y el relato continúa.

—El malvado villano se rio a carcajadas —explica Lincoln—. ¡Pero entonces Thor tuvo una idea!

Las llama «sus historias» y pueden prolongarse durante horas si ella le deja. Prefiere aquellas en las que

Lincoln se inventa los personajes. Ha creado un villano llamado Hombre Caballo, que transforma a las personas en caballos. Su archienemigo es Caballo Von, que vuelve a transformar los caballos en personas. Un círculo vicioso.

Joan es consciente de los cambios de tono y las inflexiones de la voz de Lincoln cuando representa los distintos personajes. Pero se abandona placenteramente a sus pensamientos. Por las mañanas los caminos están llenos de paseantes y de madres con mallas, pero a última hora de la tarde se despejan de visitas. Lincoln y ella se acercan de vez en cuando por aquí a la salida del colegio —alternan entre el zoo, la biblioteca, los parques y el museo de ciencias— y lo guía hacia el bosque siempre que puede. No hay sonidos humanos, solo se escuchan los grillos, o algo que suena como los grillos, y el canto y el aleteo de los pájaros.

Y ahí sigue Lincoln, enfrascado en su diálogo; ha asimilado la forma de hablar del superhéroe y es capaz de regurgitarla y hacerla suya.

«¡Llevaba un arma secreta en el cinturón!».

«¡Su plan diabólico había fracasado!».

Vibra de emoción. Está todo él temblando, desde los talones hasta las manos regordetas cerradas en puños. Thor sube y baja por los aires y Lincoln brinca. Joan se pregunta si es porque le gusta la idea del triunfo del bien sobre el mal o si simplemente es consecuencia de la excitación de la batalla, y se plantea cuándo tendría que empezar a dejarle claro que existe un punto intermedio entre el bien y el mal donde se instala la mayoría de la gente, pero lo ve tan feliz que no le apetece complicar las cosas.

—¿Sabes lo que pasa entonces, mamá? —pregunta Lincoln—. ¿Después de que Thor le dé un puñetazo?

—¿Qué pasa?

Ha perfeccionado el arte de escuchar con la mitad de su persona mientras la otra mitad sigue elucubrando.

—Pues que Loki estaba controlando mentalmente a Thor. ¡Y el puñetazo le hace perder sus poderes!

—Vaya —dice ella—. ¿Y luego qué?

—¡Thor salva el pellejo!

Sigue hablando —«¡Ha llegado un nuevo villano, chicos!»— y ella encoge y estira los dedos de los pies. Piensa.

Piensa que aún tiene que solucionar lo del regalo de boda de su amigo Murray; está ese artista que hace cuadros de perros y le parece una buena idea, así que le enviará un e-mail para pasarle el pedido, aunque imagina que, para un artista, «pedido» debe de ser un término similar a un insulto. Recuerda que tendría que haber llamado a su tía abuela por la mañana y piensa que quizá tal vez... —está solucionando un problema tras otro, vive una explosión de eficiencia mental a la par que Loki queda enterrado en la arena—, quizá tal vez lo que hará será enviarle por correo a su tía abuela esa bolsa de papel tan graciosa en forma de monito que Lincoln ha hecho en el colegio. Está segura de que un trabajo manual es mejor que una llamada, aunque la decisión oculta cierto egoísmo, puesto que ella odia hablar por teléfono y, sí, es una forma de escaquearse —lo sabe—, pero se decanta igualmente por el mono. Piensa en el pastel de calabacín que prepara su tía abuela. Piensa en la bolsa de platanitos abierta que sigue en el armario de la cocina. Piensa en Bruce Boxleitner. En el primer curso del instituto había estado obsesionada con él cuando protagonizaba *El espantapájaros y la señora King* y, ahora que ha descubierto que la serie está disponible en internet, está volviéndola a ver, episodio tras episodio —se conserva bien para ser una serie de los ochenta, con sus espías de la Guerra Fría y sus peinados imposibles—, pero no consigue recordar si Lee y Amanda se besaban al final de la segunda temporada o de la tercera y le quedan todavía seis episodios que ver de la segunda, aunque siempre podría pasar directamente a la tercera.

Se oye el golpeteo de un pájaro carpintero y regresa al aquí y ahora. Se fija en que la verruga que tiene Lincoln en la mano es cada vez más grande. Parece una anémona. Las sombras siguen trazando bellos dibujos sobre la gravilla y Lincoln suelta su risa de villano, y se le ocurre que tardes como esta, los dos inmersos en el bosque, el peso de su hijo sobre las rodillas, tienen algo de eufórico.

Thor se estampa de nuevo contra su pie, la cabeza de plástico aterriza sobre el dedo gordo.

—¿Mamá?

—Dime.

—¿Por qué Thor no lleva casco en la película?

—Porque imagino que con casco no se le vería tan bien.

—¿Y le da igual no protegerse la cabeza?

—Supongo que a veces lo lleva y otras no. Dependiendo del humor que tenga ese día.

—Pues yo pienso que tendría que ir siempre con la cabeza protegida —dice Lincoln—. Luchar sin casco es peligroso. ¿Y por qué crees que el Capitán América solo lleva esta especie de capucha? No es una buena protección, ¿verdad?

Paul se aburre charlando de superhéroes —su marido prefiere hablar de equipos de fútbol americano y de alineaciones de la NBA—, pero a Joan no le importa. En su tiempo, también ella estuvo obsesionada con Wonder Woman. Con Súper Amigos. Con el Increíble Hulk. «¿Quién ganaría en una lucha? —le preguntó en una ocasión a su tío—. ¿Superman o el Increíble Hulk?». A lo que él le respondió: «Si fuera perdiendo, Superman siempre podría salir volando». Y ella pensó que era una respuesta deslumbrantemente brillante.

—El Capitán América tiene su escudo —le responde a Lincoln—. Se protege con él.

—¿Y si no consigue protegerse la cabeza con el escudo a tiempo?

—Es muy rápido.

—Ya, pero aun así… —replica él, poco convencido.

—¿Sabes? Tienes razón —dice ella, porque la tiene—. Creo que debería llevar casco.

La pared posterior de la Cantera está construida con una piedra artificial grumosa de color beis y por detrás corretea algún animalito. Confía en que no sea una rata. Se imagina una ardilla, pero se obliga a no volver la cabeza.

Abre el bolso para echar una ojeada al teléfono.

—En cinco minutos tendríamos que ir yendo hacia la salida —anuncia.

Como suele hacer cuando ella le dice que es hora de dejar de jugar, Lincoln sigue actuando como si no le hubieran dicho nada.

—¿Verdad que el Doctor Doom siempre lleva máscara? —pregunta.

—¿Me has oído? —pregunta ella.

—Sí.

—¿Qué he dicho?

—Que estamos a punto de irnos.

—Muy bien —dice ella—. Pues sí, el Doctor Doom siempre lleva máscara. Por las cicatrices.

—¿Cicatrices?

—Sí, las cicatrices que se hizo en el laboratorio de experimentos.

—¿Y por qué tiene que llevar máscara por unas cicatrices?

—Porque quiere taparlas —le explica ella—. Porque piensa que son feas.

—¿Y por qué piensa que son feas?

Joan se queda mirando una hoja anaranjada que acaba de aterrizar en el suelo.

—Le hacen ser distinto —continúa diciendo—. Hay gente que no quiere ser distinta.

—Pues a mí las cicatrices no me parecen feas.

Mientras Lincoln habla, un sonido fuerte y seco atraviesa el bosque. Dos chasquidos, después varios más. «Pop», como un globo cuando explota. O como fuegos artificiales. Joan intenta imaginarse quién en un zoo podría estar haciendo un ruido que parece pequeñas explosiones. ¿Será algo relacionado con los festejos de Halloween? Han colgado luces por todos lados, no en el bosque, pero sí en los caminos más populares. ¿Habrá estallado un transformador? ¿Será que están de obras, un martillo neumático?

Se oye otro chasquido. Otro y otro. Demasiado potentes para ser globos. Demasiado irregulares para tratarse de un martillo neumático.

Los pájaros se han callado, pero las hojas siguen cayendo.

Lincoln permanece impasible.

—¿Crees que podría utilizar mi Batman como Doctor Doom? —pregunta—. Va de negro. Y si lo hago, ¿podrías hacerle una máscara?

—Claro.

—¿Con qué se la harás?

—Con papel de aluminio —sugiere Joan.

Una ardilla cruza corriendo el tejado del arenero y Joan oye el zumbido del impacto cuando salta a un árbol.

—¿Y qué utilizarás para las lombrices? —pregunta Lincoln.

Joan se queda mirándolo.

—¿Para las lombrices? —repite.

Lincoln asiente. Ella asiente a su vez, mientras reflexiona y repite mentalmente las palabras. Se entrega a descifrar los entresijos del cerebro de su hijo: es una de las partes de la maternidad que más le gustan, porque ni sabía que existía. La mente de Lincoln es complicada y única, entreteje mundos propios. En sueños, grita a veces frases enteras —«¡No, no quiero bajar por la escalera!»— y hay ventanas que se abren hacia su maquinaria interna, destellos, pero nunca llega a conocerlo todo y ahí está la gracia. Es un ser completamente independiente, tan real como ella.

Lombrices. Se dispone a solucionar el rompecabezas.

—¿Te refieres a las lombrices de la cara? —le pregunta.

—Sí, a las que piensa que le hacen feo.

Joan ríe.

—Oh. Antes he dicho «cicatrices», ¿sabes? Como las que tiene papá en el brazo de cuando se quemó con agua hirviendo de pequeño. O la que tengo yo en la rodilla de cuando me caí.

—Ah —dice él, avergonzado. Se ríe también. Es rápido captando los chistes—. Cicatrices, no lombrices. ¿Así que las lombrices no le parecen feas?

—La verdad es que no sé qué opina el Doctor Doom de las lombrices —replica ella.

—Así que no tiene lombrices en la cara.

—No, lo que tiene en la cara son cicatrices.

Joan aguza el oído, quieta, pensando en parte si podría haber gestionado con más tacto el concepto de las cicatrices, pensando en parte en los disparos. Aunque no pueden haber sido disparos. Y, de haberlo sido, ya habría oído alguna cosa más. Gritos, sirenas o una voz amplificada por un altavoz anunciando lo que fuera.

Pero no se oye nada.

Ha visto demasiadas películas.

Mira el teléfono. Quedan pocos minutos para que cierre el zoo y sería perfectamente posible que nadie se diera cuenta de su presencia allí, en el bosque. Se ha imaginado ese escenario más de una vez, pasar la noche en el zoo, tal vez incluso esconderse expresamente, ir a ver a los animales a oscuras, en plena noche. Hay cuentos de niños que relatan situaciones semejantes. Pero es ridículo, evidentemente, porque debe de haber vigilantes de seguridad. Aunque nunca jamás ha visto un vigilante de seguridad por aquí.

Deberían ir moviéndose.

—Tenemos que irnos, cariño —dice.

Lo levanta de su regazo y espera a que apuntale el peso de su cuerpo sobre los pies, lo que hace a regañadientes. Piensa que debería llevar puesta la chaqueta, pero él le ha jurado que no tenía frío y le ha permitido dejarla en el coche.

—¿Ya no tenemos más tiempo?

Se incorpora y se calza las sandalias. Su preferencia por las sandalias es la razón por la que carece de la autoridad moral necesaria para decirle a su hijo que se ponga una chaqueta.

—No —responde—. Son casi las cinco y media. Hora de cerrar. Lo siento. Tenemos que ir rápido para que no nos dejen encerrados aquí.

Empieza a ponerse nerviosa pensando en esa posibilidad. Ha esperado demasiado y aún les queda todo el recorrido por el bosque, y luego cruzar toda la zona del parque infantil. Van a ir muy justos de tiempo.

—¿Podemos pararnos un rato en el parque infantil y cruzar el puente? —pregunta Lincoln.

—Hoy no. Pero podemos volver mañana.

Lincoln asiente, sale del arenero y salta al maltrecho césped. No le gusta quebrantar las reglas. Si los del zoo dicen que es hora de volver a casa, volverá a casa.

—¿Me ayudas con los zapatos? —pregunta—. ¿Y puedes guardarme los muñecos en el bolso?

Joan se agacha, le sacude la arena de los pies y, a continuación, cubre los deditos y los pies rechonchos con los calcetines. Tira del velcro de las zapatillas deportivas y levanta la vista cuando ve aterrizar un cardenal a un brazo de distancia. Los animales de por allí no tienen miedo. A veces han tenido media docena de gorriones o de ardillas a escasos centímetros, observando las batallas de Lincoln.

Guarda los muñecos de plástico en el bolso.

—Hecho —dice.

17:23

Joan examina el arenero en busca de algún hombrecillo de plástico que haya podido quedar olvidado, coge a Lincoln de la mano y se encamina hacia el sendero. Se pregunta cuándo dejará él de querer que le coja la mano, pero por el momento ambos siguen felices con el acuerdo. La espesura de los árboles se abre a menos de veinte pasos —lo recóndito de aquel lugar no es más que una ilusión— y se oye el sonido del agua de la cascada que salpica las piedras delante del recinto de las nutrias.

La nutria es uno de los animales favoritos de Joan y Lincoln, y uno de los pocos que aún consiguen alejar al niño de sus historias. Las dos nutrias tienen un recinto que recuerda una cueva gigantesca, con salientes de roca de cartón piedra, y los animales saltan, hacen cabriolas y se sumergen en la piscina verdosa que hay detrás de una pared de cristal. Las rocas sobresalen por encima de la pasarela y cae por ellas una cascada cuyas aguas van a parar a un estanque con tortugas, nenúfares y juncos y unas plantas con flores de color morado. El caminito de tierra que serpentea alrededor del estanque siempre le ha parecido a Joan la parte más bonita del bosque, pero la única impresión que le despierta ahora es que está vacío.

Lincoln ríe a su lado.

—Mira la nutria. Mira cómo nada.

Sigue costándole pronunciar algunas palabras. Dice «nutra» en vez de «nutria». Lex Luth-o. Marcar un gol en fús-bol.

—Me gustan sus garras —dice Joan.

—¿Tienen garras? ¿No son aletas? ¿Garras de verdad como un perro o garras con dedos como un mono?

Joan siente la tentación de pararse y explicarle detalles sobre la anatomía de las nutrias. Es lo que más desea para él, que vea que la vida está llena de cosas asombrosas, que sepa que hay que prestarles atención —«Mira qué bonito», comentó Lincoln antes, observando fijamente un charco de gasolina en el aparcamiento del zoo—, pero no tienen tiempo. Le tira de la mano y él responde sin protestar, aunque le cuesta volver la cabeza hacia el frente y apartar la mirada de la nutria. Rodeados de nenúfares por ambos lados, empiezan a cruzar el puente de madera y Joan piensa en lo mucho que le gustaría ver a alguien más, otra familia a la que también se le hubiese hecho tarde. Tampoco es que estar solos en aquel camino sea una situación excepcional. A menudo, cuando se dirigen hacia la salida por las tardes, no ven a nadie, pero la hora de cierre está más cerca que nunca. Acelera un poco.

—¿Quieres correr? —pregunta.

—No.

—¿Y saltar?

—No, gracias.

Avanza arrastrando los pies.

A veces Joan se pregunta si esa determinación de no hacer algo será directamente proporcional a la cantidad de entusiasmo que ella muestra al respecto. Lincoln sigue serpenteando por el puente, se detiene para evitar un mosquito o para contemplar un pez koi moteado. Se para por completo para rascarse la barbilla. Cuando le pide que se dé prisa, él frunce el entrecejo y ella adivina, por la cara que pone, qué es lo que va a pedirle a continuación.

—Quiero que me lleves en brazos —dice Lincoln.

—No puedo llevarte en brazos hasta el coche —replica Joan—. Eres demasiado grande.

El niño hace un mohín.

—A ver si te parece bien este trato —propone ella antes de que la situación pase a mayores y todo se retrase aún más—. Te cogeré en brazos cuando lleguemos a los espantapájaros y te llevaré a partir de allí. Eso sí, si consigues llegar hasta los espantapájaros.

—Vale —contesta él, aunque lo hace con voz titubeante. El mohín se vuelve más pronunciado y empieza a lloriquear, pero mueve los pies al ritmo de los de ella.

No le ha especificado, se le ocurre ahora, que no podía llorar mientras caminaba. Desde un punto de vista técnico, está cumpliendo con los términos del pacto. Es posible que llore a moco tendido unos segundos y que de pronto le distraiga un pensamiento fugaz sobre el casco de Thor o el parche de Odín. También es posible que el llanto suba de volumen y ella acabe cediendo y lo coja en brazos antes de lo acordado, porque, de hecho, sus piernecitas ya han caminado mucho sin quejarse. Es posible, por otro lado, que siga llorando y ella se mantenga firme y lo obligue a caminar hasta el coche, porque no quiere que se convierta en uno de esos niños que montan una pataleta por cualquier cosa.

Es un sistema de verificación y equilibrios esto de ser madre, de proyecciones y supuestos, de análisis de coste-beneficio.

Una libélula planea y se lanza en picado. Una garza pasea a orillas del agua. El sendero avanza entre árboles y hierba crecida.

Lincoln ha dejado de llorar y Joan diría que está tarareando el himno de los Bulldogs de la Universidad de Georgia —«Gloria, gloria a nuestra vieja Georgia. / Gloria, gloria a nuestra vieja Georgia»—, aunque, justo cuando acaba de formular ese pensamiento, cambia al de los Texas Longhorns. No hay nadie en la familia que sea seguidor de alguno de esos dos equipos, pero Lincoln absorbe como una esponja las letras de los himnos, igual que absorbe como una esponja todo lo relacionado con superhéroes y villanos.

Es un coleccionista. Acumula.

Vislumbra entre los árboles la cubierta en forma de tienda de campaña del tiovivo. Resplandece de blanco en contraste con el azul sucio del cielo. Pasan por delante del recinto protegido con malla de alambre de un águila coja y junto a una jaula, casi invisible, que alberga una pareja de garcetas. Hay troncos por el suelo, matojos de malas hierbas de color verde lima. Joan camina hacia una rama que cuelga en exceso de un árbol y justo en ese momento cae una de sus hojas, transformándose en una mariposa amarilla que asciende hacia el cielo.

Llegan por fin a las aceras de cemento, anchas como carreteras. Las vallas de madera están adornadas con calabazas de Halloween.

Se adentran unos pasos en la civilización y Joan mira hacia el tiovivo. Está parado y en silencio, las jirafas, las cebras, los osos, los gorilas y los avestruces paralizados. A Lincoln le encantaba el tiovivo, aunque solo se montaba en la cebra. En el armazón de madera han colgado murciélagos de plástico y pequeños fantasmas hechos con pañuelos de papel que oscilan entre los animales del carrusel. Lincoln y ella están tan cerca que el toldo blanco que cubre el carrusel se extiende por encima de ellos, luminoso y sereno.

—Mamá —dice Lincoln—. Llévame.

—Cuando lleguemos a los espantapájaros —contesta Joan, ignorando los brazos que se extienden hacia ella—. Solo un poquito más.

Esta vez no protesta. Pasan apresuradamente por delante del tiovivo y llegan a la zona de restaurantes y al parque acuático infantil, con las fuentes de media altura derramando todavía agua sobre el suelo embaldosado en color azul y frambuesa.

—Medusa ha estado aquí —anuncia Lincoln.

Joan ve, más allá del surtidor de agua, la zona sombreada con las estatuas de piedra de una tortuga, una rana y un lagarto. Últimamente, siempre que ven figuras de piedra es señal de que Medusa ha pasado por allí. «Spiderman ha estado aquí», les dice a las telarañas.

—Pobrecillos —comenta Joan, porque es lo que comenta cada vez que pasa junto a alguna de las víctimas de Medusa.

—Tendrían que haberse quedado con los ojos cerrados —replica Lincoln, porque también es lo que siempre suele replicar.

Observa a través de los cristales tintados del Koala Café, con sus estanterías llenas de sándwiches envueltos en plástico, postres de gelatina y huevos duros, pero no ve signo alguno de movimiento. Las sillas de plástico están colocadas boca abajo sobre las mesas cuadradas. No le sorprende, pues sabe que el personal acostumbra a cerrar los restaurantes y demás edificios quince minutos antes de la hora de cierre.

A su derecha queda la zona de recreo, con las montañas rocosas y el puente colgante. Tiempo atrás, cuando Lincoln estaba tan interesado en la Antártida, las rocas eran icebergs y luego, la primavera pasada, jugaba a caballeros y castillos en el puente colgante y gritaba a reyes invisibles que sacaran los cañones y llenaran las catapultas de piedras, aunque ahora el puente se ha convertido en el camino de arcoíris a través del cual llega Thor a la tierra. Y en un año más estará ya en parvulario, y la época de los superhéroes se esfumará y será reemplazada por algo que ahora Joan ni siquiera alcanza a imaginarse, y llegará un momento en que el zoo en sí será también reemplazado y la vida continuará y el niño que en este momento lleva cogido de la mano se habrá transformado en alguien completamente distinto.

Ahora ya van bien de tiempo, pasan deprisa por delante de la tienda de regalos y de la estructura de madera donde los niños pueden introducir la cabeza por un orificio y simular que son un gorila. Ralentizan el paso al llegar a los acuarios llenos de algas instalados al final de la zona infantil —Lincoln es incapaz de resistir la tentación de buscar la tortuga gigante— y, unos metros por delante de ellos, justo al doblar la curva de la pared de acuarios, aparece una anciana tambaleándose ligeramente. Lleva un zapato en la mano.

—Ya ha salido la piedra, Tara —dice y el tono de alegre desesperación de su voz la identifica como una abuela—. Vámonos ya.

Aparecen entonces dos niñas rubias, hermanas, no cabe duda, y la abuela se agacha para ponerle el zapato a la más pequeña. La niña lleva coletas y parece algo menor que Lincoln.

—Tenemos que irnos —comenta la abuela, mientras calza el piececito con la sandalia de plástico. Se endereza.

La más pequeña dice algo, demasiado bajito como para poder entenderla, a pesar de que están a escasa distancia de ellos. Varias moscas chocan una y otra vez contra el cristal del acuario.

—Ya volveré a quitarte los zapatos cuando lleguemos al coche —dice la abuela, sin aliento.

Da un paso desequilibrado y agarra a las niñas por las muñecas. Las niñas miran fijamente a Lincoln, pero la mujer tira de ellas.

—Es una abuela —dice Lincoln, demasiado alto, deteniéndose tan de repente que Joan sufre un tirón en el brazo.

—Me parece que sí —susurra ella.

Joan mira a la mujer. Nota en el ambiente un aroma floral de origen químico, un perfume que le hace pensar en la señora Manning, de sexto curso, que le regaló a ella, y a nadie más, un ejemplar de *La isla de los delfines azules* el último día de curso; pero la mujer y sus nietas ya han desaparecido, han doblado la curva del último acuario.

—Si tuviera una abuela, ¿sería así? —pregunta Lincoln.

Últimamente está obsesionado con los abuelos. Joan confía en que se le pase pronto, como todas las demás fases.

—Ya tienes una abuela —responde Joan, tirando de nuevo de él—. La abuelita. La madre de papá. Estuvo aquí por Navidad, ¿te acuerdas? Lo que pasa es que vive muy lejos. Tenemos que irnos, cariño.

—Hay quien tiene muchos abuelos. Yo solo tengo una.

—No, tienes tres, ¿recuerdas? Y ahora hay que seguir o nos meteremos en un lío.

Las palabras mágicas. Lincoln asiente y acelera, su rostro serio y decidido.

Se oye otro chasquido, más fuerte y más cercano que antes, luego una docena más. Joan piensa que debe de ser algo hidráulico.

Han llegado a un estanque —el más grande del zoo, casi un lago— y ve los cisnes cortando la superficie del agua. El camino se bifurca: el de la derecha les conduciría al otro extremo del estanque, hacia el recinto africano, pero el de la izquierda los llevará hasta la salida en cuestión de segundos. Por encima de su cabeza, vislumbra el destello verde y rojo de los loros, excepcionalmente silenciosos. Le gusta su pequeña isla en medio de tanto cemento, un espacio con suelo enladrillado, un montículo cubierto de hierba y árboles ahusados, y siempre es su primera y última parada, el ritual que da por terminada la visita.

—Empieza a ensayar tus gritos de loro —le dice a su hijo.

—No necesito ensayar —contesta él—. Solo quiero ver los espantapájaros.

—Tendremos que mirarlos mientras seguimos andando.

Junto a la valla que rodea el estanque han plantado una larga hilera de espantapájaros. Muchos tienen la cabeza de calabaza y Lincoln está fascinado con ellos. Le encantan el de Superman y el del astronauta, que tiene una calabaza pintada como si fuese un casco espacial de color blanco, y sobre todo el del gato Garabato.

—Vale, cariño —dice Joan.

Lincoln le suelta la mano y levanta los brazos.

Joan observa la valla y ve la calabaza azul de Pete el Gato. Se fija en que hay varios espantapájaros en el suelo. Tumbados por el viento, imagina, aunque la verdad es que no ha habido ningún vendaval. Pero los espantapájaros están caídos, debe de haber media docena esparcidos por el suelo, hasta el recinto de los loros e incluso más lejos.

No, no son espantapájaros. No son espantapájaros.

Ve que se mueve un brazo. Ve un cuerpo demasiado pequeño para ser un espantapájaros. Una falda, levantada de forma indecorosa por encima de una cadera, las piernas flexionadas.

Levanta lentamente la vista, pero cuando mira más allá de las formas tendidas en el suelo, más allá de los loros, hacia el edificio bajo y alargado de los servicios y las puertas con el cartel «SOLO EMPLEADOS», ve un hombre de pie, de espaldas a ella, inmóvil. Está junto a la fuente de agua. Lleva vaqueros y una camiseta oscura, sin chaqueta. Tiene el pelo castaño o negro, y aparte de esto no alcanza a ver más detalles, aunque no se le escapa ninguno cuando el hombre por fin se mueve. Abre de un puntapié la puerta de los baños, levanta el codo para empujarla, sujeta un arma con la mano derecha, algún tipo de rifle, largo y negro, cuya punta estrecha se extiende como una antena por delante de la cabeza oscura cuando el hombre desaparece en dirección al interior de color verde claro de los servicios de señoras.

Le parece intuir otro movimiento por donde están los loros, alguien que está aún en pie, pero le da la espalda. Ya no ve nada más.

Coge a Lincoln y lo levanta; las piernecillas se balancean con fuerza cuando se instala en su cadera. Por debajo de las nalgas del niño, Joan se sujeta la muñeca izquierda con la mano derecha.

Corre.

17:32

Corre, no hacia los cuerpos, claro está, sino hacia el camino que rodea el estanque, hacia África. Mientras corre, piensa que tendría que haber regresado al bosque y que aún está a tiempo de dar media vuelta y dirigir sus pasos hacia la sombra del arenero o de los altos árboles, pero no quiere dar media vuelta porque no está segura de si el hombre —¿hombres?— los ha visto o no, de si podría estar siguiéndolos, de si está tomándose su tiempo porque el que va armado es él y no tiene ninguna prisa. Además, hay una parte de ella que se resiste a retroceder, que piensa que avanzar tiene que ser mejor. Más seguro.

«Corre. Corre. Corre». Tiene la palabra metida en la cabeza, repitiéndose. Sus pies golpean el cemento al mismo ritmo.

Se imagina que el hombre armado los observa, que sus pasos avanzan hacia ellos, que rodea el lago, que su sonrisa se ensancha. Se lo imagina acelerando.

No lo soporta más. Mira por encima del hombro y no ve a nadie, aunque no puede cerciorarse porque no quiere ralentizar el ritmo.

Corre y la falda de punto le impide dar zancadas más largas; le gustaría subírsela, pero no tiene ninguna mano libre. A lo mejor se rasga, piensa esperanzada. Oye las piedrecillas crujiendo bajo los pies. Presiona la correa de la sandalia entre los dos dedos, oye el sonido de las suelas: un temor más, que acabe perdiendo un zapato.

A lo largo del sendero hay luces de Halloween colgadas, justo por encima de su cabeza, luces que iluminan alegremente cada paso que da, blanco, blanco resplandeciente, como cuando Lincoln le enfoca sin querer los ojos con la linterna.

El cielo empieza a oscurecerse.

—¿Por qué corremos? —pregunta Lincoln, sus dieciocho kilos golpeándole las caderas.

Le sorprende que haya permanecido callado tanto tiempo. A lo mejor es que hasta ahora no se había percatado de que no se dirigen al aparcamiento. Cuando intenta coger aire para emitir una respuesta, le arden los pulmones.

—Te lo cuento… —dice. Tiene que coger aire—. En un minuto.

El niño estrecha el abrazo alrededor de su cuello. La vía del tren discurre paralela a ellos, detrás de las luces, y piensa lo que daría por ver el trenecito rojo y negro deteniéndose a su lado, listo para subirlos a bordo y sacarlos de allí, aunque cree que es capaz de correr a mayor velocidad que el tren. Pero desea igualmente el tren. Le empiezan a doler los brazos y recuerda de pronto la semana pasada, cuando estuvieron también en el parque. «¿Tienen dientes los patos? ¿Seguro que no me morderán? ¿Y tienen pies? ¿Por qué yo no caminaba cuando era bebé? ¿Acaso no tenía piernas?». Aquella tarde, había llegado un momento, de camino de vuelta a casa, en el que se había visto incapaz de seguir cargando con él y había tenido que depositarlo en el césped, por mucho que Lincoln llorara.

Ahora no piensa soltarlo.

—¡Mamá! —exclama frustrado, poniéndole una mano en la cara—. En un minuto no.

—Había un hombre malo —le explica Joan, segura de que no se lo habría dicho de no sentirse presa del pánico.

—¿Dónde? —pregunta Lincoln.

Ha perdido el hilo.

—¿Qué?

—¿Que dónde está el hombre malo? —insiste el niño.

Salta hacia la vía y la cruza en dos pasos —además, si el tren funcionara significaría que habría otro ser humano conduciéndolo y le gustaría ver otro ser humano—, y entonces el lago queda detrás de ellos y los cuerpos y el hombre al otro lado, lo cual es bueno. El sendero que conduce hacia África, serpenteante y cuesta arriba, está flanqueado por árboles —de follaje grande, plantas selváticas—, lo cual es bueno también porque servirán para camuflarlos. Ahora será más difícil verlos, si es que alguien los está mirando.

—Estaba allí —responde Joan, a punto de tropezar con algo.

Oye sirenas. Imposible decir lo cerca que están, pero significa que ya llega la policía y que todo se solucionará, aunque esto de momento no le sirve de gran ayuda.

—Yo no he visto ningún hombre malo. ¿Cómo sabes que es malo? —La barbilla del niño golpetea contra el hombro de Joan.

A Lincoln le fastidia que no responda a sus preguntas y ella no desea que rompa a llorar porque no quiere emitir ningún tipo de sonido y también porque entonces él empezaría a agitarse o, peor aún, se quedaría como un peso muerto. Cuando se queda así, pesa el doble.

—Tenemos que irnos —dice Joan, jadeando—. Pero ya. Así que ayuda a mamá y aguanta, presiona un poco más las piernas y cuando lleguemos a un lugar seguro te responderé.

Apenas le salen las palabras. Los pulmones le arden. Los muslos gritan. El sol se ha escondido tras las copas de los árboles y las sombras que proyectan las plantas se alargan y se estrechan bajo sus pies.

Roza con los codos la hoja de un banano, sólida y ancha como un ala.

—¿Dónde? —pregunta Lincoln, porque, evidentemente, no dejará de preguntar—. ¿Dónde vamos?

No lo sabe. ¿Por qué camino? ¿Qué pasará a continuación? ¿Qué está buscando? Los pies mantienen el ritmo y dobla los dedos con más fuerza; desearía que el camino no fuese cuesta arriba.

No podrá aguantar mucho más.

Esconderse. Tienen que esconderse.

Eso es lo primero que tienen que hacer y luego llamar a la policía, o a Paul, o a los dos. Mejor llamar a la policía. Para hacerles saber que Lincoln y ella se han quedado atrapados aquí. Necesitarán saber que siguen todavía en el zoo. Cambia el peso del niño de la cadera derecha a la izquierda y reajusta la postura.

—¡Mamá! —dice Lincoln, deseoso aún de una respuesta. Deseoso siempre de una respuesta.

Por fin han llegado a la cima y han dejado atrás el muro de plantas salvajes ornamentales. Están delante del recinto del elefante africano, compuesto de montículos arenosos, una pradera, un arroyo, y ha de decidirse entre seguir por la derecha o la izquierda. La derecha los conducirá hasta donde están las jirafas, los leones y los tigres; siguiendo por la izquierda, rodearán los rinocerontes, los chacales y los monos.

—¡Mamá!

Le da un beso en la coronilla y gira a la izquierda.

—Me has dado un golpe en el diente con el hombro —se queja él.

—Perdón —contesta ella.

Se alegra ahora de no haber regresado al bosque y a los estrechos y conocidos senderos de la Cantera de los Dinosaurios, porque, a pesar de que por allí los árboles son altos, no habrían encontrado muchos rincones donde esconderse y los pocos lugares buenos —la cabaña de troncos y la casa de las mariposas, quizá— habrían sido demasiado evidentes. Claro está que habrían tenido espacio para correr y escabullirse en el caso de que detectaran su presencia, ¿pero hasta qué punto puede escabullirse con Lincoln en brazos? No, no necesitan espacio para correr. Si alguien los ve, correr no les servirá de nada.

Lo cual le parece una idea importante. Una prueba de que su cerebro está superando el pánico.

Sí. Correr no les servirá de nada. Tienen que esconderse muy bien para que no los vean, ni siquiera pasando a su lado. Necesita una madriguera. Un búnker. Un pasadizo secreto.

Lincoln ha dejado de pronunciar su nombre. Debe de haberle transmitido el miedo que siente y se alegra de ello, siempre y cuando no sea un miedo exagerado, el suficiente para dejarlo dócil pero no aterrado. No puede saberlo con seguridad, pero lo averiguará en cuanto estén seguros.

El recinto de los elefantes se hace eterno y, mientras bordea la valla, oye música que al principio resulta ininteligible, una nota suelta aquí y otra allá, pero acaba identificando la canción de *Los cazafantasmas*. Es una melodía alegre que suena con potencia cuando pasa por delante de las máquinas de refrescos que Lincoln suele equiparar con el ordenador de Batman.

«¡El Joker ha vuelto a sus viejos trucos! ¡Subamos al Batmóvil! Mamá, ¿crees que existe un túnel de lavado para el Batmóvil? Porque el Batmóvil se ensucia, pero es un descapotable, ¿lo podrán lavar? ¿Qué crees?». Se le tuerce el tobillo, pero no aminora la velocidad. Sorprendentemente cerca de la valla de la derecha hay un elefante de verdad, adormilado, y se alegra de que sea tan voluminoso. Entrevé el delicado balanceo de la trompa, percibe su ritmo, pero vuelve la cabeza en dirección contraria, hacia la izquierda, para examinar con la mirada el edificio que tiene a escasos metros de ella. El snack bar Sabana. Se han parado alguna vez a comer unas pasas bajo la sombra de su gigantesca cubierta de paja, con el ventilador de techo refrescándolos en pleno verano, pero nunca han entrado en el restaurante. Le gusta quedarse fuera, mirar los elefantes, imaginarse que están en África; lo llevará allí algún día, ha pensado siempre; le gusta pensar en todos los lugares que le enseñará. «¿De verdad que en Tailandia te subiste a un elefante, mamá?». «Sí, antes de que tú nacieras». Mira de reojo los baños cuando pasa por delante, baja el ritmo, pero recuerda que antes ha visto cómo abrían una puerta con un puntapié y vuelve a acelerar. El restaurante, eso sí que podría ser más seguro: las puertas tienen llave y debe de haber más estancias, oficinas y almacenes con mejores cerraduras, escondites y armarios, tal vez sillas o mesas o cajas pesadas que apilar contra una puerta. La idea es rápida y tentadora; se cobija bajo la sombra del tejado de paja y empuja las puertas de cristal, pero no ceden y el interior está completamente oscuro.

«ABIERTO», reza el cartel.

«GRANIZADO DE CALDERO DE BRUJA», se lee en otro, morado y rosa. «¡HORRIPILANTEMENTE DELICIOSO!».

Joan gira en redondo y echa a correr de nuevo. Lincoln tensa el abrazo alrededor de su cuello, lo que le ayuda a aligerar un poco el peso de los brazos, pero está agotada y el desequilibrio la lleva casi a chocar contra una columna de hormigón.

Ve un altavoz arriba. La música sale de allí. *«An invisible man / Sleeping in your bed. / Who you gonna call? / Ghostbusters!»*.

Se aleja del pabellón, se aleja de los altavoces, regresa a la luz crepuscular. El elefante y su elegante trompa ya no están y piensa en cómo es posible que algo tan grande desaparezca de este modo y le susurra «tranquilo» a Lincoln una y otra vez, y vuelve a acelerar a pesar de que corre sin rumbo. Esto no se parece en nada al ritmo regular que lleva cuando sale a correr por las calles del barrio. Está en baja forma. Piensa en su hermano mayor, cuando se entrenaba para el ejército, cuando estaba obsesionado con una cosa llamada *rucking* que consiste en cargar con una mochila de catorce kilos y correr con ella muchos kilómetros. En aquella época apenas lo conocía, porque él se había ido a vivir a Ohio con su padre, había huido mucho antes que ella, y solo lo veía dos semanas en verano y algunas veces por Navidad. Era un hombre adulto que acudía a visitarla y le había colgado la mochila a la espalda —eso sería unos siete años antes de que ella corriera su primera maratón— y ella había intentado impresionarlo, pero en menos de dos manzanas tenía la espalda empapada de sudor y ya no podía más. Ahora tampoco puede más, le arden los bíceps, el peso de Lincoln la inclina hacia un lado y sabe que rendiría mucho mejor si hubiese practicado el *rucking* todos aquellos años.

¿Cuánto rato lleva corriendo? ¿Tres minutos? ¿Cuatro? Nada. Eternamente.

Sigue oyendo las sirenas por detrás de los sintetizadores ochenteros de la música. Suenan más fuerte.

Ha llegado casi al recinto de los rinocerontes. Ve dos adolescentes, un chico y una chica, que corren hacia ella, que corren como si supieran que algo va mal, no como si simplemente quisieran llegar a la verja antes de que cierren. Creía que quería ver gente, pero ahora descubre que no. La gente solo sirve para complicar las cosas. Ralentizan el ritmo al verla —el chico se sujeta las gafas de sol, que se le están cayendo de la cara— y ambos hablan a la vez, preguntando algo, pero Joan se limita a rodearlos y los mira de soslayo.

La falda de la chica es de color naranja con un remate de encaje negro, tan corta y tan estrecha que apenas le cubre las bragas, y qué tipo de madre debe de tener esta chica, aunque tal vez sea una madre estupenda que le ha enseñado a su hija que está guapa incluso con una falda que parece la piel de una salchicha.

—No vayáis hacia la salida —dice Joan, sin apenas detenerse—. Hay un hombre disparando a la gente.

—¿Disparando? —pregunta la chica.

El chico suelta más palabras, demasiadas, se pierden en el aire.

—Os matará si os ve —grita Joan por encima del hombro, pero ya está lejos—. Escondeos en algún sitio hasta que llegue la policía.

No mira atrás. Lo único que le importa es Lincoln. No puede acabar desangrándose en el suelo.

Que el restaurante estuviera cerrado es bueno. Habría sido una estupidez. Lincoln y ella podrían haberse escondido allí, pero es evidente que el hombre miraría en los edificios. Los interiores de los locales serían su primer objetivo. Patear puertas, romper ventanas y volcar cosas —debe de satisfacerle, lo de romper cosas— y en el aire libre no hay tantas cosas que destrozar, no hay mobiliario, ni puertas, ni huesos, nada tan sólido.

Oye su propia respiración y sus pasos, que intenta que sean suaves, pero oye asimismo el viento y el tráfico, que no está muy alejado, y también las hojas que tiemblan en las ramas, el ruido de fondo al que nunca presta atención. Necesita este ruido de fondo porque Lincoln no conseguirá mantenerse callado. Es un buen niño, pero no va a guardar silencio absoluto. ¿Y si resulta que un simple murmullo acaba con ellos?

Allí, al aire libre.

Pero escondidos. En un lugar donde a nadie se le ocurriría buscar.

Observa el recinto del elefante que queda a sus espaldas. Hay muchas rocas y un muro de piedra, pero la caída hasta abajo es pronunciada, imposible saltar. Y están además los elefantes, y la idea es una imbecilidad, pero hay la posibilidad —alguna posibilidad— de que los hombres armados no miren en los recintos de los animales, ¿no?

Ha pensado todo esto en solo diez pasos, muy rápido y muy lento a la vez —si se gira lo más probable es que aún vea a los adolescentes—, pero tanto pensar no la lleva a ninguna parte. El león ruge, desde lejos, pero no es un sonido que la sorprenda, porque sabe que dan de comer a los animales justo antes de cerrar y el león siempre es expresivo, anticipa lo que está por llegar. Vuelve a rugir, resulta casi un consuelo. Está rodeada por cosas salvajes en jaulas. Experimenta un eco de solidaridad.

Parlotea un mono, su tono agudo y agresivo, y se pregunta si los cuidadores no habrán llegado a darles la cena. Si los habrán interrumpido.

Se le ocurre en aquel momento. El puercoespín.

Todos los edificios deberían estar cerrados con llave, pero tal vez no. ¿Y si el último juego de llaves nunca ha llegado hasta aquí?

Reza como no lo había hecho en mucho tiempo y gira en redondo hacia el edificio de los primates. Deja a su izquierda la zona infantil con temática africana —tambores, máscaras, columpios y la estatua del escarabajo pelotero— y pasa corriendo por debajo de los monos araña y su complicado laberinto de cuerdas, están repantingados, sin enterarse de nada, balanceándose colgados por la cola, y entonces llega a la entrada de la Zona de los Primates, empuja las puertas dobles, que se abren de inmediato. Se adentra corriendo en los oscuros y frescos pasillos del edificio, pasa por delante de lémures con cola a rayas blancas y negras, dobla una curva, todo está a oscuras, hay troncos de árboles que crecen en el suelo. Igual que le pasa con toda la escenografía del zoo, no sabe si los árboles son de verdad o fabricados, pero cuando posa la mano en un tronco para mantener el equilibrio parece corteza de verdad.

—¿Hay un hombre que dispara a la gente? —pregunta Lincoln con la boca pegada a la clavícula de su madre.

—Sí.

—¿Y nos está persiguiendo?

—No —responde.

—¿Y entonces por qué corremos?

Ve luz natural en los recintos, la luz del sol atrapada detrás del cristal, y no puede evitar darse cuenta de que los animales tienen rocas y cuevas donde esconderse, cuevas que incluso pueden conducir a espacios desconocidos detrás de las barreras de cristal. Pero no puede atravesar las paredes —¿La Mujer Invisible? ¿Alguno de los X-Men?—, de modo que sigue recorriendo los pasillos a paso ligero, rozando la suavidad de los cristales y la rugosidad de las aseadas paredes.

Sabe que habrá un momento en el que los músculos dejarán de funcionar. En el que los brazos cederán y caerán por mucho que luche por evitarlo. De momento solo nota una sensación constante de quemazón —palpitante— desde los hombros hasta las muñecas, desde las caderas hasta los tobillos.

—¿Mamá?

—Ya estamos casi —dice, sin apenas articular las palabras.

Hay monos y más monos, tranquilamente despreocupados.

Al final hay una puerta de cristal, la empuja con el hombro y vuelven a estar fuera; sopla aire fresco. Están delante de una barandilla oxidada que le llega a la altura del pecho. Detrás de ella hay un pequeño recinto vallado con pinos y hierba alta. Sus pies descansan en las tablas de madera de una plataforma, un patio entre los dos edificios. A su izquierda hay otra puerta de cristal que la llevaría donde están los babuinos, los orangutanes, más recintos acristalados y pasadizos al aire libre que no le sirven de nada. En el muro de ladrillo está el cartel que explica las costumbres del puercoespín, aunque no especifica por qué han colocado el puercoespín en la Zona de los Primates. Meses atrás, una vigilante del zoo, cuaderno en mano, reconoció —en voz baja, para que Lincoln no la oyera— que el puercoespín había muerto. Joan y Lincoln venían de vez en cuando a ver si habían traído ya un nuevo ejemplar. Le había contado la verdad, puesto que el niño ya había visto pájaros muertos, y también ardillas, y cucarachas aplastadas, y no tenía sentido actuar como si nada muriera nunca, y Lincoln había estado soñando con encontrar algún día un puercoespín bebé. Pero el recinto seguía vacío.

Joan confía en que siga vacío.

Se acerca a la barandilla y examina los árboles de escasa altura y los troncos huecos. Hay que cortar la hierba, se ven zonas de tierra y gravilla y el entorno, en general, está muy descuidado. La parte central del recinto es lo que recordaba bien: rocas de metro o metro y pico de altura. El muro de piedra tiene una longitud aproximada de cuatro metros y su forma curva impide ver lo que pueda haber detrás. Una valla metálica medio cubierta con hojas emparradas cierra el espacio. Debe de tener fácilmente cinco metros de altura; su parte superior está muy inclinada, formando un ángulo prohibitivo hacia el interior —¿de verdad que los puercoespines sabrían trepar eso?—, y está flanqueada por pinos.

Es un lugar escondido, metido en las profundidades laberínticas del edificio de los primates. No parece adecuado para los humanos, y por eso le parece perfecto.

Deposita a Lincoln junto a la barandilla y suelta aire al sentirse liberada de su peso. La barandilla será fácil de saltar y al otro lado hay un pequeño saliente que tiene casi el tamaño de sus pies. Puede llegar allí y luego coger a Lincoln e, incluso en el caso de que algo saliese mal, la caída hasta el suelo debe de ser de medio metro y no se haría daño, aunque podría echarse a llorar y el sonido... No, no hay peligro de que caiga. Lo tendrá sujeto todo el rato.

—Vamos a hacer lo siguiente —dice—. Tú te sientas aquí mientras yo salto al otro lado...

Lincoln niega con la cabeza y la agarra con fuerza por encima de los codos.

—¡No podemos ir con los animales, mamá!

—Aquí no hay ningún animal, ¿no te acuerdas? —responde ella, intentando soltarse—. Es la casa del puercoespín. Y aún no han traído ninguno nuevo.

—Las vallas son para que los animales se queden dentro y la gente fuera —replica él.

Nunca ha sentido tanto que Lincoln siga así de estrictamente las normas.

—Hoy las reglas son distintas —le explica—. Ahora tenemos reglas de emergencia. Y las reglas ordenan que nos escondamos y no permitamos que ese hombre armado nos encuentre.

Lincoln la suelta un poco, mira a sus espaldas y vuelve a agarrarla con fuerza.

—Me caeré —asegura—. Está muy alto.

—¿Y crees que yo te dejaría caer?

—No —dice, apretándose más a ella—. Mamá.

—Todo el rato estaré cogiéndote. Ahora voy a pasar al otro lado...

—Mamá —gimotea.

—Shhh. No voy a soltarte.

Se impulsa y se sienta a horcajadas en la barandilla, manteniendo las manos a ambos lados del cuerpo del niño, abrazándolo. Es incómodo, pero acaba pasando y descansa los talones con estabilidad sobre la repisa.

Lincoln mantiene las manos pegadas a las muñecas de ella. Lo oye respirar, sabe que está a punto de romper a llorar. ¿Porque hay un hombre que se dedica a matar gente o porque todo aquello representa una ruptura total de los límites normales de las cosas? No tiene ni idea.

—Mamá.

—No te suelto —dice Joan, y lo rodea con un brazo para atraerlo contra su pecho con el hueco del codo. Los pies de él chocan contra la valla metálica.

—Voy a bajarte —le explica— y quiero que pongas los pies en este pequeño saliente y te sujetes con las manos a la parte metálica. Luego saltaré al suelo y te recogeré.

Lo levanta ya mientras habla, sin darle oportunidad de pensárselo dos veces, porque sabe que cuando se piensa las cosas nunca se vuelve más valiente, y tiene que acabar con esto en dos segundos. Se sujeta a la barandilla con una mano y lo desliza hacia atrás, dobla la cintura y se aleja de la barandilla para dejar espacio al niño, y hay un momento en el que él queda suspendido en el aire, sujeto tan solo por el brazo y el codo de ella, y percibe su pánico, pero al instante siguiente los pies de Lincoln descansan también en el saliente y sus zapatillas deportivas quedan sujetas entre las sandalias de cuero de ella. Le coloca la manita para que se sujete a la valla metálica.

—Sujétate fuerte —le dice.

Se impulsa y aterriza con facilidad en la tierra; la hierba está tan alta que le hace cosquillas en las muñecas. Tira del niño hacia ella, dándole antes media vuelta para que pueda enlazarle las manos por detrás del cuello. Él se aferra con las piernas a las caderas de ella y Joan se pone de nuevo en movimiento, vigilando en la medida de lo posible por dónde pisa, puesto que Lincoln le oculta la visión —recuerda entonces el vientre de embarazada, que convertía cualquier suelo irregular en una carrera de obstáculos invisibles—, y llegan por fin a las rocas que tan tentadoras le habían parecido.

Se agacha hasta que la espalda entra en contacto con la piedra —dura y fría— y extiende las piernas en el suelo. Él sigue enroscado en torno a ella.

17:42

Lincoln sigue sin soltarse, de modo que tiene que extraer el teléfono del bolso con una mano y sujetarlo a continuación delante de ella, por encima de la cabeza del niño, la palma rozando esos rizos que siempre están enmarañados y pegajosos en la coronilla, como si se hubiera frotado el cuero cabelludo con sirope. Desliza el pulgar por la pantalla y de repente se queda inmóvil. No sabe aún si es mejor llamar a la policía o a Paul. La policía seguramente ya está aquí y a lo mejor tienen preguntas que formularle. Pero lo que necesita oír es la voz de Paul.

Y entonces ve que tiene ya un mensaje de texto de Paul. Mira fijamente el mensaje en negro y gris, el globo de texto que tan familiar le resulta.

«No habrás ido al zoo esta tarde, ¿verdad? Dímelo enseguida».

Él no sabe dónde han ido, por supuesto. Ella tampoco sabe nunca cuál será su destino hasta que Lincoln declara su elección para la tarde mientras ella le abrocha el cinturón de la sillita del coche. Si Paul lo pregunta es porque sabe algo.

Teclea la respuesta mientras piensa que debería llamarle, pero los dedos han iniciado automáticamente la respuesta. Es la costumbre.

«Sí. Estamos en el zoo. ¿Sabes qué pasa? Estamos escondidos en el recinto del puercoespín».

Es imposible que Paul sepa dónde está el recinto del puercoespín. No visita el zoo con la misma frecuencia que ella. Por eso añade:

«En la Zona de los Primates».

Pulsa la tecla «Enviar» y de inmediato empieza un segundo mensaje.

«Llama a la policía. He visto cuerpos en la entrada. Un hombre armado».

Vuelve a pulsar la tecla «Enviar» —algo va mal con el orden de los mensajes, están revueltos—, pero no puede impedir que los pulgares sigan tecleando. Le gusta verlos en movimiento, le gusta ver las letras enlazándose para formar frases, le gusta la luz de la pantalla, y mientras teclea no hay otra cosa que formas azules con palabras, amontonadas las unas sobre las otras.

«Estamos bien. Completamente a salvo», le dice, y entonces los pulgares se detienen, piensa en qué puede escribir a continuación.

El pelo de Lincoln le hace cosquillas en el brazo. El niño se remueve y empieza a ponerse inquieto. Le tararea *Edelweiss*, que es la nana que Paul y ella le cantan por las noches. La tararea a demasiada velocidad, con un tono demasiado agudo, en avance rápido.

Necesita escribir algo más. Los dedos teclean en el aire, nerviosos.

—¿Por qué estás al teléfono? —pregunta Lincoln, la voz amortiguada contra el hombro de Joan.

—Es papá —responde ella, justo en el momento en que entra otro mensaje de Paul.

«Lee esto. Te llamo ahora. Te quiero».

Debajo del mensaje hay un enlace. Mira la línea de letras y números azules y subrayados y entonces suena el teléfono, un trino excesivamente fuerte —no se le ha pasado por la cabeza ponerlo en silencio— y responde enseguida.

—No puedo hablar —dice; su voz suena profesional. Como si estuviera en medio de una reunión. No sabe de dónde le sale esa voz—. Tenemos que guardar silencio. No sé dónde están.

A lo mejor lo de haber decidido comunicarse con mensajes de texto era algo más que una costumbre. A lo mejor una parte de ella sabía lo que ahora el resto acababa de comprender: que el teléfono es un riesgo. Que hace ruido. Que cuando habla hace ruido. Que el ruido atraerá a los hombres.

Es sencillo, casi. Si lo piensa bien, tiene todo el sentido del mundo.

Vuelve a empezar:

—Estamos bien, pero…

Su marido habla antes de que ella termine la frase, y habla demasiado alto.

—¿Qué sucede? —pregunta—. ¿Estás con alguien más? ¿Has visto a la policía? ¿Está bien Lincoln? ¿Qué quieres decir con eso de que estáis a salvo? ¿Pueden llegar hasta donde os encontráis? Dios mío, siento mucho no estar ahí, cariño... Lo siento mucho...

Le deja hablar. Comprende que tiene necesidad de oírla y ella creía tener la misma necesidad, pero su voz no le hace sentirse como si lo tuviera a su lado. Le hace sentir que lo tiene muy lejos, o no, mejor dicho, le hace sentir que ella está muy lejos. Es como si una parte de ella estuviera flotando hacia él, fuera del zoo, hacia la vida tal y como la conoce, y no quiere flotar hacia ninguna parte. No puede. Tiene que estar aquí, totalmente aquí. En este momento no puede consolarlo.

—Estamos bien —susurra, adoptando aún esa voz de abogado. Esa voz de consejero delegado. Si es que ese tipo de gente susurra en alguna ocasión—. Estamos escondidos.

—¿Qué has visto? —pregunta él.

—Te quiero —contesta ella—, y estamos bien, pero no puedo seguir hablando. Tengo que prestar atención. He visto a un tipo de lejos. Ha habido... —baja la vista hacia la cabeza de Lincoln—, ha habido disparos en la entrada y yo estaba yendo hacia allí. Entonces hemos echado a correr y nos hemos escondido. Es todo lo que sé. No vuelvas a llamarme. Ya te llamaré yo cuando estemos a salvo.

—Llamaré al teléfono de emergencias y le diré a la policía que estáis en el recinto del puercoespín —dice él, sus palabras saliendo sin apenas respirar. Es como cuando la llama mientras sube la calle en cuesta de su oficina para darle una serenata con la canción que tenga en ese momento metida en la cabeza, él siempre está cantando, y sabe que ella se echará a reír y le colgará—. Os quiero. Díselo de mi parte. Id con cuidado.

Joan pone el teléfono en silencio y se gira hacia Lincoln. Sigue pegado a ella, nervioso, pataleando, clavándole las zapatillas en los costados. Lo coge por debajo de las axilas y lo ayuda a girarse y ponerse de pie. Ella sigue rodeándolo por la cintura con un brazo.

—Era papá —le dice en voz baja.

Lincoln se apoya en la piedra que tiene a sus espaldas.

—Ya lo sé.

—Habla bajito —musita ella—. Dice que te quiere.

—Ya sé que me quiere.

—Un poco más bajito —insiste ella.

—Vale —susurra él.

Vuelve a doblar las rodillas, los pies fijos en el suelo pero el cuerpo empieza a saltar. Mueve los hombros arriba y abajo, un baile extraño, como si las extremidades se desprendieran del cuerpo.

El cielo empieza a adquirir un tono rosado y por encima de las copas de los árboles se extienden franjas de color lavanda.

—Te estás haciendo muy grande —dice Joan.

—¿Aún nos persigue ese hombre malo? —pregunta Lincoln.

—No lo sé —responde ella—. Pero si aún sigue, aquí no nos va a encontrar.

Sin dejar de brincar, Lincoln mueve la cabeza a derecha e izquierda para asimilar el nuevo escenario. Como siempre, se muestra tanto curioso como cauteloso. Joan observa su lucha interna. Los ojos, mirando hacia todas partes. Los pies, plantados en el suelo.

Gana la curiosidad. Da un paso hacia la pared de ladrillo del edificio, señalando.

—Hay un cuenco de agua —dice—. Como el cuenco de Muddles.

—Sí —contesta ella.

Examina la hierba y, además del cuenco de plástico seco y agrietado que Lincoln ha visto, ve también otras cosas esparcidas por el recinto. Un bolígrafo a su derecha y, cerca de la valla, una cinta de pelo de tejido brillante. Le parece ver también, junto a la valla metálica, un calcetín blanco.

—¿Sabes si los puercoespines beben agua en un cuenco?

—Supongo que sí.

—¿Beben agua?

Se imagina tapándole la boca con la mano, abrazándolo con fuerza, ordenándole que permanezca completamente quieto y completamente callado. Lo desea desesperadamente, pero le resulta imposible. Si fuera capaz de asustarlo lo bastante para que dejara de hablar, empezaría a buen seguro a llorar.

—Shhh —dice—. Habla más flojito. Todo el mundo bebe agua.

—¿Todo el mundo? —susurra el niño.

—Todo el mundo —repite ella.

—¿Así que el puercoespín bebía de ese cuenco? —pregunta Lincoln, acercándose más a ella, pegándose a su flanco derecho—. ¿Y se sentaba junto a esta piedra como ahora nosotros? ¿Piensas que era chico? ¿O sería chica?

Joan no detecta ningún signo de terror en su hijo. Tiene los ojos azules abiertos de par en par, pero siempre los tiene abiertos de par en par. Está acurrucado cómodamente a su lado y, si acaso, parece emocionado con la idea de estar en casa del puercoespín. Aunque, claro, él desconoce las cosas que dan miedo de verdad; le aterrorizan las mascotas de algunas cadenas de comida rápida, como el ratón de Chuck E. Cheese y las vacas de Chick-fil-A. La semana pasada pusieron casualmente una de las películas de Batman en la tele, la de Heath Ledger, bastante inquietante, y Lincoln insistió en que el Joker de la vieja versión de los años sesenta —es un auténtico experto en todo lo relacionado con Batman— daba mucho más miedo.

A veces llora cuando por un altavoz suena inesperadamente algún aviso y considera que los maestros de ceremonias del circo son horripilantes, y ahora empieza a toquetearse la verruga de la mano derecha, canturreando en voz baja «Gloria, gloria a nuestra vieja Georgia».

Pero, aun así, es imposible saber qué sucede detrás de su cara redondita y serena. Joan piensa que debería ofrecerle algún tipo de explicación. Algún tipo de plan. Siempre le han gustado las agendas predecibles, como saber que el martes es el día de música en el colegio, que el miércoles habrá clase de español y que el jueves habrá dibujo, y que ella lo recogerá todos los días excepto el miércoles, que es cuando lo recoge Paul, y que el domingo por la noche pedirán comida china para cenar y que el sábado por la mañana puede ver una hora seguida de dibujos animados.

Le gusta saber qué pasará.

—Mira —susurra, y Lincoln le acaricia la barbilla con la punta de los dedos, allí donde hay una peca que a él le gusta reafirmar—, todo saldrá bien. Aquí estamos a salvo. Es como en una de esas historias, cuando hay una lucha y encarcelan a todos los malos. Solo tenemos que quedarnos aquí sentados y estar un rato sin movernos y callados, hasta que ese hombre malo se haya ido.

Lincoln asiente.

—¿Cómo se llama el hombre malo? —pregunta.

—No lo sé.

—¿Tiene nombre?

—Claro. Todo el mundo tiene nombre. Pero ese no lo sé.

Vuelve a asentir y se mira otra vez la verruga. Joan presiona la espalda contra la roca, dobla más las piernas, posa la mano en una de ellas. Mira hacia atrás; la formación rocosa los esconde por completo de cualquiera que se acerque desde la Zona de los Primates. Mira hacia arriba: copas de árboles y cielo. Nadie puede verlos.

Examina entonces la valla que rodea el recinto, recorriéndola con la mirada de izquierda a derecha. No había prestado atención a lo que hay al otro lado, pero ahora piensa que el emparrado que cubre la valla metálica no es tan tupido como le gustaría. A través de las hojas ve parcialmente la parte posterior de otros recintos. Intenta imaginarse el mapa del zoo y piensa que debe de estar viendo una parte de la zona africana, seguramente la correspondiente a los rinocerontes, aunque también podría ser un lugar clausurado que no se utilice. La cerca del otro recinto está flanqueada por bambú muy alto y no puede ver qué hay tras ella. A través de un segundo hueco en el emparrado ve las vías del tren y, más allá, un camino asfaltado que traza una curva y, por lo tanto, es imposible saber hacia dónde conduce. Podría formar parte del camino de paseo normal, aunque no recuerda haber visto nunca el recinto del puercoespín desde ningún camino exterior. Podría tratarse de un acceso que solo utilizan los responsables del zoo. Aunque, la verdad, lo único que importa es si alguien que enfile el camino podría verlos.

Cree que los huecos entre la hiedra emparrada no son lo bastante grandes.

No oye nada inquietante, ni pasos, ni disparos. Ni sirenas. Se pregunta por qué tampoco hay más sirenas.

Cae en la cuenta de que ni siquiera ha mirado el enlace que le ha enviado Paul —no soporta estar pensando de un modo tan disperso—, así que coge el teléfono y desliza el pulgar por la pantalla. Entra en una página de noticias local donde aparecen dos breves párrafos en portada y lee con rapidez palabras como «ha habido disparos», «un solo hombre» y «se sospecha que hay diversos heridos». La última frase del breve artículo es: «La policía se encuentra en este momento en el lugar de los hechos».

La vacuidad de esa última frase resulta exasperante. No le dice nada. ¿Está la policía en el aparcamiento o a escasos metros de ella? ¿Están lanzándose en helicópteros? ¿Hay una docena de agentes o un centenar?

Lincoln vuelve a separarse de ella y lo deja hacer, supone que necesita estirar las piernas. Pero al ver que da unos cuantos pasos, lo agarra por la camisa y lo devuelve a su lado.

—No te alejes —susurra—. Tenemos que permanecer sin movernos y sin decir nada hasta que llegue la policía.

—¿Va a venir la policía a por nosotros?

Se había olvidado de mencionárselo.

—Sí —responde—. Estamos esperando a que llegue la policía y capture a ese tipo que va armado, luego vendrán a por nosotros y nos dirán que ya podemos volver a casa. Pero tenemos que estar muy quietos porque se trata de que ese hombre malo no nos vea. Es como jugar al escondite.

—A mí no me gusta jugar al escondite.

—Habla más bajo —vuelve a decirle.

—No me gusta jugar al escondite —repite Lincoln en lo que podría calificarse como voz baja.

—No te gusta cuando tienes que esconderte solo —le recuerda Joan—. Pero esta vez me escondo yo contigo.

Lincoln patea la tierra y la hierba, las remueve con la punta del zapato y levanta pequeñas nubes de polvo. Pasa un rato sin decir nada, observando solo el movimiento de los pies. Desliza una mano por la piedra.

—Namba namba namba namba namba —empieza a cantar.

Después de las cinco primeras notas, ella reconoce la melodía del himno de la Universidad Estatal de Míchigan. A veces canta sin ninguna letra. Es como si estuviera lleno hasta el borde de sonido y movimiento y fuera inevitable que uno u otro acaben por derramarse, lo cual normalmente no es malo, aunque en estos momentos provoca que el terror que siente Joan aflore hasta alcanzar la superficie.

Separa los dientes. Se ha dado cuenta de que los mantenía apretados solo cuando la mandíbula le ha empezado a doler.

—Namba namba namba namba namba —repite Lincoln, entonando a la perfección.

—Demasiado fuerte —dice ella, también demasiado fuerte.

Lincoln asiente, como si estuviera esperando justo esa reacción. Está mirando algo por encima del hombro de ella. Se coloca a la pata coja, manteniendo el equilibrio.

—Mira —dice en voz baja, moviendo la cabeza en dirección al edificio—. Eso es un biney.

—¿Un biney? —repite ella.

Lincoln levanta el brazo y señala un grifo que sobresale de la pared.

—Sí.

—¿Esa cosa que parece un grifo?

—Sí. Pero no es un grifo. Los bineys parecen grifos.

—Cuéntame más cosas.

—¿Sobre los bineys? —pregunta.

—Sí.

Joan ya no aprieta los dientes. Tampoco respira trabajosamente. Le parece que está hablando de manera normal. Está casi segura de que su voz ya no suena como la de un abogado. La trabaja con atención, asegurándose de que las palabras suenen tranquilas, relajadas, asegurándose de que su voz suene como la de una madre y no como la de una loca a punto de ponerse a gritar, gimotear y tirarse del pelo.

Lincoln se aproxima, pero no se sienta. A lo mejor intuye que la loca lo acecha.

—Pues resulta —dice— que los bineys tienen cabeza, tronco y colmillos. El cuerpo largo y pelos a modo de patas.

—¿Y qué más? —susurra Joan.

—No tienen boca. Comen con la nariz y huelen con los ojos. No pueden tener lengua.

—¿Y viven en los zoos?

—Sí —responde Lincoln—. Solo en los zoos. No he oído hablar nunca de un biney salvaje.

—¿Son peligrosos? —pregunta ella y al instante piensa que no tendría que haber formulado la pregunta. Está intentando distraerle y el niño no necesita recordatorios de cosas malas.

Pero sigue tan tranquilo.

—Algunos sí —responde.

—¿Y ese es de los peligrosos? —pregunta ella, mirando fijamente el grifo.

—No —responde él—. Ese es trepador. Trepan de árbol en árbol y, si no pueden trepar, van a rastras. Hay bineys que son de hierba. Otros son de plantas o de ropa. O de carne.

Joan reflexiona sobre lo que acaba de oír. Se obliga a sonreír, porque es lo que en condiciones normales haría.

Le encanta cuando se pone así, a inventar. Recuerda una vez que estaban en el vestíbulo de un hotel y se quedó mirándola y le anunció: «Tengo dos niñas pequeñas en el bolsillo. Niñas diminutas. Una se llama Lucy y la otra Bombero». En otra ocasión le dijo que todos sus animales de peluche iban a una iglesia donde nadie llevaba ropa interior.

«Esto es bueno», piensa Joan. Es una alternativa al pánico.

—Pero parecen grifos —le incita, en voz muy baja. No sabía que era capaz de hablar tan bajito.

—Es un depredador —susurra él, como si esa fuera la respuesta a su pregunta—. Y también un reptil. Pero son como los hipopótamos, pueden llegar a ser agresivos.

Joan intenta recordar en cuál de sus libros aparece la palabra «agresivo». ¿Era en el de los caimanes? ¿O en el de la antigua Grecia? El teléfono vibra sobre el muslo. Lo protege con la palma de la mano para poder leer el mensaje de su marido.

«No puedo más. Tengo que saber cómo estáis. Háblame».

Aprieta el teléfono. Paul está imaginándose cosas horribles, por supuesto. «Si siempre esperas que suceda lo peor, solo puedes llevarte una sorpresa agradable», le dijo un día cuando empezaban a salir, a lo que ella replicó: «Es la tontería más grande que he oído en mi vida». A veces, el decidido pesimismo de él es una especie de broma entre ellos. Pero ahora está justificado.

«Estamos bien —escribe—. Estamos en un lugar muy seguro. Aquí estamos seguros. ¿Ha entrado ya la policía en el zoo?».

«No lo sé. Nadie quiere decirme nada por teléfono. Estoy yendo al zoo en coche».

—Ese biney no se mueve, mamá —musita Lincoln—. Ese biney no se mueve nada de nada.

—Creía que era de los trepadores —dice ella, sin dejar de teclear.

Un solo hombre, piensa. Y toda la policía. ¿No tendría que haber ya camiones blindados, gafas de visión nocturna, gas y agentes del FBI? Ha pasado como mínimo media hora desde que se oyeron los primeros disparos.

«¿Por qué tardan tanto?», escribe.

«Ni idea. Voy a averiguarlo. Te quiero».

Lincoln sigue hablando. Cree que se ha repetido ya más de una vez.

—¿Qué, cariño? —le pregunta.

—Antes trepaba —dice—. Ese biney trepaba, mamá. Antes...

Si lo ignoras, repite las cosas.

—Vale —lo interrumpe ella con rapidez—. Entendido. Ese biney trepaba.

Lincoln está mordisqueando el cuello de la camisa, la mirada clavada en el grifo.

—Me parece que está muerto —musita.

Joan se queda mirándolo, la luz del teléfono no se ha apagado aún.

—Supongo que estará durmiendo —dice.

—No —replica él—. Está muerto. Los bineys se mueren con mucha facilidad.

Vuelve a mirar la pantalla y le escribe a Paul que volverá a decirle algo más tarde. Comprueba por quinta o sexta vez que el teléfono está en silencio. Se obliga a dejarlo en el suelo a su lado y vuelve a estar a solas con su hijo, sin nadie que los ayude. Sin nadie excepto un biney muerto.

—Pues a mí me parece que está durmiendo —insiste.

Lincoln sigue mordisqueando el cuello de la camisa. Normalmente, ella le pide que pare, pero esta vez lo ignora.

—Tengo sed —dice Lincoln.

Se alegra de que cambie de tema. Abre el bolso; se alegra también de que haya sido uno de esos días en que ha insistido en que podía beber de las fuentes.

—Aquí tienes tu bibe —comenta, pasándole su botella de plástico con agua.

—Mmm —dice él, después de dar un trago larguísimo. Un húmedo bigote resplandeciente le bordea el labio superior—. Todavía está fría.

Sigue bebiendo y el agua le cae por la mandíbula. Deja por fin la botella y se seca la boca con la manga de la camisa.

En un par de ocasiones, Joan ha utilizado la palabra «bibe» en vez de «botella» hablando con adultos. En su casa es una palabra real y aceptada como puede serlo cualquier otra del diccionario, una de las muchas palabras que no eran palabras antes de que él llegara. Un babero es un «perro limpio» porque tenían un cuento en el que salía un perro descuidado que se tiraba toda la comida encima y un perro limpio que llevaba babero. «¿Me pasas un perro limpio?», pide Lincoln si ve que se está ensuciando. A los nudillos los llama las rodillas de los dedos. Y tiene un vocabulario completo de no-palabras de cuando era pequeño, tan pequeño que aún no era él. Durante un tiempo, a las pelotas las llamaba «das» y a las pasas «zu-zas». Cuando quería pintar lo indicaba sorbiendo por la nariz, porque una vez intentaron pintar con la nariz y no con los dedos y, por lo visto, la experiencia lo dejó muy impresionado.

Extendía un brazo con la muñeca doblada, y con ello indicaba un «flamenco».

Emitía una especie de silbido cuando pedía más huevos. Sssss, como el sonido que hacen cuando caen a la sartén caliente. Había creado su propio idioma.

Hay muchas cosas que no existían antes de él.

Hailynn solo sabe una cosa: es culpa de su madre.
Si su madre no le hubiera quitado el teléfono,
todo sería distinto. Kailynn estaría llamando a la policía,
a su padre o a quien fuese. La gente debe de estar desesperada por tener noticias de ella. Recuerda cómo Victo-
ria, en el colegio, publicó tropecientos mil mensajes
después de aquel accidente de coche en el que acabó con
una conmoción cerebral y lo preocupado que estaba
todo el mundo, pero eso no era nada en comparación
con estar encerrada en un pequeño almacén del zoo.

Pero no, solo por haberse quedado dormida tres
mañanas seguidas y haber perdido el coche compartido
para ir al colegio y que su madre tuviera que llevarla,
solo por eso, se ha quedado sin teléfono. Existen muchas
posibilidades de que su madre se sienta tan culpable por
lo sucedido que es muy probable que Kailynn acabe con
un teléfono nuevo.

Es casi suficiente para sentirse contenta, pero no del todo. Palpa la puerta de acero y la nota sólida y fría, le gusta el tacto suave del metal, así que extiende la mano sobre ella, como si quisiera dejar impresa su huella. El kétchup le ha dejado los dedos pegajosos.

Está sola. Cuando tiene el teléfono, nunca está sola.

Además, el tercer día que llegó tarde, por la ventana de la habitación vio el coche compartido con las demás chicas dentro saliendo marcha atrás del camino de acceso a su casa y bajó corriendo la escalera para pillarlas. No fue culpa suya que se largaran tan rápido. Eso no tendría que haber contado como llegar tarde. Aunque para su madre sí.

Kailynn corre el pestillo, abre un poquitín la puerta y observa a través de la minúscula rendija. Nada. Nadie. Se aparta el pelo de la cara y le da un mordisco a una galleta en forma de animal. Una jirafa. El azúcar elimina el sabor a algodón que nota en la boca, aunque preferiría comer aros de cebolla o patatas fritas.

La comida siempre ayuda.

Su padre se ríe de ella porque no quiere estar nunca sola, porque hace los deberes donde sea que haya alguien más: en el salón mientras él mira la tele o en la cocina con su madre mientras limpia la encimera. Dice que ni siquiera le gusta estar a solas en su propia habitación, lo cual debe de ser cierto, puesto que sigue compartiéndola con su hermana, por mucho que le hayan dicho que, siendo la mayor, podría instalarse en el sótano. Pero le gusta oír la respiración de otra persona cuando intenta conciliar el sueño.

Ojalá su madre estuviera allí.

Está bien. Está en el lugar más seguro imaginable y, si alguien vuelve a entrar, puede echar el cerrojo de seguridad y será imposible acceder a ella. Estar asustada es una sandez. Su padre no estaría asustado. Cuando era pequeño, se iba al bosque con una pistola, mataba animales y luego los abría para ver cómo eran por dentro. Prendía fuego a una silla simplemente para verla arder. Nunca se quedaba sentado, deseando hacer cosas. Hacía cosas.

Ojalá ella también fuera de las que hacen cosas.

Come otra galleta en forma de animal. Un león.

argaret siempre organiza su paseo para llegar a los elefantes a las cinco y diez, que es normalmente la hora en que los cuidadores los sacan a la zona frontal del recinto y les dan órdenes para que caminen hacia delante y hacia atrás, se arrodillen y levanten los pies. Los cuidadores dicen que la rutina del final de la jornada está diseñada para verificar si tienen problemas de articulaciones o en las pezuñas, pero Margaret sospecha que simplemente les gusta presumir.

Disfruta viéndolo, de todos modos. Es un espectáculo de circo gratuito del que nadie más en el zoo parece estar al corriente y no alcanza a comprender qué es lo que posee a toda esa gente mayor que prefiere hacer ejercicio dando vueltas en chándal a un centro comercial. Viene aquí los lunes, miércoles y jueves, y camina a la mayor velocidad posible durante exactamente una hora, tal y como el médico le ha recomendado. En cuanto los elefantes entran en su edificio construido con metal y ladrillo, regresa al aparcamiento.

Margaret siempre está allí puntual, pero los cuidadores no. A veces llega y el recinto está completamente vacío, con la excepción de un par de elefantes perplejos. Los elefantes son más de fiar que los cuidadores. Sospecha que los cuidadores son *millennials,* más preocupados por el yoga y la paz interior que por hacer su trabajo.

De modo que hoy, cuando se encuentra con un recinto vacío, no es la ausencia de seres humanos lo que le sorprende, sino la ausencia de elefantes. Los ve a lo lejos, caminando pesadamente por la falsa sabana. No siguen su rutina. Espera unos minutos a la sombra de un enorme contenedor de metal. Sigue con los auriculares puestos —está solo a dos capítulos del final de la novela de Patricia Cornwell— y se fija en el cartel que hay en el contenedor, donde se lee: «¿TE HAS PREGUNTADO ALGUNA VEZ CÓMO SE TRANSPORTA UN ELEFANTE?».

Se quita los auriculares, guarda el reproductor MP3 en el bolsillo y nota de inmediato que algo va mal. Se tensa, aunque no existe un motivo claro para esa reacción. Llega a la conclusión de que lo que la perturba es el silencio y la quietud. Mira el reloj, pensando en que tal vez no ha controlado bien la hora. Pero no, faltan aún unos minutos para que cierren.

Normalmente se ven visitantes dirigiéndose hacia la salida. Hoy no ve a nadie.

Claro que ella está situada en lo bajo de una pendiente, al final del territorio de los elefantes. Entre el montículo que se eleva delante de ella y el contenedor de metal que queda a su derecha, tiene muy poco campo de visión. Empieza a subir la cuesta, intentando calmarse, pero antes de llegar arriba oye dos sonidos rápidos, como de electricidad estática o el crujido de un trueno. Casi al mismo tiempo oye una voz, aguda, una sola nota. No puede calificarlo de grito.

Da un paso más, suficiente para ver el pabellón con tejado de paja del restaurante temático, y oye que se acercan pasos, rápidos. No sabe por qué, pero da media vuelta y empieza a descender de nuevo, y pisa de tal manera que se le tuerce la rodilla mala. Ignora el dolor y se introduce corriendo por la abertura del contenedor, cuyo interior está más oscuro de lo que cabría esperar.

Se pega a la pared y nota la frialdad del metal en los brazos. Piensa que es una tonta, pero se adentra en las sombras con la mirada fija en la abertura del contenedor, observando la escena invariable de la arena del recinto de los elefantes. Oye más pasos y luego voces amortiguadas; los pasos se aceleran. Oye que alguien toca con los nudillos una superficie metálica o de cristal. Un portazo. Más crujidos secos.

Se pregunta si los elefantes sentirán claustrofobia. La turquesa que lleva colgada al cuello parece hielo sobre la piel y la acaricia con los dedos. La compró porque era del mismo color que su forro polar; que las cosas combinen a la perfección sigue proporcionándole placer.

No sabe cuántos minutos han transcurrido. No se ha movido porque, sea lo que sea lo que esté pasando,

Margaret no cree en los beneficios de actuar con precipitación. Le gusta considerar los problemas en todo su contexto. Esta estrategia le ha ido bien para aclararse el pelo hasta un tono rubio miel que no deja ver las canas y le ha ido bien para comprarse un adosado moderno e insulso en vez de una bonita casita *art déco* con problemas en el tejado, y le ha ido también bien para mantener la boca cerrada cuando su hija decidió que su nieto estudiara en casa, a pesar de que, Dios lo sabe bien, un poco de interacción social le habría venido estupendamente.

Margaret piensa en la cara de su hija, siempre con aspecto cansado porque se niega a pintarse los labios para salir de casa.

Entra un mosquito y se pierde en la oscuridad del contenedor. Lleva un rato sin oír ningún ruido. Lo que por un momento le ha parecido tan real ahora adopta el aspecto de un ataque de pánico y percibe esa preocupación clínica, que empieza a resultarle ya familiar, por un posible inicio de alzhéimer o un tumor cerebral. Que la gente corra y grite tiene todo tipo de explicaciones. Adolescentes, seguramente. Es muy posible que ya se haya quedado encerrada en el zoo, que se vea obligada a suplicarle a algún empleado muy condescendiente, pero no puede seguir aguantando más allí dentro, escondida en una caja gigante.

De modo que sale y se da cuenta de que el sol ha desaparecido detrás de la hilera de árboles. Asciende lentamente la cuesta, dándole a la rodilla la oportunidad de relajarse; quedarse quieta de pie es lo peor. No ve nada, excepto los recintos de toda la vida, el parque infantil a la derecha y los monos columpiándose en las cuerdas de la casa de los primates.

Se ha vuelto una vieja nerviosa.

Observa el camino y pone rumbo hacia el snack bar Sáhara o comoquiera que se llame. Capta el sonido de sus suelas de goma al entrar en contacto con el cemento y el ambiente huele raro, como a humo. Sin querer, da un puntapié a una tacita de bebé tirada en el suelo. Pasa por debajo del tejado de paja del pabellón del restaurante y cuando emerge de su sombra ve un movimiento entre la vegetación selvática. Las máquinas expendedoras le tapan la vista. Podría ser que el viento haya agitado las plantas, pero también podría ser alguien en alguno de los caminos. ¿Un empleado? Igual se lo encuentra.

Cruza el camino de cemento, en dirección a la máquina de Coca-Cola. Hay una puerta que da acceso al restaurante, justo antes de las máquinas.

Solo se fija en la puerta cuando pasa por delante.

Solo se fija cuando se abre.

Solo se fija cuando una mano sale y tira de ella hacia el interior.

III

Ha perdido a Mark. Robby, que está en estos momentos de pie, solo, mirando esos cerdos, no sabe qué hacer. Mark sabría qué hacer, eso seguro, y no puede haber desaparecido. Es tan silencioso Mark... Ese es el problema. Puede largarse sin que te des cuenta.

Nunca nadie dirá de Robby que es silencioso.

Mark y él estaban junto al lago, el uno al lado del otro, cuando sonaron los primeros disparos. No podías ver las balas mismas, pero sí volar fragmentos de ladrillo y de hojas y ramas de la casa de los loros, y también plumas, vistosas, y el aire se removió y se volvió denso, como en plena tormenta aunque con mayor rapidez, y nadie le había dicho nunca que las armas podían producir eso. Hubo gritos, gritos sin palabras, y también nombres de gente pronunciados a viva voz, «¡Elizabeth!», una y otra vez. Hubo un instante en que se quedó paralizado y luego Mark y él echaron a correr, siguiendo a las pocas personas que aún podían moverse; habría una docena ya en el suelo, boca arriba y boca abajo, y luego, corriendo cuesta arriba, saltó por encima de una mujer que musitaba algo e intentaron entrar en el restaurante que está en lo alto de la colina, pero no hubo suerte, y luego se dirigieron hacia los gatos de la jungla y Mark seguía a su lado. Pero después, cuando Robby miró por encima del hombro, Mark ya no estaba. Así que Robby se ha parado aquí, en el templete sombreado que hay al lado de los cerdos salvajes, aunque el cartel los llame jabalíes.

Es un buen lugar, porque está rodeado de paredes, así que no pueden verlo desde lejos y él sí puede mirar por las rendijas que se abren entre las maderas y observar los caminos. Los jabalíes olisquean la porquería del suelo, sus colmillos están mugrientos. Las armas y las balas les traen sin cuidado. Eso seguro.

Robby no sabe si seguir corriendo o quedarse esperando aquí. ¿Haría bien si grita para llamarle, confiando en que los malos no le oigan?

Quedarse esperando es lo más fácil. Observar. Es bueno observando.

Aunque hay muchas cosas en las que no es bueno. Piensa en una fiesta de cumpleaños de hace mucho tiempo y no quiere pensar en ella, intenta concentrarse en los jabalíes, en el tamaño de su cabeza y en que no tienen cuello, y no, no quiere pensar en aquel cumpleaños, pero es como si estuviera activando la neurona equivocada, una neurona que no «elimina» sino que «subraya»: el día que fue a la fiesta de Aidan, donde según su madre habría *s'mores*[*], y a él le encantaban los *s'mores* y la madre de Aidan abrió la puerta y le dio un abrazo y le enseñó una tienda de campaña que había montado en el cobertizo.

La madre de Aidan era guapa, con una larga melena oscura, y era especialmente agradable y estaba de acuerdo con él en que los Raiders tenían el logo más horroroso de toda la Liga de Fútbol Americano. Recuerda haber pasado un buen rato hablando con la madre de Aidan, que era muy agradable que alguien lo escuchara y que los demás niños estaban haciendo otra cosa —¿un juego de pesca con pinzas de tender la ropa y una cuerda?—, y que entonces le entraron ganas de ir al baño. Cuando volvía por el pasillo, oyó que la madre de Aidan estaba hablando.

«Tengo que comentaros algo a todos», decía con voz muy seria, y recuerda que había acelerado porque no quería perderse las instrucciones sobre las galletas y el chocolate.

«Quiero que seáis buenos con Robby —continuó, justo cuando él llegaba al umbral de la puerta, justo cuando se pegó a la pared para hacerse invisible—. Es único. Eso es todo».

A aquellas alturas, Robby ya sabía que no era igual que los demás. Pero oírlo anunciado cambiaba las cosas. La madre de Aidan había intentado que sonase como si estuviese haciéndole un cumplido, pero no lo era y eso

---

[*] Pastelito tradicional en las fiestas de cumpleaños que consiste en malvavisco tostado y una capa de chocolate entre dos galletas. *[N. de la T.]*

lo sabían tanto él como todos los demás. Y ahora está aquí, con la única compañía de aquellos cerdos salvajes, cubiertos de barro y de porquería, asquerosos, y eso que se suponía que hoy sería diferente, ¿no? Por fin. Formaba parte de algo, encajaba. Aunque tal vez los demás estaban simplemente siendo pacientes y tal vez lo tenían todo planeado. No, no tiene sentido.

Se frota de nuevo las manos en el pantalón. Abre y cierra los dedos. Manos sudadas. Ese era otro de los problemas de las fiestas de niños: demasiados juegos en los que hay que darse la mano y entonces siempre dicen: «¡Oh, qué manos!»; incluso un adulto lo llamó una vez «ese niño sudoroso». Pero la brisa que sopla le va bien, le seca las palmas y no puede quedarse aquí, ocultándose. Tiene que pensar, aunque se le da mejor sentir; bueno, no es que eso lo haga estupendamente, pero siente muchas cosas. Siente demasiado. Siente más que los demás y a veces así se lo hace saber a los demás, aunque no lo entienden.

Tendría que estar prestando atención. Mira a derecha e izquierda, se concentra en cualquier cosa en movimiento. Tiene que buscar gente. La cola de la cebra, en un recinto que hay más allá, se agita. La vía del tren. Árboles. Ardillas en las ramas, persiguiéndose. Intenta mirarlo todo.

Antes de perder a Mark, Robby le oyó decir que morirían si no salían de aquí. Mira otra vez los jabalíes. Piensa en la mujer que decía algo en voz baja, la que sorteó cuando iba corriendo. Llevaba el uniforme de color caqui del zoo y la mitad de la camisa tenía un color rojo brillante. Observa los jabalíes y piensa en cómo sería tener uno como mascota, y piensa lo mismo sobre las ardillas, piensa en mascotas, pero piensa también en las dos ardillas que se persiguen, se pregunta si será un juego o algo más serio y lo que pensarán esas ardillas de sí mismas.

Piensa.

Piensa.

¿Les costará tanto a los demás conseguir que los pensamientos guarden un orden correlativo, uno detrás de otro, como vagones unidos entre sí? Él siempre pierde el rumbo y las sensaciones presionan para abrirse paso. ¿Dónde está Mark? ¿Se quedará aquí solo hasta que lleguen unos hombres armados y lo maten de un tiro, con lo que venir hoy al zoo habrá sido el mayor error de su vida? ¿Tan tonto es? Es tonto. A veces está seguro de ello, pero su madre se enfada cuando lo dice y su madre... Cierra los ojos, intenta contener el aire. ¿Por qué lo hace? ¿Por qué siempre acaba, cuando ya es demasiado tarde, deseando deshacer lo que ha hecho, deseando poder empezar de nuevo, odiándose por haberlo fastidiado todo, sabiendo que volverá a fastidiarlo?

Uno de los jabalíes está orinando en el suelo. Son animales bastos, feos y con cara de tontos. ¿Por qué se dejarían enjaular?

Levanta la pistola que tiene en la mano, descansa el cañón en la palma, la mueve entonces por encima de la valla. Aprieta el gatillo. Oye mal, confuso, desde que cruzaron la entrada y piensa que ojalá hubieran traído tapones, pero ahora los disparos ya no suenan tan fuertes. Se decanta por la velocidad más que por la precisión y apunta a la cabeza, al vientre y a la cola: le gustaría volarle de un tiro la cola. Está solo a un par de metros de distancia, no a cuarenta o cincuenta, como en el campo de tiro, y este objetivo no se mueve como la gente, de modo que le sorprende el daño que causa. El primer cerdo queda abierto en canal, el contenido del abdomen se derrama en el suelo, suelta vapor, y el segundo jabalí también está muerto, así que se cobija en la glorieta antes de que le llegue el olor.

Nadie le había mencionado nunca lo del olor.

Mantiene los dedos en el gatillo de su Bushmaster, un clásico, y de nuevo se siente sólido. Ha controlado los pensamientos y las sensaciones. No sabe por qué Mark le ha soltado todo ese rollo de que necesitaba ajustar la empuñadura, de que la extensión de la parte posterior de la culata le daría un ángulo mejor. A él le gusta tal y como está. La sensación en la mano es buena.

Oye pasos. Se gira, la pistola preparada.

—¡Tranquilo, idiota! —grita Mark, agachándose tanto que casi se arrodilla. Tiene la Glock en la mano y una Smith & Wesson en la pistolera.

Robby baja el arma.

—¿Dónde estabas?

—Cazando. Pensaba que me seguías. ¿Estás listo?

Robby mueve la cabeza en un gesto afirmativo.

18:00

Joan cree que nunca había estado tan atenta a los cambios del cielo. La franja encendida que se veía después de la puesta de sol se ha extendido e intensificado. El cielo está completamente estriado y ha adquirido el color de un melocotón. Los colores son más intensos.

Oye un sonido en el interior de la Zona de los Primates. Un golpe fuerte, de un portazo o de algo que se ha caído. Otra vez el chasquido de eso que no son globos —su ritmo recuerda el de unas uñas tamborileando rápidamente sobre una mesa— y luego cristales rotos. Un chillido agudo, no humano.

Todo queda otra vez en silencio, como si el volumen estuviera excesivamente bajo, aunque es evidente que dentro del edificio hay algo que se mueve. Alguien que no teme que se le oiga.

—Shhh —le susurra a Lincoln—. No digas nada de nada. Quieto como una estatua. Se acerca.

Lincoln no le pregunta quién.

—Abrázame —le dice en voz baja—. Cierra los ojos y desaparece.

A ella también le gustaría cerrar los ojos, pero no lo hace. Intenta respirar al mismo ritmo que Lincoln. Nota las manitas enredándose en su pelo y presionándole la nuca. Lo nota adherido a ella, de la cabeza a los pies.

Lincoln no es despegado, como muchos niños. Es un bultito cariñoso. Sabe que tiene permiso para meterse en la cama de sus padres a las siete y media de la mañana —a las siete, tres, cero, dice él— y respeta escrupulosamente los términos. Por muy temprano que se despierte, permanece en su cama hasta la hora exacta y luego coge un montón de animales de peluche, abre la puerta de la habitación y anuncia: «Son las siete, tres, cero. Estoy aquí para los mimitos».

Joan levanta las sábanas y extiende los brazos y, a veces, él acurruca la cabeza contra su hombro o su cuello, cierra los ojos con fuerza y dice: «He desaparecido». Ojalá funcionase así. Ojalá pudiera abrazarlo y hacerlo desaparecer.

Otro chillido en el edificio. Curiosamente, suena como un loro, aunque ahí dentro no hay loros.

La respiración de Lincoln es húmeda y trabajosa. Una bolsa de plástico se ha pegado a la valla metálica y se hincha con el viento, como una medusa atrapada por una ola.

Joan inspira y espira. Inspira y espira.

Piensa que oirá pasos. Es lo que está esperando, porque en las películas funciona así, aunque no oye pisadas de ningún tipo. Estaba segura de que llevaría botas, un calzado que pisara fuerte, pero durante unos segundos larguísimos, que se hacen eternos, solo ha habido silencio hasta que por fin se ha abierto la puerta de cristal —un sonido mucho más sofisticado de lo que nunca habría imaginado, un pitido prolongado, luego un gemido breve y una aspiración de aire— y ni siquiera entonces, después de que la puerta se abra y se cierre otra vez con un sonido quejumbroso, oye pasos.

Se oye el sonido suave de la puerta al cerrarse y luego nada, y mira hacia el otro lado del recinto, la valla metálica, los pinos, y busca la bolsa de plástico que flotaba y ve, en su lugar, una hoja levitando en el aire, enganchada en una telaraña. Empieza a preguntarse si es posible que no hubiera nadie, si ha sido solo el viento o, incluso, si se ha imaginado los ruidos.

Entonces empiezan las voces, una apagada y la otra no.

—Nada —dice la voz fuerte.

—¿Es que no has ido nunca de caza? —pregunta la voz más apagada, ronca, como si hubiera estado tosiendo—. Habla más bajo, gilipollas.

Dos. Hay dos hombres. Deben de estar en la pasarela de madera desde la que se domina el recinto. Lo cual significa que están separados de Lincoln y ella por la valla, que les llegará a la altura de la cintura, cuatro metros de terreno y las rocas, cuya solidez percibe pegada a la espalda.

No puede evitar imaginárselos en base a los escasos datos de sonido que posee. El de la voz más apagada la lleva a recordar la imagen de un chico alto que iba con ella a clase de matemáticas en el instituto. Era inteligentísimo, pero siempre andaba colgado, y tenía el pelo muy largo por la parte de atrás y mal cortado. No hablaba nunca a menos que se lo pidieran y cuando la profesora se lo pedía era siempre porque lo había sorprendido mirando las musarañas o atándose los zapatos, ignorando agresivamente lo que sucedía en clase, y la señora Vinson pronunciaba su nombre a gritos, de forma seca y airada, y le formulaba una pregunta muy concreta cuya respuesta él no tendría que saber, pero que sí sabía, absolutamente siempre. Jamás dejaba una pregunta sin responder y siempre hablaba muy bajito, tanto que tenías que aguzar el oído para oírlo, y aquello era una competición constante y tácita entre él y la señora Vinson, para ver si conseguía sorprenderlo sin que supiera la respuesta, algo que nunca ocurrió.

—Si no hay nadie… —dice la voz que quiere ser oída.

—Animales no.

—No será como…

—No más animales.

Al de la voz fuerte se lo imagina obeso y sospecha que tiene una cabeza demasiado grande para su cuerpo. La camiseta por fuera, dedos rollizos. El tipo de persona que tiene la sensación de no estar integrada y que por lo tanto presiona para encajar, lo cual solo sirve para complicar las cosas.

No se los imagina como árabes... Ha estado preguntándoselo, por supuesto. Pero no parecen terroristas. Parecen hombres blancos jóvenes —¿acaso no son siempre hombres blancos jóvenes?—, repulsivos, y no tiene del todo claro si esto los hace más o menos peligrosos que un par de fanáticos yihadistas.

Oye que se abre la segunda puerta, la que lleva a los orangutanes. Lincoln emite un sonido mínimo, un movimiento con la cabeza, y adivina que está a punto de pronunciar su nombre —«mamá», mejor dicho, pues prácticamente se ha convertido en su nombre— y lo calma, le acaricia la cabeza, y él calla, aunque Joan se pregunta cuánto durará su silencio.

La zapatilla de Lincoln se le clava en el muslo.

La hoja se agita de un modo irremediablemente lento en la telaraña y desearía que se detuviera por completo, porque no le gusta el movimiento. Quiere que todo se quede quieto.

Quiere que la escena se convierta en un cuadro, donde nadie pueda moverse.

—¿Nunca habías querido disparar a un león? —pregunta el de la voz más potente. El gordo—. ¿Ir de safari? Sé que sí.

—Eso no era un león.

—Ya, ¿pero qué demonios era? Blanco y negro, greñudo, y con esos dientes. Esa cosa no era un mono.

«Era un colobo», piensa Joan. Le encantan su barba blanca y su mirada triste, las cortinas de pelo que les cuelgan de los brazos. Se pasan el día columpiándose en las cuerdas de un recinto que hay en una esquina, entre los lémures y los gibones.

—Calla —dice el «casi chico de la clase de matemáticas».

—No ha quedado ninguno —dice el de la voz potente—. Y, en serio te lo digo, tal y como ha quedado destrozado ese jabalí, tienes que haberlo...

—Calla. Algo queda. Vamos.

Joan percibe tensión en los músculos, nota que su cuerpo se ha endurecido como un cascarón. Vuelve a apretar los dientes. Lincoln le tamborilea en la nuca marcando un ritmo constante, las puntas de los dedos se mueven suavemente, pero, aparte de esto, permanece inmóvil.

—Es trampa hacerlo con eso —dice el de la voz apagada, enfadado—. ¿Dónde está entonces el reto? Has disparado a treinta a la vez. ¿Dónde está la gracia?

—¿Celoso? —dice el de la voz potente.

¿Por qué siguen hablando? ¿Por qué no han cruzado todavía la puerta que han abierto hace años?

—¿Estás ciego, pastelito de miel? —pregunta el de la voz más potente, que, de repente, suena mucho más fuerte. Tan fuerte que la cabeza de Joan da un respingo—. ¿Eres acaso un topo olisqueando el estiércol? ¿Un pez sin ojos cubierto de mugre o una larva quejumbrosa?

—No estoy ciego —replica el más apagado y su voz ya no transmite enfado. Aunque tampoco suena como su voz. Habla más despacio y en un tono más grave. Como si estuviera representando un papel—. Estoy pensando.

—Lo cual viene a ser lo mismo, pastelito de miel.

Hay algo extraño entre ellos, piensa Joan. En esas voces. En lo de «pastelito de miel».

—¿De verdad piensas que hay más? —pregunta el de la voz potente.

Vuelve a sonar normal, sin rastro de ese hablar arrastrado que ha notado en su tono hace un momento. Espera a que el más apagado responda, pero no lo hace. El silencio es mucho peor que la conversación. ¿Habrán visto parte de su pelo asomando por encima de las rocas? ¿Estarán preparando las pistolas, levantando la pierna para saltar por encima de la barandilla? ¿O se habrá limitado el más apagado a responder con un gesto de asentimiento? ¿Estarán abrochándose mejor los zapatos o recolocándose bien la coleta? ¿Llevarán coleta y navajas, y son inteligentes o tontos, o locos?, ¿tendrán un plan, una estrategia, o son suicidas o tienen intenciones sádicas?

¿Cómo va a saberlo? Si ni siquiera los ha visto. Tiene el enemigo al lado y esta es su oportunidad de averiguar algo, lo que sea, que la ayude a darle un poco de sentido a la situación, pero solo dispone de piezas sueltas —monos, pastelito de miel y matemáticas— y ninguna de ellas encaja.

Oye el crujido de la pasarela de madera bajo sus pies.

—Vamos —dice el de la voz apagada.

—Señor, sí, señor.

Una risotada. Se cierra la puerta con un «bum» que parece succionar el aire y un pequeño eco. Se da cuenta de que está emitiendo un murmullo tranquilizador junto al oído de Lincoln. Parece un niño cuando quiere imitar el sonido del viento. Pero no deja de hacerlo, porque Lincoln sigue callado y ella no está preparada para oírlo hablar. Estrecha el abrazo. Si pudiera, se quedaría ahí inmóvil con él durante una hora o dos, durante un día, durante toda la eternidad, lo necesario para que él no recordara jamás el sonido de aquellas voces.

Lincoln se agita entre sus brazos; la parte superior de la cabeza choca contra la mandíbula de Joan.

—Tengo el hipopótamo —musita.

Joan abre la boca, pero solo emite un gruñido imperceptible. Traga saliva y vuelve a intentarlo.

—Shhh —dice.

—Tengo el hipopótamo —repite Lincoln, más flojito si cabe.

—Oh —consigue decir ella.

Fue uno de sus primeros juegos de palabras; lo que quiere decir es que tiene hipo. Siempre ha pensado que fue su primer chiste, pero ahora recuerda —ahora que baja la vista y se centra en su cara y en su aliento, que huele a la mantequilla de almendras que debe de haber comido para merendar— que, antes incluso de empezar a hablar, simulaba que iba a beber un sorbo del café de Joan para que esta le dijera: «¡Los bebés no beben café!». Y él se moría de risa.

Le parecía divertidísimo poner los pies sobre un libro.

Lo aparta ligeramente, lo acomoda sobre sus rodillas.

—Intenta contener la respiración y luego traga —le susurra.

—Tengo el hipopótamo —repite y frunce el entrecejo.

Joan parpadea varias veces sin darse cuenta, siempre se ríe cuando él hace el chiste del hipopótamo. Es por eso. Él sabe que normalmente se ríe y esta vez no, por eso ha vuelto a intentarlo.

—Tonto —dice y emite un sonido que espera que pase por una risa.

Se oyen disparos. Ya no piensa que sean sonidos de globos. Se encoge de miedo, aun cuando, mientras hace el gesto, sabe que no están especialmente cerca. Pero son muy seguidos, varios disparos, sin apenas una pausa entre ellos.

Piensa en la voz más tranquila, cuando le ha dicho a la voz más fuerte que estaba haciendo trampas. Treinta a la vez.

A Lincoln se le escapa otro hipo. No menciona los disparos, ella tampoco.

Observa su entorno. Solo se mueven los árboles.

El teléfono cobra vida de repente. Vibra contra el suelo, anunciando su presencia pese a estar en silencio. La pantalla se ilumina y lo coge para detener la vibración.

Pronto se hará de noche y la pantalla será más visible. El teléfono está convirtiéndose en un gran problema.

«Estoy fuera del zoo —escribe su marido—. La policía lo tiene todo acordonado, pero hemos formado un grupo y estamos en Essex St., esperando. Somos unos diez, todos estamos preguntando por los que aún están dentro. De modo que tiene que haber más gente contigo. La policía no nos dice nada».

Reflexiona sobre el mensaje, no está segura de cuánto tiene que contarle. Sabe que hay más gente dentro. La ha visto tirada en el suelo. Y también que la policía se equivoca: no hay un solo hombre armado. Debe decírselo, pero esto significaría reconocer que esos hombres han estado tan cerca que casi podría haberlos tocado.

Tiene que responderle.

«¿Está dentro del zoo? La policía», escribe.

«Todavía no lo sé. Ni siquiera veo la entrada del zoo. Nos han dicho que esperemos aquí. Dicen que ellos se ocupan de todo. No sé qué más puedo hacer».

Siente un fogonazo de rabia, una sensación que le resulta familiar, sospecha que está esperando que ella le diga qué debe hacer. Hay momentos en los que se siente la responsable de todo: lo que Lincoln debe llevar para la excursión, cuándo tiene que venir el técnico plaguicida, cuándo están a punto de quedarse sin leche, y se pregunta por qué hay miles de cosas que caen bajo su responsabilidad y por qué Paul está tan feliz dejando que todo recaiga sobre ella. ¿Incluso ahora es capaz de hacerla más responsable? ¿Más culpable?

Lee de nuevo el mensaje y la fuente negra con la que está escrito le resulta intolerable.

Pero echa de menos su caligrafía. Cada mañana le deja una nota en la cocina: «Estoy enamorado de ti y muy especialmente de tu culo» y «Eres la jugadora número uno de mi selección». Le deja preparado el café para que esté caliente cuando ella se levante, aunque él no tome.

Es el bailarín menos cohibido que conoce.

«Estamos bien —escribe—. Al menos aquí no hay mascotas».

«Eso sí que sería el peor escenario posible», responde él enseguida.

Casi logra sonreír.

«El enlace que me has pasado decía que piensan que hay un hombre. Hay dos. Los he oído pasar», teclea.

Tarda en responder más de lo esperado. Seguramente estará imaginándose cosas terribles, aunque sepa que no han sucedido.

«¿Han pasado a vuestro lado?», escribe.

«No nos han visto. Pero informa a la policía de que son dos. Aunque solo he oído voces. No he visto nada».

«Se lo diré», responde él.

Joan sabe que le gustaría decir más cosas, pero no le da oportunidad. Le escribe explicándole que debe estar atenta y que le quiere, y él le contesta que él también y la pantalla vuelve a quedarse negra. Su oscuridad resulta reconfortante.

—¿Se ha marchado ya el hipopótamo? —le pregunta a su hijo.

—Me parece que sí —responde.

Intenta recuperar el estado de ánimo adecuado para dialogar con él —bajito, lo más bajito posible— y que todo parezca normal y correcto. Una parte destacada de la maternidad consiste en fingir estados de ánimo que no sientes del todo. Ya ha pensado otras veces en ello, cuando pasa una hora seguida escuchando a los personajillos de plástico representar una batalla, aunque ahora le parece que tal vez esas batallas eternas eran buenas, que tal vez eran un ensayo.

A Joan se le da bien fingir. Empezará a hacerlo de nuevo en cualquier momento.

Mira la hierba. Le parece ver una serpiente, pero no es más que un palo. Las sirenas suenan otra vez, aunque ahora es evidente que no están en el aparcamiento. El sonido se intensifica, viene de lejos y se aproxima. Tiene la sensación de que lo que oye es un camión de bomberos —o dos o tres—, no un coche de policía, aunque no sabe muy bien cómo definir la diferencia.

Cuando apenas sabía hablar, Lincoln llamaba desde la sillita del coche a los bomberos con aquel teléfono de plástico con luz. «Hola, bombero. Hay un incendio en la ciudad. Trae casco. Y botas. Y chaqueta. Y hacha. Y mangueras».

No comprende por qué no puede estar aquí y ahora. Con este niño. Es como si estuviese decidida a revivir antiguas versiones de él. Flotan a su alrededor, esponjosas y cálidas.

—Oigo sirenas —dice Lincoln.

—Yo también —contesta ella.

Lincoln asiente.

—¿Crees que habrá un incendio en el zoo? ¿Por las armas?

—No creo.

—Los hombres podrían tener bombas.

—No creo.

—¿Eran los hombres malos? —pregunta—. ¿Los que hemos oído hablar? ¿Ese que hablaba de animales? ¿Y de larvas?

Recuerda que en el colegio les han hablado de las larvas. A lo mejor están estudiando las mariposas. Lincoln escucha y reflexiona y da vueltas y más vueltas a las cosas, como si estuviera puliendo una piedra, y luego escupe el producto acabado. Creía que su silencio era porque estaba distraído por el hipo, cuando en realidad estaba simplemente alumbrando más ideas.

—Eran los malos —le confirma.

—Se reían.

Siempre tiene esa lucha interna con las historietas. Piensa que los malvados no deberían sonreír. «¿Cómo es posible que los malos sean felices?», pregunta.

Joan le acaricia los nudillos.

—¿Recuerdas que a veces los malos se alegran de hacer daño a la gente? —le pregunta, y en ese mismo instante recuerda que él le dijo un día: «¿Sabes, mamá? Leemos cosas sobre malvados pero yo no conozco ningún malvado. Toda la gente que conozco es buena».

—¿Así que esos hombres reían porque les parece divertido hacer daño a la gente? —pregunta él.

—Sí —responde ella.

Lincoln menea la cabeza.

—Villanos —dice.

Se queda mirándolo, está tranquilo y pensativo. Agita sus largas pestañas y parpadea, todo en él es suave y redondeado. El pediatra dijo de él que era un niño «objetivamente guapo».

Cuando nació, Joan decía que era el George Clooney de los bebés. Paul le dijo un día que Muddles era el George Clooney de los perros salchicha y ella le contestó que él era, por supuesto, el George Clooney de los maridos, a lo que él le replicó que se había rodeado de Georges Clooneys. Aquel día, ella había estado intentando comer sopa con leche de coco con Lincoln dormido sobre su hombro y le había derramado un poco sin querer por la espalda y luego el bebé había olido a *lemongrass* toda la tarde.

Se está levantando viento. Los brazos se le ponen de piel de gallina.

—¿Tienes frío? —le pregunta a Lincoln.

—No —responde.

Seguramente es cierto. Es como un horno.

—Si lo tienes, dímelo —insiste ella.

—Vale.

Si todo fuera tan sencillo… Si siempre le dijera lo que necesitaba… Lo que pensaba. Lo que quería.

Los pinos de su alrededor tienen alambre de púas en la base. El puercoespín muerto debía de tener la costumbre de comerse la corteza. Una fina capa de pinaza cubre la hierba, no se había dado cuenta de ello hasta que se han sentado; ahora empieza a notar que le pincha las piernas y las manos. Oye un helicóptero a lo lejos y examina el cielo, pero no ve nada. Los oye a menudo, los helicópteros, de camino hacia los hospitales de la ciudad, y el latido de los rotores contiene algo que resulta reconfortante y escalofriante a la vez; ese sonido significa que hay alguien gravemente malherido —¿una madre atropellada por un tráiler?, ¿un adolescente que se ha tirado desde un puente?—, pero significa también que se ha puesto en marcha un protocolo. Que hay una solución en camino.

El helicóptero se desvanece y se oye otro sonido. Transcurren unos segundos durante los cuales Joan mantiene su atención puesta en el helicóptero, aguzando el oído para oírlo, no dispuesta a dejarlo marchar. Pero tiene que dejarlo marchar, al final, porque el otro sonido aumenta de volumen.

Un bebé que llora.

Un bebé.

Al principio no quiere creerlo, pero el gemido se hace más intenso y sabe que nada más puede explicar ese sonido. No suena como un bebé de verdad, es un grito oxidado y nasal, más parecido al que emite un muñeco bebé cuando le aprietan el estómago.

Pero sabe que no es un muñeco bebé.

Ve un movimiento al otro lado de la valla, cerca del bambú. De entrada es solo un cambio en la oscuridad, no muy distinto al movimiento de un árbol, pero luego aparece una forma que enseguida se distingue de las sombras y la forma es una mujer, su cabello largo agitándose al aire. Tiene los brazos cruzados sobre el pecho, camina dubitativa. La mujer es tan similar aún a una sombra que es imposible saber si la curvatura de los brazos está vacía o podría estar ocupada por un jersey o un bolso.

Pero el llanto se hace evidente. Lo que presiona la mujer contra su cuerpo no es un bolso.

—He oído un bebé —dice Lincoln.

—Shh —contesta ella—. Calla.

—¿Por qué hay un bebé?

Joan observa a la mujer avanzando junto al bambú y le parece oír un murmullo, que podría ser simplemente el aire otoñal. Pero imagina que la mujer está tranquilizando al bebé, porque realiza pequeños movimientos al compás del murmullo, se balancea ligeramente sin dejar en ningún momento de andar. Realiza un gesto de balanceo a partir de la cintura y pasa una mano por lo que debe de ser una cabeza rizada. El bebé no se calma, aunque el sonido está amortiguado, ya no es tan penetrante, y Joan sabe que la madre —¿seguro que es la madre?— debe de tener la carita presionada contra su cuerpo.

—Lo veo —dice Lincoln con un gañido—. Está allí.

Joan le tapa la boca con la mano. El contacto de los labios con los dedos intensifica los recuerdos de su cuerpo; recuerda cómo era abrazarlo contra su pecho, sus piernecitas dobladas, tan compactas, las arrugas de grasa condensándose, la cabecita suave apoyada en el hueco del codo, un encaje perfecto con ella, y esa sensación de intentar acallar el llanto.

Pero ahora pelea con ella, intentando retirarle la mano. La aparta.

—Shhh —repite Joan.

A veces, por aquel entonces, la boca de él acababa en la barbilla de ella como un pez ventosa. Ella lo equilibraba con cuidado sobre el antebrazo, pegado a su cuerpo, y paseaba así por la casa, y él se bamboleaba, como si tuviera la columna de goma.

—Por favor.

Son solo dos palabras, las transporta el viento. La mujer debe de estar hablando con su bebé, no se imagina que pueda haber alguien más escuchándola. Las palabras contienen pánico y un centenar de cosas más.

—¿Qué hacen? —pregunta Lincoln finalmente, en voz muy baja.

—Intentan esconderse —le responde ella al oído—. Como nosotros.

La madre y el bebé están a diez o doce metros de donde Lincoln y ella están acurrucados. Joan podría llamarlos. Podría decirle a la mujer que los hombres rondan por allí. Podría alertarla de que se mantenga al aire libre, de que no ponga el pie en ningún edificio porque los hombres cazan allí. Podría compartir con ella este escondite, que está empezando a considerar el lugar más protegido, seguro e inesperado de todo el zoo. Ya le ha salvado la vida una vez.

El bebé llora muy fuerte.

Si se deja ver, ¿querría la mujer venir con ella? ¿Sentarse a su lado y compartir este consuelo?

El bebé llora muy fuerte.

Si una mujer con un recién nacido pide ayuda, ¿qué tipo de persona se la negaría?

Cuando Joan ve mujeres con niños pequeños, las envidia, anhela sentir el peso en sus brazos, desea coger al bebé de la desconocida y olerle la cabecita y recorrer con el dedo la palma de su mano, porque le encantaba la sensación de un cuerpo pequeño contra el de ella y se preguntaba si debería decirle a Paul que le gustaría mucho tener otro hijo, por mucho que hubieran acordado que con uno era suficiente. Cuando ve una mujer con un recién nacido en brazos, lo codicia.

Aquel bebé, la piel de la cabeza fina como un pañuelo de papel. La boquita pidiendo. Las manos agitándose.

Pero no la llama. No dice nada de nada.

Observa la forma oscura de la mujer dejando atrás el bambú, moviendo la cintura en un gesto de balanceo constante. El bebé no calla. Y después la forma y el sonido desaparecen, y Lincoln y ella vuelven a quedarse solos.

18:17

Mamá, tengo que ir a hacer pipí.

Tiene una vejiga de acero este niño. Casi nunca pide ir al baño.

—¿Puedes hacerlo como un perrito? —le pregunta en voz baja.

—No quiero hacerlo como un perrito. Está muy oscuro.

Tiene razón en cuanto a la oscuridad. El cielo está azul oscuro, casi negro. Joan vislumbra su mano si se la coloca frente a la cara, pero solo el perfil.

—Ves suficiente —le dice.

—Quiero un váter —insiste Lincoln, subiendo el tono de voz—. Un váter de verdad. Para poder tirar de la cadena.

—Mira —le explica Joan—. Los malos siguen por ahí. Tienes que estar muy callado para que no nos encuentren. Cuando lleguen los policías, nos marcharemos a casa. Pero, por el momento, tienes que hacerlo como un perrito.

Se lo piensa. Cuando le enseñaron a usar el orinal, pasó meses en los que solo se sentaba si le dejaban ponerse un casco de bicicleta.

—Podrían oírme hacer pipí —dice—. Podrían dispararme.

Joan nota que le arde la nariz, el preludio de las lágrimas, y solo de pensarlo siente pánico. No puede verla llorar.

—No te oirán —contesta—. Yo estoy aquí a tu lado.

«Y puedo parar las balas —le gustaría añadir—. No dejaré jamás que te hagan daño y soy más fuerte y más rápida y más lista que cualquiera que pueda haber por aquí». Y la cuestión es que no tiene que decirlo siquiera, porque él lo cree así y a ella le gustaría creerlo también.

Joan ve que a Lincoln le tiembla el labio inferior y que sus hombros empiezan a agitarse. Por vez primera, ve el miedo reflejado en su rostro.

—Mamá —dice, dando un paso hacia ella—. Quiero mimitos.

Lleva tiempo sin hacerlo, aparte de la rutina matutina; es la palabra clave de su nerviosismo, la que utiliza cuando accede a un espacio lleno de caras desconocidas. Joan abre los brazos y él se acurruca contra ella, la cara pegada a su cuello. Joan capta su respiración, la humedad de la boca contra su piel. Las manos que se enredan en su cabello. Cuando era un bebé, enredaba así los dedos mientras ella le daba de mamar y había tenido que dejar de llevar coleta porque los deditos se perdían en el aire, buscando.

—Eres mi niño —le susurra.

Los hombros se le relajan cuando absorbe el peso de él. Posiblemente esto no hable muy bien de ella, el hecho de que sentir la necesidad que su hijo tiene de ella la reconforta. Lincoln restriega la nariz contra su mandíbula, la respiración algo entrecortada. Se aparta un poco y Joan nota que le han quedado mocos pegados en la barbilla.

Lincoln restriega ahora la nariz contra la clavícula de su madre.

Ella levanta el cuello del polo, tirando del algodón, y se limpia los mocos. Sigue sorprendiéndole que no le produzcan asco. Nunca si son de él.

Es una intimidad muy distinta de la que puede haber con un amante. Con un amante puedes sentir el consuelo más perfecto con su cuerpo, la sensación de que su cuerpo te pertenece y de que el tuyo le pertenece a él, y puedes sentir la libertad más natural del mundo para posarle la mano en el muslo, acercar tu boca a la suya tal y como sabes que le gusta, dejar que se acurruque pegado a ti en la cama, pelvis con pelvis, pero los dos seguís siendo, al fin y al cabo, dos cuerpos distintos y el placer surge de la diferencia.

Con Lincoln, la línea que separa sus dos personas es confusa. Ella le limpia y le seca cualquier fluido corporal, y él le mete los dedos en la boca o recupera el equilibrio con una mano en la cabeza de ella. Él cataloga las pecas y lunares de su madre con el mismo cuidado con el que controla sus propios rasguños y moratones.

No sabe del todo que es un ser aparte de ella. Todavía no. Por el momento, el brazo de ella es tan accesible como su propio brazo, las extremidades de ella son también las extremidades de él.

Ambos son intercambiables.

—¿Aún necesitas hacer pipí? —le pregunta, la boca pegada a su sien.

—Creo que puedo aguantarme un poco.

—No, no aguantes —dice ella—. No sé cuándo podremos acercarnos a un baño. Hazlo, no pasa nada.

Él niega con la cabeza.

—Me quedaré a tu lado —insiste ella—. Puedes hacerlo aquí mismo.

—¿Aquí donde estamos sentados? —exclama, horrorizado.

—No. Allí. ¿Ves donde está esa maleza?

Nota que levanta la cabeza y la gira.

—Tengo que quitarme los zapatos —dice Lincoln, soltándose, y Joan sabe que lo ha convencido.

—Shhh. Un poco más flojito. No te quites los zapatos. —Todo es mucho más complicado si se quita los zapatos—. Si lo haces, tendrás que caminar descalzo sobre la tierra.

Hay veces en que no puede influir sobre él en lo más mínimo. Pero hay otras en las que es como una habitación que conoce tan bien que puede moverse por ella a oscuras perfectamente.

—No me gusta notar la tierra en los pies —replica el niño.

—Lo sé.

Camina hasta el punto exacto donde ella le ha dicho y empieza a bajarse el pantalón, sin tocar los zapatos. En cuanto empieza a orinar, el sonido del líquido al golpear las plantas se hace interminable y durante un breve instante ella se pregunta si se habrá equivocado al pensar que ese ruido no causaría ningún problema. Termina por fin y le preocupa que le haya caído alguna gota en los zapatos, y ella le dice que esté tranquilo y le pasa una toallita húmeda que saca del bolso para que pueda limpiarse.

—¿Mamá?

—Dime.

—No quiero seguir aquí más rato.

—Lo sé, cariño. Ahora límpiate las manos.

Lincoln tiene la mirada clavada en la toallita, la sujeta con dos dedos, permanece inmóvil.

Mira la oscuridad, atraída por los escasos puntos de iluminación: el resplandor de una farola cercana, el destello más tenue de una luz al otro lado de los árboles, la luna. Mira el teléfono. La oscuridad ha cambiado las cosas, lo sabe. Hasta ahora le ha preocupado el ruido que pudiera emitir el teléfono, pero además está la luz. La luz se ha convertido en algo excepcional y llamativo. Pero ya debería haber recibido más noticias. ¿Estará, tal vez, corriendo más riesgos por no mirar el teléfono? Ahueca la mano para proteger la pantalla y, cuando se ilumina, la luz es a la vez excesivamente intensa y dulcemente familiar. El mundo entero está ahí, en ese pequeño rectángulo.

Protege el teléfono con su cuerpo. Pero cuando mira la web de WBTA se encuentra de nuevo con los tres breves párrafos que ha leído antes. Busca otras páginas de noticias locales y no hay nada, y mira luego la CNN y descubre una fotografía de la entrada del zoo, la fotografía perfecta de un folleto. En la esquina de la foto hay un aviso de «ÚLTIMAS NOTICIAS» y debajo se lee: «El incidente de un hombre armado en el zoo de Belleville se convierte supuestamente en una situación con rehenes».

Nota en la pantorrilla el impacto húmedo de la toallita.

—No quiero limpiarme las manos —anuncia Lincoln.

—Shhh. En voz baja. Mamá está leyendo una cosa.

—¡No quiero limpiarme las manos! —grita, tan fuerte que ella se encoge de miedo.

—¡Calla! —le dice entre dientes, guardando el teléfono en el bolso—. ¡Hablas demasiado fuerte! Te oirán.

Se queda mirándola y ella suspira. Lo coge por la mano sin limpiar y lo atrae hacia ella. Cuando vuelve a hablar, lo hace con un tono más calmado.

—Ya sabes que tenemos que estar muy callados —susurra—. Y que siempre nos lavamos las manos después de ir al baño. Si no, podemos caer enfermos.

Mientras lo dice, se pregunta por qué estará hablando con él sobre higiene.

Una situación con rehenes.

Rehenes.

—Quiero ponerme enfermo —dice Lincoln—. Me gusta estar enfermo.

Joan asiente despacio. El volumen de la voz vuelve a subir. Rebobina sus pensamientos y concentra en él toda su atención. No puede culparlo por su terquedad. Están atrapados en ese rincón escondiéndose de hombres armados. Pero, por otro lado, es hora de cenar y sabe que su humor está directamente relacionado con sus niveles de azúcar en sangre. El mal humor va ligado al hambre. Si no le da de comer, empezará a gimotear, a llorar y, muy posiblemente, a gritar.

—¿Te gusta estar enfermo? —le pregunta.

—Sí —responde él en tono desafiante.

«Demasiado alto demasiado alto demasiado alto». El terror aparece de nuevo y se esfuerza por engullirlo.

—Shhhh —dice, con suavidad. Delicadamente. Como cuando le da una cucharadita exacta de jarabe para la tos o le aparta un mechón de pelo; el tacto lo es todo—. ¿Sabes qué? Superman nunca se pone enfermo.

—Sí que se pone enfermo, si hay kryptonita —replica él y ella percibe la sensación de triunfo que experimenta, similar a la que se imagina que experimentó Edmund Hillary al hacer cumbre en el Everest—. Kryptonita verde —aclara—. Como la que sale en *El tubo maldito* y en *Skrag, el conquistador de la Tierra*.

—Me gusta el de Skrag —comenta ella.

Observa el cambio en su rostro, incluso antes de que levante la barbilla y eche los hombros hacia atrás. La rebeldía se ha apoderado de él.

—Pues a mí ese no me gusta —dice.

—¿No? Creía que era uno de tus favoritos.

—Es el menos favorito.

No quiere darle argumentos para discutir.

—De acuerdo —concede.

—Es un libro horroroso.

—De acuerdo. No levantes la voz.

—El peor libro que he leído en mi vida.

Cuando se pone beligerante, inventa argumentos. Joan se pasa la mano por la cara y siente que estirar y presionar la piel le produce alivio. Se aprieta los párpados, nota la firmeza de los globos oculares bajo los dedos y, cuando por fin retira la mano y se pasa la lengua por los labios secos, nota un sabor a tierra y sal que no le resulta desagradable.

—¿Quieres jugar con los muñecos? —le pregunta.

—No —responde él, rápidamente.

No hay que hacer mucho caso cuando responde tan rápido. Espera. Observa para ver sus pensamientos reflejados en sus facciones.

—Sí, por favor —añade Lincoln, corrigiéndose.

Y aquella cosa oscura y exigente que hace un momento tenía dentro desaparece. Se esfuma con la misma rapidez con que ha aparecido, siempre funciona así. Y reaparecerá con la misma velocidad. Cuando suceda, sabrá gestionarlo.

Abre el bolso y finge que está buscando en el fondo, mientras, con la otra mano, toca la pantalla del teléfono. Está nerviosa, tanto por la luz como por la posibilidad de frustrar a Lincoln por tener la atención dividida, pero piensa que tiene que haber enlaces a algún artículo debajo de la foto del zoo y el titular. Le basta con un par de barridos con el pulgar para echar una ojeada a la breve columna de texto.

«El equipo de operaciones especiales se encuentra en el lugar de los hechos...».

«... La policía no ofrece detalles».

«Los relatos de los testigos son contradictorios...».

No hay todavía una historia que contar. Hay más vacíos que sustancia.

—¿Mamá? ¿Y mis muñecos? —dice Lincoln, y le apoya una mano en el hombro.

—Ya voy —contesta, intentando encontrarle el sentido a lo que acaba de leer. ¿Seguirá pensando la policía que se enfrenta a un único hombre? ¿Y que el hombre se ha hecho fuerte en alguna habitación de algún edificio? ¿Creen que el peligro está encerrado y contenido?

—¿Mamá? —vuelve a decir Lincoln, más fuerte esta vez. Y con tono de enfado.

Se vuelve hacia él y saca por fin del bolso unos cuantos hombrecillos de plástico. Se los da, sin estar muy segura de si hace bien; sabe que cuando representa sus historias no calla, que hay peleas y discusiones, pero no se le ocurre otra elección.

Si hace ruido, le hará callar.

Lo piensa como si fuera tan fácil conseguirlo. Como si pudiera hacerlo callar siempre que ella quiere.

—Podría inventarme una historia —dice Lincoln, intentando que los hombres se mantengan de pie sobre el terreno irregular—. ¿Tengo a Depredador?

—Me parece que sí —responde Joan, buscando de nuevo, con una sola mano.

Deja el teléfono en el bolso; si entra un mensaje de texto, es probable que lo pase por alto, pero el bolso bloqueará la luz que pueda emitir la pantalla. Vuelve la cabeza para estudiar hasta el último centímetro del escenario a su alrededor: los árboles, el bambú, las vías del tren y los espacios abiertos, y no aprecia ningún movimiento entre las sombras. Oye un sonido lejano, agudo, que podría ser el de un bebé llorando. No es la primera vez que lo oye. No está del todo segura de que sea real.

—¿Lo has encontrado, mamá? —pregunta Lincoln.

Pasa la mano por el fondo del bolso, que es una orgía de figuras de acción. Palpa las llaves y varios bolígrafos, hay mugre que se le mete bajo las uñas, pero encuentra también piernecitas sólidas, brazos y cascos. Saca a alguien; no, es Wonder Woman. La guarda y empieza a buscar de nuevo.

Ah. Depredador. Lo saca y le quita de la cabeza una pasa que se le había quedado enganchada.

—Ten —dice, pasándoselo a Lincoln.

Compró a Depredador porque estaba de oferta a dos dólares en Barnes & Noble y Lincoln siempre andaba buscando alguna figurita que pudiera representar a un alienígena. Entonces, una noche, estaban haciendo zapping y vio que daban la vieja película de Schwarzenegger y que era una versión editada, sin lenguaje malsonante ni escenas asquerosas, pensó, de modo que dejó que Lincoln la viese, solo que resulta que ahora, en la televisión normal, se puede decir todas las veces que te apetezca «no seas gilipollas» y «vete a la mierda»; ¿cómo puedes, entonces, dejar que un niño de cuatro años vea la tele?

No le dio ningún miedo. Cuando vio un hombre abierto en canal y colgado de un árbol, dijo: «Vaya, ¿crees que eso eran los intestinos?».

Conoce bien las partes del cuerpo.

—¿Crees que podría hacer de zombi? —pregunta Lincoln, acariciando con la punta del dedo la cabeza del minúsculo alienígena.

—Claro —responde.

Es posible que haya rehenes. Es posible que los hombres que ha oído causando estragos en la casa de los monos hayan acorralado a gente indefensa y que todo el terror esté ahora centrado en un solo espacio de auténtica pesadilla. Tal vez el único error que ha cometido la policía —o la CNN— sea equivocarse en el número de hombres armados. O tal vez la policía está equivocada en todo.

Toda aquella gente que había tirada en el suelo, ensangrentada… Habría gente viva, ¿verdad? Necesitan ayuda médica, ¿no? La policía tiene que llegar lo antes posible. Y si los hombres armados siguen dando vueltas por el zoo, de cacería, no hay tiempo que perder. No hay tiempo para andarse con precauciones.

Podría decírselo a la policía. Podría pedirle a Paul que se lo dijera a la policía.

Pero ¿y si hay rehenes? ¿Y si se equivoca y les dice que entren y luego muere más gente? ¿Y si esos hombres armados se han encerrado en algún lugar y Lincoln y ella están perfectamente seguros donde están ahora?

¿Y si los hombres armados están al otro lado de la valla y una bala le atraviesa la cabeza y ella ni se entera y no puede hacer nada para proteger a su hijo?

—Los zombis tienen la piel verde —dice Lincoln.

—Sí —responde ella.

La noche que vieron *Depredador,* estaba fuera de control. «¿Volverá al espacio Depredador? —había preguntado, dando brincos en la alfombra de la sala de estar—. ¿Cómo podría hacerme una nave espacial?».

«¿Es chico Depredador Es único Tiene amigos Va al dentista Habla inglés Puede vivir en la Tierra Puede respirar aire Es de verdad Vive en las selvas de verdad Por qué ríe al final Le sale sangre como a nosotros?».

«¿Serás mi mamá siempre?», había preguntado también, poco después de que vieran hombres despellejados y brazos arrancados y el cielo iluminado por las explosiones.

«Siempre», le había respondido ella.

«Y cuando sea mayor, ¿seguirás siendo mi mamá?».

«Claro que sí».

«¿Podré seguir viviendo contigo cuando sea mayor?».

«Por Dios, no», había susurrado Paul al pasar por detrás del sofá, su aliento caliente junto a la oreja de ella, aunque ella le había respondido: «Por supuesto».

«Porque quiero estar siempre contigo», había dicho a continuación Lincoln y le había posado la manita en el brazo, allí donde el bíceps se encuentra con el antebrazo.

No será lo que quiera en un futuro, evidentemente. Pero la idea resulta agradable.

—¿Sabes qué, mamá? —dice ahora, y Depredador, el zombi, está excavando la tierra en busca de algo—. No todos los zombis son malos.

—Ah, ¿no?

—No. Hay zombis llamados zombis policías que se dedican a capturar a los zombis malos para meterlos en un agujero muy grande. Son las cárceles de los zombis.

—Shhh —dice ella, demasiado tarde—. Un poco más bajito.

Lincoln continúa y ella asiente mientras, por milésima —millonésima— vez, examina con la mirada los árboles y la oscuridad. Lincoln mueve las figuritas más con el tacto que con la vista, aunque hay un poco de luna y una luz del patio que queda detrás de ellos emite un tenue resplandor. Distingue las curvas de la cabeza de su hijo y las siluetas de los árboles y de los tejados de los edificios. Todo a su alrededor tiene más o menos una forma. Pero si intentara trepar para salir del recinto tendría que andarse con mucho cuidado, puesto que es imposible ver los agujeros o las piedras sueltas que podría haber debajo de cada paso que diera.

¿Cómo estarán los caminos del zoo? ¿Estarán aún encendidas las lucecitas decorativas? ¿Habrá más farolas, señalando el recorrido? Evidentemente, si hay luces tendría que evitarlas. Si acaso decidiera ir a algún lado.

Si acaso fueran a algún lado.

No debería estar sucediendo así. Ha leído cosas sobre tiroteos; está segura de que sabe cómo funcionan. El hombre armado llega y dispara una lluvia de balas y la gente cae al suelo, muerta o herida o fingiéndose muerta o herida, y es un infierno, pero se acaba en cuestión de minutos y entonces llega la policía y / o el autor de los hechos se mata o lo mata la policía. Es un patrón horripilante. Pero es un patrón. Tiene cierta predictibilidad, lo cual siempre le ha parecido lo más horripilante del tema. Las matanzas son lo bastante comunes como para tener una secuencia establecida de titulares y luego de lúgubres fotografías de los asesinos y de fotografías de las víctimas sonriendo en vacaciones y citas en Facebook y atar cabos sobre cómo consiguieron las armas y notas de prensa de las familias de las víctimas. Desea esa predictibilidad. Desea ese patrón.

Pero esto, este no pasar nada y este silencio, esos cadáveres todavía en el suelo, una hora después del suceso, esto no ocurre nunca.

Necesita evaluar de nuevo la situación. ¿Deben seguir esperando aquí? ¿Permanecer escondidos el tiempo que sea? No es la única opción.

Sabe que el perímetro —«perímetro», una palabra que suena muy militar— del zoo está delimitado, pero no consigue recordar una imagen que le indique cómo es ese muro exterior. Está segura de que lo ha visto durante las muchas horas que ha pasado aquí, segura de que ha caminado a escasos centímetros del mismo. ¿De qué está hecho? ¿Es una valla metálica? ¿Ladrillo? ¿Será alto y habrá alambre de púas?

Piensa que, si estuviera sola, elaboraría un plan donde ese muro exterior tendría un papel importante.

A Paul no le gusta nada viajar en avión. Siempre quiere que ella le coja la mano durante el despegue. Intenta averiguar el número de aviones que despegan del aeropuerto y luego multiplica ese número por los aeropuertos que hay en todo el país, combina las cifras y calcula la probabilidad de que el avión sufra un accidente. Las matemáticas lo tranquilizan.

Se pregunta por los metros cuadrados que tendrá el zoo. Lincoln y ella están ocupando ahora aproximadamente un metro cuadrado. Si el zoo tuviera tres kilómetros cuadrados y un kilómetro son mil metros, ¿hay que elevarlos al cuadrado? Serían tres millones de metros cuadrados. Y si saliera corriendo con Lincoln de aquí, estarían ocupando solo medio metro cuadrado a cada paso, de modo que la probabilidad de que los hombres armados estuvieran en el mismo espacio que ellos sería de una entre seis millones.

Sabe que sus cálculos no son, ni de cerca, buenos.

—Yo antes tenía dos pies —dice Lincoln, en lo que Joan imagina que debe de ser una voz de zombi—. Pero no es necesario tener dos. Con uno basta.

Percibe un movimiento por las hojas y la pinaza. Tiene un momento de pánico, demasiados momentos de pánico unidos. Pero esta vez el miedo se esfuma rápidamente. Sea lo que sea, es pequeño. Un pájaro o una lagartija, quizá.

Cuando era pequeña, le encantaba la noche. La noche estaba totalmente abierta y la casa de su madre estaba tan abarrotada… Sus rincones oscuros estaban repletos de cosas en las que no quería ni pensar. Pero la oscuridad exterior era distinta. Salía al pequeño espacio cuadrado con suelo de cemento que hacía las veces de patio, descalza, y se sentaba en aquella tumbona que se caía a pedazos —su madre nunca se tomó la molestia de sustituir el cojín cuando se llenó de moho— e intentaba captar los sonidos. Ranas, grillos y a veces el ladrido de un perro, y el ruido del tráfico de los coches y las cadenas del columpio, que emitían un tintineo metálico cuando las movía el viento, y aquellos sonidos siempre la maravillaban, una vez que se tomó la molestia de prestarles atención.

Aquí sucede lo mismo. Hay capas y más capas de sonidos. Solo que ahora no la maravillan. Sino que la fuerzan a respirar con dificultad.

Escucha de nuevo el llanto del bebé.

18:28

Se ha levantado el viento y se oye un nuevo sonido, como canicas que caen al suelo de la cocina. Debe de haber algún roble cerca, piensa Joan. Y las bellotas rebotan contra el suelo de cemento. Parecen, por un instante, unos piececitos corriendo.

Nota algo duro justo debajo de la cadera, palpa con la mano y saca una piedra casi tan grande como su puño, probablemente un trozo de cemento. Con un golpe de muñeca, lo lanza a escasos centímetros, justo en el momento en que el teléfono se ilumina en el interior del bolso.

«¿Estás ahí?», pregunta Paul.

Desea que su esposo esté allí, a su lado. Lo desea con locura. No es que lo desee de verdad, evidentemente —jamás desearía que corriera peligro—, pero piensa en las curvas duras de su cuerpo presionándose contra ella cuando apagan la luz, la forma de «S» que adoptan, muslos contra muslos, vientre contra espalda, el ombligo de ella contra la columna vertebral de él.

No quiere tener que responderle. No quiere expresar nada en palabras.

Se le concede una prórroga: aparece en la pantalla una alerta de noticias. Percibe un rubor provocado por la impaciencia, se siente aliviada porque por fin el teléfono va a proporcionarle respuestas de verdad. Ha pasado algo: llega la policía. Han matado a los hombres. Y mientras las posibilidades se arremolinan, coge el teléfono y lee lo que dice, y vuelve a leerlo, una y otra vez, porque no tiene sentido.

«Docenas de fallecidos como consecuencia de una riada repentina en Texas», lee en el teléfono.

Le resulta inconcebible que muera gente en un lugar distinto a este. Le resulta inconcebible que exista otro lugar que no sea este. Sigue con la mirada fija en la pantalla aun después de haber eliminado la alerta. Mira a Lincoln, que está sentado, solo sentado, con Depredador en la mano.

Tiene que responder a Paul.

«Esperando —escribe—, preguntándome si tendría que hacer algo distinto».

No hay tiempo para pensar antes de que las palabras de él se materialicen, ni la más mínima muestra de duda en sus líneas rectas.

«QUÉDATE DONDE ESTÁS».

Se pregunta si piensa que las mayúsculas la van a convencer.

«Sabes que…», empieza a escribir, pero los dedos se detienen y se queda mirándolos, arqueados contra la luz, y piensa en la pose de una bailarina hawaiana, aunque es plenamente consciente de que está admirando sus propios dedos.

Un segundo. Dos segundos. Tres segundos.

Escucha.

Algo la ha llevado a detenerse. Sabe que hay *algo* durante un breve instante antes de saber que el *algo* era un sonido.

Entonces lo oye de nuevo. Es un sonido que ella ha emitido cuando caminaba por los serpenteantes caminos de cemento, el sonido que emite un zapato al deslizarse por encima de fragmentos sueltos de gravilla. Una rozadura y un arañazo. Un murmullo, posiblemente. Viene del camino de detrás de la valla metálica, de la inmensa zona oscura que queda al otro lado del recinto.

Bloquea rápidamente el teléfono y tira de Lincoln. Tiene la sensación de estar siempre tirando de él, agarrándolo, tensando los brazos, nerviosa por tenerlo lejos —«no tan lejos, no tan fuerte, no tan rápido»—, excepto en los momentos, claro está, en que es él quien tira de ella, quien la estrecha contra sí, quien está nervioso por tenerla lejos.

«Mamá, aúpa, po favó», decía cuando aún no dominaba el sonido de la «R».

«Aúpa, po favó. Aúpa, po favó. Aúpa, po favó».

Examina con la mirada la oscuridad —ahora es completa— y no ve nada más allá de la valla. Sabe que el bambú sigue ahí, y las vías del tren y los caminos, y confía en que la mujer con el bebé esté de nuevo allí u otra persona que busca un escondite, y esta vez, le dice a Dios, esta vez llamará y ayudará y compartirá su escondite, si alcanza a comprender qué es ese sonido.

No ve nada. Pero puede oír.

Susurros, inconfundibles. Susurros masculinos, como una emisora de radio que apenas se capta.

No se han encerrado en ninguna habitación.

—Silencio —le dice a Lincoln, aun cuando no emite ningún sonido—. Los malos.

—¿Qué...? —empieza el niño a decir, pero ella lo hace callar y él se queda escuchándola mientras reza una veloz oración de agradecimiento y, mientras la reza, se pregunta, una vez más, si Dios estará castigándola por pensar que su hijo es más importante que el hijo de la otra mujer. Lo haría otra vez sin pensarlo, no puede arrepentirse sinceramente por mucho que la culpa pese sobre ella como lana mojada y se pregunta, a veces, sobre sus ideas respecto a Dios.

Se acercan, le parece, seguramente por el camino asfaltado que corre en paralelo a las vías del tren. Oye pasos, un deslizar y un crujido de vez en cuando.

Las sombras permanecen uniformes, inmóviles.

No cree que Lincoln y ella sean visibles. Se imagina la luz que hay en los aleros que cubren parte de la pasarela y sabe que el extremo del recinto está iluminado, pero la zona de piedras donde están escondidos es prácticamente negra. Agita los dedos de la mano y apenas puede distinguir el movimiento.

Pero el teléfono. ¿Y si han visto la luz del teléfono?

—Aquí —dice una voz, muy tenue, más cerca de lo que cabría esperar, y le parece la palabra más aterradora que ha oído en su vida.

—¿Allí? —dice la otra voz.

—No. Por ahí.

Aún no puede verlos. Pero parece que están a pocos metros de la valla… ¿A siete metros? ¿A diez? Lo bastante cerca como para comprender todas y cada una de las palabras que pronuncian, aunque tenga que aguzar el oído para conseguirlo. Se han quedado quietos, piensa, esperando.

¿La habrán visto? ¿Estarán mirándola, apuntando hacia ella?

Le roza la mejilla una polilla, sus alas resultan un peso. Cruje una rama por encima de sus cabezas. El viento le agita el pelo y se le mete en la boca. No lo escupe.

—No veo nada —dice uno de ellos.

—Shhh.

Joan mira el teléfono que ha guardado debajo del muslo, aunque no lo ve por la oscuridad. Está segura de que han visto la luz de la pantalla y está también segura de que seguirán buscando hasta que la encuentren. Es por su culpa. Sabía el riesgo que corría y no lo ha valorado lo bastante.

El precio del error que ha cometido es demasiado alto.

—Mamá —le dice Lincoln al oído, y Joan no sabe si realmente ha hablado tan alto como le ha parecido.

A veces se besan de broma en las orejas, haciendo el mayor ruido posible. «Voy a hacerte un muac en la oreja», dice Lincoln y chasquea los labios justo al lado de su pabellón auditivo, y ella recibe la dulce y dolorosa percusión del beso, la calidez de su aliento, igual que ahora, el calor húmedo del aire que exhala, que emana de él y le empapa la piel aun cuando el aire se lo lleva enseguida.

—Desaparece —susurra, tan bajito que no sabe si él la ha oído, aunque parece que sí, puesto que apoya la cabeza en su hombro.

Está de rodillas, se da cuenta entonces, un pie asentado en el suelo, está lista para incorporarse y echar a correr. Quiere correr. Pero no ve nada y tampoco sabe, si pudiera ver, hacia dónde iría. La oirían moverse. Tendría que encaramarse a la valla, con Lincoln en brazos, y esa zona está bien iluminada.

Tiene que seguir quieta.

No sabe si podrá conseguirlo. No sabe si acabará atrayéndolos.

—¿Estás seguro? —dice una voz.

Da por sentado que son los dos hombres que han entrado antes en el edificio de los primates, aunque es imposible estar segura de ello. Ya no distingue entre ambas voces. Hablan los dos en voz baja.

—Aquí hay alguien —dice otra voz.

—¿Alguien escondido?

La otra voz no responde. Durante un rato solo se oyen el viento y las hojas y algo alejado que ulula. Joan no hace más movimiento que acariciar la cabeza de Lincoln, una y otra vez.

Se escucha un tintineo, un movimiento en la valla. Quizá un zapato o un brazo apoyado en el metal o quizá alguien que ha tropezado. Le parece vislumbrar la forma de cabezas y hombros, planos e informes como monigotes de papel en la oscuridad.

—«Te perdiste y te encontré» —dice una voz cantarina, aunque no canta. Parece más bien recitar un texto litúrgico, desafinando; la voz sube y baja—. «Viviste en el desenfreno, / fuiste expulsada al exilio, / pero ahora eres mía».

Continúa. Más fuerte. Se lo imagina sonriendo y casi espera que empiece a dar palmas para marcar el ritmo.

—«Tomaste la delantera, aunque sabías que te seguiría. / Tu cuello estaba desnudo. / Baja la cabeza. / Tengo tu collar».

La voz es tan potente que la oye perfectamente. Cree que es el que antes hablaba más bajito. Es la voz más fina, más aguda. Para alguien que se jactaba de ser un cazador tan experto, no parece preocuparle haber dejado de ser sigiloso.

O a lo mejor es que se siente muy seguro de sí mismo.

—«Tengo tu collar» —repite y pasa la mano… No, arrastra algo metálico por encima de la valla y el resultado es un sonido casi musical.

Joan intenta calmar el ritmo de la respiración; lo oye, está casi jadeando. De los pulmones le suben escalofríos.

—Una *squab* me ha dicho que solo quiere la paz —dice uno de ellos con ese hablar arrastrado de antes. Al menos la recitación ha parado.

Hablan en un tono de voz que lleva a Joan a pensar que ni han dejado de estar alerta ni se sienten demasiado confiados o, al menos, no solo estas dos cosas. Pretenden que quienquiera que esté por allí los oiga.

El sonido de algo que rasca contra la valla sigue ahí. Regular y metálico. Cae una bellota con un crujido sordo.

—¿Y qué has hecho? —dice el otro.

—¿Que qué he hecho, pastelito de miel? —Ese hablar arrastrando las palabras—. La he hecho pedacitos. Piernas, brazos y un par de dedos.

Ríen los dos y aquella risa cómoda, como acordada —un viejo chiste—, la lleva a caer en la cuenta: lo que citan es de alguna película.

No reconoce las palabras, pero está segura de que es así. Tuvo una vez un novio que era capaz de recitar párrafos de diálogo enteros de *Tiburón* y cuando su hermano aún vivía con ella —apenas recuerda que hubo un tiempo en que no estaba ella sola con su madre— siempre introducía frases de *La guerra de las galaxias* en una conversación normal y sonaba exactamente igual que esta gente. Cuando su novio y su hermano se ponían a divagar, era como si hablasen en otro idioma —palabras unidas, con todo tipo de significados que a ella se le escapaban— y el resultado era esa cadencia vertiginosa y reverencial que capta ahora en la entonación de estos hombres.

«De aquellos mil cien hombres que cayeron al agua, solo quedamos trescientos dieciséis, al resto los devoraron los tiburones».

«Estos no son los androides que estáis buscando».

La valla suena como si los hombres estuvieran agarrados a ella y la sacudieran. Desplazarla es imposible, claro está; lo único que pretenden es hacer ruido.

Han avanzado por el camino, están más cerca del bambú. Nota el movimiento, un cambio en la oscuridad. Zarandean también esa valla.

—Espío con mis ojitos —grita uno de ellos.

Pero no ven nada. Lo sabe. Están jugando. Esperan hacer salir a la presa de su escondite, igual que su padre azuzaba a su labrador para hacer salir a las palomas, cuando su padre aún vivía, y las palomas salían volando y él les disparaba y el perro le traía una y si no estaba muerta su padre le arrancaba la cabeza y la tiraba al suelo, porque decía que para la paloma era menos doloroso así; pero, con todo y con eso, la sangre seguía manando del agujero del cuello y la cabecita con pico yacía en la hierba. Solo la llevó a cazar una vez, que ella recuerde.

—¿Qué espías? —dice uno de los hombres con voz normal.

—Algo oscuro —dice el otro.

Vuelven a reír. Se pregunta si habrán estado bebiendo.

Lincoln emite un sonido junto a su cuello que suena como Muddles cuando le pisas una pata.

El miedo que siente se enfría y endurece con las risas de los hombres, y le sorprende descubrir que está furiosa. Esos imbéciles empuñan armas y cantan temas infantiles. Y su hijo lloriquea entre sus brazos. Recuerda que cuando iba a la universidad fueron en grupo a una casa encantada y que delante de ella había un hombre gigantesco —metro ochenta y pico y el físico de un jugador de fútbol americano—, y lo tenía tan cerca que, si se le hubiera ocurrido detenerse de repente, ella habría chocado a buen seguro contra su espalda. La acompañaba el chico con quien salía entonces, pero aquel hombre era un escudo mejor. Y de pronto, bajo una luz estroboscópica, apareció un zombi con máscara armado con una motosierra falsa, a menos de un palmo de ella, frente a frente, y empezó a gritar como una loca, y el zombi debió de asustar también al gigantón, pues el tipo —en un destello de luz blanca— le arreó un puñetazo al zombi y entonces, en vez del zombi, en el suelo apareció un adolescente que, cuando se despojó de la máscara, tenía la boca ensangrentada y gimoteaba, y recuerda que el adolescente no le dio ni una pizca de lástima y que, de hecho, se sintió muy orgullosa del futbolista.

Cree que los hombres armados son adolescentes. No son hombres adultos o, como mucho, apenas son hombres. Y son idiotas. No piensa permitir que esos adolescentes imbéciles que cantan cancioncillas maten a su hijo.

Si quieren jugar a juegos de simulación, ha visto bastantes películas y, la verdad, esto parece una más. Y si ella no es más que un personaje, actuar le resultará más fácil. Despega uno de sus brazos de Lincoln —la otra mano sigue entre sus rizos enmarañados— y palpa las malas hierbas en busca de la piedra que ha lanzado antes y, casi de inmediato, la captura entre los dedos. Tiene perfiles afilados y es sólida. Encaja perfectamente en la mano, se siente cómoda con ella, como si fuese una pelota de béisbol. La deja junto a su muslo y extiende de nuevo los dedos sobre el suelo, trazando círculos en la tierra. Otra piedra. Más grande que la primera, no la abarca por completo con la mano.

Se ladea ligeramente, adelanta un poco a Lincoln para poder echar el brazo hacia atrás. No sabe si está siendo muy lista o muy tonta, pero ha empezado ya a cerrar la mano y a tensar el hombro, y lanza la piedra hacia la valla posterior del recinto, confiando en que pase entre las ramas de los árboles y vaya a parar a la vía del tren o a la maleza que la rodea.

Intencionadamente, no pierde el tiempo pensando hacia dónde apuntar.

Uno. Dos. Cuenta los segundos con el brazo paralizado en el aire y oye que la roca impacta contra ramas u hojas; el sonido es más fuerte de lo que esperaba y el lanzamiento no llega tan lejos como confiaba, pero es evidente que ha superado los límites del recinto y que ha aterrizado más o menos en dirección a las vías del tren. Ha aterrizado muchos metros más allá de los hombres, si es que están aún junto a la otra valla.

Se pregunta si identificarán el sonido como alguien que acaba de lanzar una piedra para ahuyentarlos de allí.

Por lo que parece, no, puesto que emiten un gruñido de excitación y obedientemente se lanzan hacia el sonido, abriéndose paso entre los arbolitos y las zarzas que llenan los espacios que flanquean los caminos; sus pasos suenan torpes, inseguros e impacientes.

Supone que confiar en que se partan un tobillo sería esperar demasiado.

Con las pisadas entre los matorrales a modo de ruido de fondo, coge el teléfono que tenía escondido bajo la pierna. Lo nota frío, un pedazo de plástico, nada más. No, es más que eso. El teléfono es el motivo por el cual están aquí sentados, escondiéndose de hombres que apenas si pueden evolucionar en la oscuridad.

Otro sonido: disparos. Sorprendentemente, esta vez parece una máquina de escribir, alguien que teclea sin prisas y con firmeza. Ni siquiera titubea, aunque no entiende por qué el miedo ha desaparecido tan de repente. Se ha acostumbrado a él, tal vez, y no cree además que estén disparando hacia donde está ella. Por otro lado, está la excitación de poder actuar por fin, en vez de limitarse a estar angustiada.

Inspira hondo, lentamente. Los temblores han cesado. Está inmóvil, sólida y lista, es un objeto esculpido y bruñido para un fin. Desliza el pulgar por la pantalla, que se ilumina de nuevo, y lanza el teléfono con todas sus fuerzas, por encima de la valla metálica, hacia el bambú, donde sabe que ha visto montones de pinaza. A la derecha de donde estaban los hombres antes de que corrieran hacia la piedra. Existe la posibilidad, por supuesto, de que los hombres vean un objeto luminoso volando, y existe asimismo la posibilidad de que el teléfono choque contra el suelo de cemento y no solo se haga añicos, sino que delate que ha sido lanzado —el impacto sería evidente—, con lo que todo se iría al traste. Pero no piensa seguir muerta de miedo en aquel rincón, impotente, de modo que observa el teléfono rodar por los aires, rápido y certero, aerodinámico, como si estuviera fabricado para este momento y este lugar, y no se escucha ningún ruido seco, solo un aterrizaje suave, y se pregunta si lo habrán oído.

—¿Qué? —dice uno de ellos y los estúpidos pies que pisotean las estúpidas malas hierbas se detienen, confusos. Lo han oído, lo cual podría ser bueno o malo, y eso es lo que ha hecho: los ha manipulado igual que ellos han estado manipulándola a ella y de repente se siente más caliente, más densa.

Nota una fuerza en su interior, observando.

Ve la pantalla del teléfono brillando a lo lejos, a través de las formas romboidales de la valla metálica, un punto resplandeciente. El lanzamiento no ha estado mal, aunque no ha dado perfectamente en el blanco. Pero el objeto ha quedado boca arriba —que es lo que esperaba— entre las ramas de bambú. El resplandor de la pantalla ilumina un pedacito de palos de madera y hojas temblorosas.

—Allí —dice uno de ellos y Joan ve las olas de sombra que se producen cuando echan a andar y quedan bajo el rayo de luz procedente de los aleros de la Zona de los Primates; superan luego ese círculo de luz y los ve inclinados sobre el teléfono, y sus manos, caras y brazos adoptan por un instante un aspecto fantasmagórico.

Ve cómo uno de ellos se acerca el teléfono a la cara. Va afeitado y es rubio, y blanco, tal y como pensaba. Tiene las facciones finas e insulsas, y se pregunta si será el de la voz fina, si la cara encaja de algún modo con los sonidos que emite.

Joan todavía no ha acabado.

Mientras él mira la pantalla, ella echa el brazo hacia atrás, coge la segunda piedra y apunta más allá de los hombres, hacia el camino, en dirección contraria a donde están ella y las vías del tren. Hacia el corazón del zoo, los recintos, hacia donde está todo. Si pudiera trazar un mapa con los objetos que lanza, confía en que quedaran unidos mediante una línea recta, y que esa línea condujera hacia las aceras, los baños, los bancos y las mesas, hacia los escondites evidentes, los carteles y las etiquetas. Que llevara a cualquier lugar menos a donde está ella.

Lincoln refunfuña, sorprendido por el movimiento del brazo, y Joan lanza de nuevo, y finalmente oye que la piedra impacta contra algo sólido y blando a la vez. Tierra, imagina.

—Están corriendo —dice el de la voz baja y aguda. El que tiene el teléfono.

Debe de haber apagado el teléfono o tal vez se lo ha guardado en el bolsillo, pues la luz ha desaparecido y los oye ahora caminando a paso ligero por el camino, alejándose de Lincoln y de ella, persiguiendo la piedra que acaba de lanzar, pero sin muchas prisas, porque no están preocupados. Están divirtiéndose.

No hace falta ser un genio para hacer lo que acaba de hacer. Cree haber visto algo parecido en las reposiciones de *El espantapájaros y la señora King* o tal vez en *Depredador* o en cualquier otra película de acción. (Qué extraño le resulta imaginarse delante de un televisor, en el sofá, con Lincoln acurrucado a su lado, bebiendo a morro de una botella de agua, escuchando sus preguntas constantes, porque es incapaz de ver nada un minuto seguido sin formular una pregunta). Está segura de que aquellos hombres han visto también millones de películas o series de ese tipo, pero confía en que su arrogancia y su estupidez les impidan reflexionar concienzudamente sobre las cosas.

Sigue oyendo los pasos, débilmente. Rítmicos y tranquilos sobre el cemento.

Lincoln ha guardado perfecto silencio, piensa ahora. Si no fuera por el dolor que siente en el brazo y el peso que percibe sobre la cadera, se habría olvidado prácticamente de que está aquí.

—¿Cariño? —le pregunta.

Se acurruca contra ella, ni siquiera levanta la cabeza.

Mark y él corren casi codo con codo, y su respiración es un único sonido, apresurado. A pesar de no haber visto ni rastro de quienquiera a quien se le haya caído el teléfono, la velocidad hace que todo sea fluido y perfecto. Robby nunca se ha sentido tan rápido como esta noche. Nunca ha tenido la sensación de que su cuerpo es una herramienta poderosa, preparada para hacer cualquier cosa. Delante de ellos hay un banco de hierro sin respaldo y le sería fácil rodearlo, pero salta por encima de él y un pie choca sonoramente contra el metal. Cuando corre deja de ser Robby y a veces la pistola que lleva en la mano también le hace sentirse así, aunque no siempre. La oscuridad que los rodea, los destellos de luz, las hojas agitándose con el viento… Todo está bien. Es lo que siempre ha deseado, que todo esté bien.

Cuando antes se sintió mal, con los cerdos, fue porque se había olvidado de que ya no era Robby.

Robby es el que se siente perdido, sin piernas, sin brazos, sin cerebro, simplemente un bulto.

—Por aquí —susurra Mark, girando a la izquierda en dirección a las jirafas.

No se toma la molestia de esperar a ver si Robby le sigue. Robby siempre le sigue.

Mark ha ralentizado el ritmo y va caminando. La nuez de Adán sobresale de un cuello escuálido, la cabeza se mueve arriba y abajo, y parece más que nunca un tentetieso. No ha engordado más de cinco kilos desde secundaria —«el infierno en la tierra», así era como lo calificaba la madre de Robby, medio en broma, pero Robby pensaba que si su madre era capaz de reírse de eso era porque no entendía nada—, y fue por aquel entonces cuando Robby invitó a Mark por primera vez a su casa y Mark vio el DVD en la estantería, lo cogió y gritó: «¡*Los escondidos!*», con la voz que cualquier otro chico habría utilizado si hubiera encontrado una película porno, y Mark se apropió del mando a distancia sin siquiera pedir permiso. Habían empezado a ver la primera escena, la que Robby ya había visto una docena de veces, esa en la que la oscuridad llena la pantalla y entonces, muy lentamente, van apareciendo en el negro minúsculos puntitos de luz.

Es como si miraras al espacio, pero entonces la cámara retrocede y comprendes que lo que estás viendo es en realidad el hueco de un tronco de árbol. Los puntitos de luz son algún tipo de insecto, como gusanos o termitas, pero son fluorescentes, y entonces ves el árbol entero, gigantesco, y luego hay otros árboles y te das cuenta de que es una selva, pero una selva distinta a cualquiera que puedas conocer. Nunca se ve el cielo. Los árboles están tan juntos que todo está oscuro y las hojas tienen el tamaño de un hombre. Las hojas gigantes aletean por encima de los cascos y se enroscan en los rifles y Robby siempre ha pensado que debe de costar respirar si estás rodeado por tantos árboles, por mucho que los árboles generen oxígeno, al menos los árboles de la Tierra. Y eso es, precisamente, lo más guay de la película, que nunca sabes si aquello es la Tierra u otro planeta. Porque los hombres son humanos, pero de noche las hojas resplandecen como el chicle Extra y las cosas que cazan los hombres siempre van cubiertas con unos tocados de plumas y rastas.

—Sabes que la hemos perdido, ¿no? —dice Mark, que tiene que coger aire cada par de palabras. Nunca ha sido un gran atleta—. No hay rastro de ella.

Robby sigue en la película y tarda un segundo en reconectarse con su cuerpo.

—¿Ella? —pregunta.

—La mujer a la que se le ha caído el teléfono.

—¿Cómo sabes que es una mujer?

Mark le muestra el teléfono y lo gira de tal modo que la parte frontal captura la luz. Robby vislumbra una imagen vaga.

—La foto de su hijo —dice Mark—. Tiene que ser una mujer.

Robby no está tan convencido, pero discutir no lleva a ninguna parte.

—Y entonces, ¿por qué seguimos corriendo? —pregunta.

Mark levanta el brazo y a continuación se oye el sonido del teléfono estampándose contra el suelo, y es un sonido bello. En cuestión de segundos, están dando botes sobre los fragmentos de pantalla, carcasa y elementos internos.

—La cacería continúa —anuncia Mark—. Somos el orden. Somos la esperanza.

Robby comprende, entonces, que Mark también lo siente. Que lo han dejado todo al otro lado de la verja, en el aparcamiento. Que aquí dentro no hay historia.

Starbucks, ocho meses. Applebee's, cuatro meses. Bud's Burgers, cinco meses y, Dios, qué ganas tenía de largarse de allí, porque estaba lleno de…, cómo lo diría, sí, lleno de frikis realmente obesos, era como si solo dejaran cruzar la puerta a gente gorda con la barriga colgante como la masa que rebosa de un molde y te entraban ganas de coger un cuchillo y cortársela y ver cómo quedaba el pobre tipo sin todo aquel sebo.

Y luego la tienda de libros de segunda mano, Dog-Eared Pages, y después Chick-fil-A y Sears —dos meses— y ahora CVS, ni siquiera un mes.

El imbécil de su jefe, que se lo tiene creído porque regenta una droguería y, oye, tienes cuarenta años y regentas una droguería, así que, guau, te estás comiendo el mundo. Estaba seguro de que Louisa Brunson se lo había pasado bien cuando fueron a la bolera, pero luego, cuando la llamó a la noche siguiente, ni siquiera se tomó la molestia de dejar de ver la tele mientras charlaba con él. Le dijo que su madre pensaba que tenía que centrarse en los estudios en vez de salir con chicos, pero él sabe que lo que en realidad quería la madre era que Louisa no saliera con él. Porque eso es lo que piensan los padres y en especial la madre de Louisa, que tiene ojos saltones de rana y no ha trabajado ni un día en su vida, una de esas mujeres que es una persona horrorosa y que probablemente es así desde que nació y sus padres tendrían que haberla ahogado como a un gato. Y antes que Louisa estuvo Angela Willard, que al principio era agradable, dulce, tímida, pero que resultó ser una puta estúpida y él tendría que habérselo imaginado ya de entrada.

«Puta», «dulce» y «tímida» son los sonidos que sus pies marcan en el pavimento.

Su prima de ocho años le preguntó a Robby si pagaba el alquiler de su madre. No logra imaginarse qué conversaciones habrá oído entre sus padres para llegar a preguntarle eso. Los de esa parte de la familia se consideran cristianos, pero descuartizan a la gente. Son gente repugnante y ruin. Hay mucha gente repugnante, un montón, pero nadie ve la asquerosidad en los demás, no, no, lo único que piensa todo el mundo es que el que la caga siempre es Robby, que él es el perezoso, y están tan ciegos y son tan desgraciados que ni siquiera lo saben.

Han quedado todos eliminados. Todo esto ha quedado eliminado.

Somos el orden, / somos la esperanza.
Somos el orden, / somos la esperanza.

Es el cántico que va subiendo de volumen a medida que la cámara se aleja, siguiendo el ritmo con el que los soldados entonan una marcha, alzando la voz al pronunciar «esperanza», pero durante varios segundos solo se ven árboles en la pantalla hasta que aparece una figura corriendo, en silencio. La persigue un soldado de pelo negro con el uniforme impoluto y la forma oscura, que es delgada y va desnuda, con la excepción del gigantesco tocado, casi te inspira lástima. Entonces, cuando el soldado agarra la mano de la cosa —¿es una mano o algo raro?—, la otra mano toca la cara del soldado y el soldado se queda paralizado y luego se echa hacia atrás, arquea la espalda y se desploma.

Llegan más soldados —en perfecta formación, sincronizados— y la criatura se sumerge bajo un arbusto. Ves por primera vez al teniente Harding, que levanta una mano sin decir palabra. Se acerca al arbusto e inspecciona entre las ramas. Tira de la *squab* por un tobillo, y esta patalea y farfulla. Con la mano enguantada, la agarra por las muñecas y procura mantener en todo momento las manos venenosas lejos del contacto con su piel. Le canta, con una sonrisa: «Te perdiste y te encontré», y a partir del instante en que ves la cara de Harding cuando la coge por el cuello —se adivina que es de sexo femenino porque tiene pechos, aunque están tapados con una especie de metal de color morado— sabes que los *squabs* son malos y que los soldados son buenos. Y cuando el teniente le parte el cuello, te alegras.

—Volvamos al lago —ordena Mark, subiéndose los vaqueros—. Cerremos el bucle.

—De acuerdo —contesta Robby.

—Shhh —dice Mark.

Te alegras cuando Harding comprende que la misión original, que consistía en mantener a raya a los *squabs,* tiene fallos. Con mantenerlos a raya no es suficiente. Porque los *squabs* han empezado a aventurarse más allá de los límites de la selva para hacer incursiones en la ciudad, que no tiene nombre, y el teniente Harding comprende que las criaturas podrían eliminar sin problemas a toda la población. Hay que eliminarlos a ellos.

Los *squabs* dicen que no pretenden hacer ningún daño. Envían un titubeante contingente, tres de ellos, al campamento de los soldados, y uno de ellos se adelanta —plumas y rastas ondeando al viento— y los tres pronuncian la única palabra que al parecer conocen: «Paz, paz, paz» y levantan las manos, aunque sus manos son armas, ¿no? Matan con un simple contacto.

Harding siempre lleva encima una aguja y de noche, junto al fuego, coge la aguja y revienta las ampollas que las botas le han hecho en los pies. Introduce la aguja en la piel abombada, las ampollas se revientan y el pus cae en el suelo, y no cambia en ningún momento la expresión, ni siquiera cuando vuelve a calzarse las botas. Después clava la aguja una y otra vez en el cuello de un enjuto *squab,* y el *squab* grita y llora. Cuando llegan al suelo, las lágrimas son como el pus, no hay la más mínima diferencia.

Los *squabs* parecen frágiles. Es lo que más odia Robby de ellos. Harding es más inteligente y más fuerte, no tiene debilidades. Es digno de admiración, ¿verdad? Un tipo que no comete errores. Y si los comete, nadie se percata de ello, lo cual es todo un talento, ¿no?

Cuando lo despidieron de CVS, les dijo que había llegado tarde porque se había quedado dormido cuando sonó el despertador. ¿Qué querían que le hiciese? El jefe —con su perilla y su ego y sus vaqueros ceñidos y ese falso acento británico que empleaba para decir «vamos»— aseguró que el despertador de Robby no era problema suyo. Tal vez tuviera razón. Tal vez llegar tarde fuera problema de Robby. ¿Y qué podía hacer? Deshacer el pasado es imposible. ¿Pretendían que inventase una máquina del tiempo y retrocediera para despertarse a la hora? Jamás en la vida había entendido por qué tenían que echarle la culpa de cosas que escapaban de su control. No entendía por qué lo castigaban constantemente por esas cosas. Tener un sueño tan profundo escapa de su control. Igual que escapa de su control olvidarse del velocímetro e ir sin querer a ochenta kilómetros por hora en una zona escolar. Escapa de su control haber escrito sin querer mal un pedido y que a una mesa le sirvan hamburguesas con beicon en vez de hamburguesas con alubias. Nunca hacía esas cosas a propósito. Y aun en el caso de que la gente tenga razón y sea un perezoso o un maleducado o un egoísta, es lo que hay, ¿o no? Es cuestión de genética. No de elección. Pero eso no importa, ¿verdad? A todo el mundo le da igual que él se esfuerce por intentarlo.

Pero no, el que lo está intentando es Robby. Y él no es Robby. Él no es el chico que ha salido hoy de su casa y que la caga constantemente.

«¿Estás ciego, pastelito de miel?».

Los *squabs* son los villanos más inteligentes jamás creados, piensa a veces. Cuando sangran, su sangre es de un color rosa intenso y es imposible saber si es resultado de una iluminación extraña o si es así porque son inhumanos. La sangre salpica y gotea sobre el musgo, y le recuerda un trabajo de pintura que hizo una vez en la Vacation Bible School.

«Es del color del antibiótico ese —le comentó Mark aquella primera tarde—. La amoxicilina, ¿sabes? ¿Has tomado alguna vez?».

Y Robby pensó que sí, que la sangre tenía el mismo color que la amoxicilina. Recordaba el sabor, dulce, pastoso y delicioso. Le explicó a Mark que le encantaba.

«¿Te gustaba?», exclamó Mark, y le dijo que nunca había conocido a nadie que no lo encontrara asqueroso. Mark le contó que, de pequeño, había bajado un día a media noche y se había bebido una botella entera.

Hacía mucho tiempo que Robby no se sentía igual que otra persona.

Poco después, su madre les trajo un cuenco con Doritos, sin decir palabra, sin establecer contacto visual, y Robby se sintió mal porque estaba seguro de que ella sabía que no quería que hiciese nada que pudiera recordarle a Mark su existencia. Se preguntó si aquello la hacía sentirse herida. Se preguntó si ella estaba intentando que él se sintiera culpable. Pero entonces la sorprendió mirando por encima del hombro, y aún recuerda su sonrisa. Se sentía feliz porque había encontrado un amigo. Se sentía aliviada.

Hay momentos en que casi la odia. Pero se odia a sí mismo por ello y eso ya es algo.

—Hora de largarse —dice Mark, ralentizando el ritmo hasta un paso lento, mientras jadea y resopla.

Robby mira el reloj, que nota aún raro en la muñeca, pero necesitaban un reloj.

—Sí.

—A menos que no lo hagamos —añade Mark.

Ya están casi en el lago. Se ven los destellos de las luces, el parpadeo de la bonita decoración de Halloween.

—No —dice Robby.

—Lo único que tenemos que hacer —explica Mark, por milésima vez— es saltar el muro. Seguir los caminos, encontrar algún lugar sin luz y salir a Cherry Street o Havers. Vamos hasta mi coche y nos largamos de aquí. Y nadie se entera.

Ese es Mark en estado puro: quiere siempre lo más fácil. No quiere que nada le pase factura. Si hay que presentar un trabajo en clase, es el que jamás escribe ni una sola hoja y le da al profesor la excusa de que tenía migraña y encima se cabrea por sacar un cero, y Robby es el que se deja el culo en la sala de ordenadores hasta las cuatro de la mañana y con todo y con eso solo consigue hacer un par de páginas y no llega al aprobado, y los dos suspenden. ¿Quién es más listo?

—¿Y entonces qué haremos? —pregunta Robby—. ¿Ir a Perú y vivir siempre en la playa?

—En Perú no hay playa, tarado —dice Mark—. Haremos lo que sea. Ir a casa y comer pizza. No tiene sentido, Robby. A él le da igual. Con esto él ya consigue lo que quería. Y nosotros hemos hecho lo que dijimos que haríamos.

Se apartan del camino, la hierba y la pinaza crujen bajo sus pies. Robby capta un movimiento entre los arbustos, pero no es más que un pato al otro lado de la valla metálica.

—No —dice Robby—. Ya te dije que no.

Como Robby nunca discute, Mark no está acostumbrado a tener que convencerlo, y se nota. «Sería un vendedor terrible», no cesa de repetirse.

—Podemos irnos de aquí —dice Mark, acercándose a él—. Podemos despertarnos mañana por la mañana.

Cuando era pequeño, Robby veía unos dibujos animados donde salía un robot o un ratón o tal vez fuese un perro. En los dibujos todas esas cosas tenían más o menos el mismo aspecto. Pero cuando el robot-ratón-perro aparecía en la pantalla, se oía una voz grave que anunciaba a gritos: «¡Y ahora comienza el espectáculo!».

A veces, Robby oye esa voz en su cabeza cuando ve a Destin, el que ha hecho que todo esto suceda. El que vio algo especial en ellos. La estrella del espectáculo. Robby piensa acabar esto tal y como le prometió a Destin.

El final, de hecho, es la parte más importante.

Robby observa el reflejo de las luces en el lago. Sonríe.

18:40

Tengo hambre —dice Lincoln.

Joan tiene que aguzar el oído para entender sus palabras. Lleva un buen rato sin hablar. Han estado sentados en silencio, Lincoln recostado contra su pecho. Está demasiado oscuro para jugar con sus chicos.

Está demasiado oscuro para cualquier cosa.

Se alegra absurdamente al oír su voz, por mucho que deseara que dijera otra cosa, cualquier cosa.

—Deja que mire —le contesta, aunque está segura de que no tiene nada. Palpa a ciegas en el bolso, los bolsillos interiores en primer lugar—. Y bien —añade—, ¿qué tipo de entrenamiento piensas que debe de seguir Batman? Para ser cada vez más fuerte y más rápido.

Lincoln no dice nada.

—Yo creo que debe de levantar pesas —sugiere.

Palpa los lápices. Se pregunta por qué no habrá tirado todos esos tiques.

—O a lo mejor practica con el hula hoop —continúa, desesperada—. O hace ballet.

Saca una chocolatina chafada, le quita el papel y se la da.

—Toma esta chocolatina, cariño. Un Snickers.

Le roza los dedos al cogerlo.

—¿Tienes más?

—Voy a mirar —responde.

No tiene más. Pero continúa con las manos dentro del bolso y capta el sonido húmedo de la boca cerrándose alrededor de los dedos —siempre le da la impresión de que se mete la comida hasta el fondo— y luego escucha cómo mastica.

Pasados unos segundos, oye que se relame los dedos.

—¿Has encontrado más? —pregunta Lincoln, en voz baja y muy tranquilo.

Joan percibe, a duras penas, cuándo la cabecita se gira hacia ella. No vislumbra sus facciones, ni siquiera los ojos o los dientes, cuya blancura imaginaba que brillaría en la oscuridad. Se apoya contra la pared de piedra, que está fría y dura, y el pelo se le engancha en los bordes.

—No tengo más, cariño —dice.

—Aún tengo mucha hambre. ¿Tienes galletas?

—No. Oye, ¿tienes todavía a tus chicos por aquí?

—No.

—¿Dónde están?

Nada.

—No querrás perderlos. Tendríamos que encontrarlos.

No responde. Joan extiende el brazo y la mano aterriza en el muslo de él, palpa a tientas hasta encontrar los dedos. Le coge la mano y él no la retira, pero no enlaza los dedos con los de ella como suele hacer.

—Vamos a palpar por el suelo —le propone—. A ver si los encontramos. Como si buscáramos un huevo de Pascua a oscuras. Solo que buscamos a tus chicos.

A Lincoln le gusta la Pascua.

Aparta la mano.

—Empezaré a buscarlos yo —dice Joan en voz baja, consciente de que su voz ha sonado exageradamente alegre—. ¿A quién tenemos por aquí fuera?

No puede evitar llenar el silencio viendo que él no responde.

—Recuerdo que te he dado a Batman —prosigue, recorriendo el suelo con las manos, y la hierba está tan seca que le raspa la piel. Casi de inmediato palpa la suavidad de una pieza de plástico y adivina quién es por el casco con cuernos—. Ya tengo a Loki. ¿A quién más estoy buscando?

—A Thor —responde Lincoln. Sin emoción—. A Depredador. Al chico rubio.

Ya ha encontrado tres. Le parece crucial no dejar nada aquí en el suelo y las manos aceleran el movimiento, trazando círculos. Nota un pinchazo —¿cristal?, ¿un fragmento de piedra?—, pero no le importa.

—¿Se han ido? —pregunta el niño, tan flojito que casi no puede oírle.

Joan se limpia las manos en la falda. Cierra el bolso bien para que no se le caiga sin querer ningún muñeco.

—¿Los malos? —susurra.

—Sí.

—No lo sé. Hasta que no lo sepamos, quiero seguir aquí en silencio.

—¿Está la policía?

—No lo sé.

—¿Nos matarán?

—¿Qué papel tenía el chico rubio en tu historia?

—¿Nos matarán?

Oye su respiración. La respiración suena más fuerte que sus palabras. Le gustaría poder verle la cara.

—Podrían —responde—. Si nos encontraran. Pero no nos encontrarán.

Nota su calor pegado a ella, desde la cadera hasta el hombro. Murmura algo más, muy bajito —¡demasiado bajito!— y Joan se acerca para averiguar qué dice.

—¿Qué? —musita.

—Si nos matan —dice—, ¿irían nuestros cuerpos al cielo?

—Lo que va al cielo son las almas.

—Ah, sí. —Suspira—. ¿Y nuestros cuerpos se quedan aquí?

—Sí. Pero no los echamos de menos. El alma es la parte importante.

—Pero el alma no podemos verla. Ni tocarla.

—En estos momentos no —conviene ella.

Se ha vuelto a levantar viento. Joan tiene frío, pero puede aguantarlo. No quiere preguntarle a Lincoln si tiene frío, porque entonces podría metérsele la idea en la cabeza.

Lincoln cambia de postura, pero no formula más preguntas. No canturrea ni farfulla palabras sin sentido. Joan escucha las hojas y los grillos, y piensa en Paul —ahora ya no tiene manera de ponerse en contacto con él—, y se pregunta si los hombres darán media vuelta, y piensa en que cada vez es más duro permanecer sentada aquí, inmersa en un silencio que palpita y se expande.

—No tardarán —le susurra a Lincoln.

—Aún tengo hambre —dice él.

Se pregunta, por milésima vez, dónde se habrá metido la policía. Sabe que podrá mantenerlo tranquilo un rato más, pero los niveles de azúcar seguirán bajando y a cada minuto que pase irá transformándose en un animalito salvaje, hasta que explote.

Podría dejarlo aquí mientras ella vuelve a entrar en la Zona de los Primates, cruza el parque infantil y el recinto de los elefantes, pasa por delante del snack bar Sabana y llega a las máquinas expendedoras. Si todo fuera bien, podría comprar un paquete de galletas y estar de vuelta en solo dos o tres minutos. Él podría esperar aquí y ella estaría de vuelta en el mismo tiempo que en casa le llevaría ir al baño o subir a la planta de arriba para coger un libro.

Pero no es más que un sueño y lo sabe. Es imposible que se quede aquí, callado y quieto, esperándola tranquilamente. Ni siquiera dos minutos. Antes siquiera de saltar la valla, él habría levantado los brazos para insistir en que lo llevara con ella. Y si lo ignorara y se fuera, se pondría a gritar.

¿Y si la excursión para ir a buscarle algo de comer no resultara tan sencilla? ¿Y si estuvieran allí mismo, esperándola? ¿Qué favor le haría a su hijo si ellos la mataran y él se quedara aquí, llamándola a gritos, y lo encontraran?

No, y aunque el niño se quedara esperándola, le cuesta imaginarse algún beneficio. Es mucho más terrible pensar que podrían encontrarlo estando solo, pensar en lo pequeño y asustado que se sentiría cuando lo apuntaran con sus armas. De algún horrible modo le consuela pensar que, de llegar ese momento, lo estaría abrazando y...

Borra la idea de su cabeza. Piensa en cómo es capaz, a veces, de visualizar con tanta claridad un accidente —Lincoln que cruza la calle y lo atropella un coche— que, sin darse cuenta, se descubre ensayando lo que le diría a Paul si tuviera que llamarlo por teléfono para comunicarle la noticia. Ha tenido que combatir un verdadero ataque de pánico al ver a la hermana de Paul atarlo a una sillita de coche y partir con él, porque ve con claridad el accidente que tendrán en la autopista y entonces será ella la que reciba la noticia, la que oirá en el teléfono la voz de su cuñada, llorando.

A veces, pasada la medianoche, entra en su habitación para asegurarse de que respira.

Lo deja en el colegio y, más días de lo que le gustaría admitir, tiene que aplacar pensamientos sobre hombres que se abren paso en las aulas a tiros, de maestros gritando, de niños que saltan por la ventana antes de que los hombres armados irrumpan por la puerta, y se pregunta si su maestra lo elegiría a él como uno de los primeros para escapar, y sabe que no son pensamientos racionales, se lo repite constantemente, pero ahí están, y, por lo que parece, sus imaginaciones tampoco iban tan desencaminadas.

Las fantasías macabras han ido a menos a medida que Lincoln se ha hecho mayor. Cuando era un bebé, pasó por una fase en la que apenas podía mirar una ventana. Cualquier ventana. Siempre se lo imaginaba cayendo por ellas.

Y ahora, sentados en el suelo, con el mundo a su alrededor completamente oscuro y repleto de sonidos que no alcanza apenas a descifrar, no se lo imagina muriendo de un disparo. La imagen no aparece. Y no piensa permitir que aparezca.

—¿Quieres tumbarte? —le pregunta—. Te dejo que utilices mi regazo a modo de almohada. O, si quieres, te cojo en brazos como cuando eras bebé.

A veces a Lincoln le fascina escuchar lo que ella le hacía cuando era bebé. Las partes de su vida que no alcanza a recordar. Le intriga la idea de que de sus pechos saliera leche.

—No —responde—. Quiero cenar.

—Te sentirás mejor si descansas un poco —le dice Joan, aunque sabe que intentar reconducirlo hacia otra cosa no servirá de nada.

Pero no está dispuesta a renunciar a la escasa esperanza de que se quede dormido. De que tal vez podría abrazarlo y acariciarle la cara hasta que cayese rendido y entonces podrían permanecer aquí eternamente, y piensa que, por una vez, le gustaría que aún utilizara el chupete, porque ver cómo se le cerraban los ojos en cuanto empezaba a chupar resultaba pavloviano —«un chupe es un amigo que guardas en la boca», le había dicho Lincoln en una ocasión—, pero lo dejó voluntariamente la noche de su cuarto cumpleaños y continúa en una estantería de la habitación, en la casita del chupe, construida con palitos de polos, con su camita de muñeca y tapado con una manta.

—Tengo hambre —repite—. Me muero de hambre.

Tal como lo pronuncia, se convierte en «muedo».

—Túmbate un minuto y ya veremos —dice ella.

—No quiero tumbarme. Quiero cenar.

—Cenaremos un poco más tarde.

—Pero me muero de hambre.

—Túmbate cinco minutos —insiste ella—. Solo cinco minutos y luego ya veremos.

—Vale —dice, pero su rostro se contorsiona, pone morritos y junta las cejas; su respiración empieza a ser entrecortada—. Va-le. Va-le.

—Lincoln... —comienza a decir ella.

El llanto de Lincoln siempre empieza con palabras. Intenta hablar entre lágrimas y las palabras se alargan hasta formar sollozos, y luego las palabras se evaporan y aparecen las lágrimas, y en cuanto empiezan a rodar por sus mejillas pasa a un tono más monótono y rítmico, como el mar, solo que más chirriante.

—Shhh —dice Joan—. Tienes que guardar silencio.

—Va-aa-le —responde él, en muchas sílabas, más un gemido que una palabra.

Joan examina con la mirada la oscuridad. Habla demasiado alto demasiado alto demasiado alto. Le acaricia la cabeza, lo atrae hacia ella, lo intenta acallar y lo acaricia, pero no funciona.

Ya no sabe cómo ganar más tiempo. No pueden hacer ruido. Sean cuales sean los demás factores en juego, esta es la parte más importante del rompecabezas. Sabe que pronto las lágrimas se transformarán en pataleo y en gritos agudos como una sirena que te obligan a taparte las orejas para protegerte de sonidos que casi no son humanos, sino mecánicos. Como si le quitaran los engranajes interiores o se hubiera soltado un silenciador.

—De acuerdo —dice—. ¿Quieres ir a buscar algo de cena?

Los sollozos cesan casi de inmediato. La respiración sigue entrecortada y moquea, pero los sollozos han desaparecido.

Se seca la nariz con la manga de la camisa.

—¿Hay un restaurante?

—¿Qué te parece algo de picar? —pregunta ella—. ¿Un poco de queso y galletas como cena? ¿O cacahuetes? ¿Y una chocolatina de postre?

Por mucho que no le vea la cara, sabe que la mirada es de desaprobación.

—Eso no es comida —dice Lincoln.

—No —confirma ella—. Podemos sacar alguna cosa de la máquina. Lo que te apetezca.

—¿Sacar comida de una máquina para cenar?

El tono suena esperanzado.

—Sí —contesta Joan.

Todo sería distinto si estuviera sola. Si hubiera estado paseando sola por el zoo y hubiese empezado el tiroteo. Seguramente habría echado a correr. Se habría escondido. ¿Y después qué? Está bastante fuerte y es bastante rápida, y es inteligente, y, de haber estado sola, a estas alturas ya habría decidido que no estaba dispuesta a esperar a que acudiera alguien a salvarla. Tenía que haber algún punto en el perímetro del zoo donde se pudiera trepar, aunque ello significara magullarse con una alambrada. Se visualiza saliendo del recinto donde se encuentra, inspeccionando todos los rincones y luego escapando, escapando hacia el aire libre, hacia los árboles, hacia los interminables y serpenteantes caminos, y lo haría en silencio, con rapidez, y no la verían.

No cree que esos hombres sean especialmente competentes y, si prestara la suficiente atención, lograría evitarlos y encontrar una salida. Buscaría a más gente —sería egoísta si se marchara de allí sola—, no se salvaría solamente ella. Encontraría a la mujer del bebé y tendería la mano a cualquier otra persona que hallara escondida, y los conduciría a todos hacia un lugar seguro. Se mantendría en todo momento a cobijo en la oscuridad y los guiaría. Se tomaría su tiempo y no emitiría ni un sonido y —a lo largo de los infinitos metros de vallado— acabaría encontrando un punto débil. O un policía, vigilando.

Se visualiza, una sombra.

Y si los hombres la encontraran, correría. Doblaría a toda velocidad una esquina y correría mucho más tiempo que ellos —intenta correr diez kilómetros cuatro veces por semana—, y es que correr tiene una cosa que le encanta: cuando hay poca humedad y notas la musculatura suelta, al cabo de un rato te sientes ingrávido, te deshaces de la gravedad, y el dolor de los muslos y los pulmones cede paso al helio y no sientes nada.

A veces deja de sentir los pies. A veces, su cuerpo entero se transforma en aire. Cuando corre.

—¿Mamá? —dice Lincoln.

—¿Estás listo? —susurra ella—. Tienes que prestar atención y hacer exactamente lo que yo te diga. Y nada de ruido.

—O nos matarán —concluye él.

Joan reflexiona un momento.

—O podrían matarnos —confirma.

Le parece ver un gesto de asentimiento.

Se levanta y le da la mano. Lo coge en brazos y las piernas la envuelven por la cintura, absorbe su peso, asentando con firmeza los pies en el suelo, y los rodea una oscuridad negra, tanto que no ve ni siquiera hacia dónde da el primer paso. Mantiene un brazo bajo las nalgas de él y presiona la otra mano contra la pared de roca para conservar, por si acaso, el equilibrio.

Lincoln apoya la cabeza bajo la barbilla de ella y Joan percibe las manitas enredándose en su cabello. Da el primer paso, tan lentamente que nota el movimiento de todos los músculos del pie. El talón ejerciendo presión hacia abajo y los tendones del tobillo estirándose, el arco del pie curvándose cuando la planta y luego los dedos entran en contacto con el suelo, produciendo el mínimo crujido de hierba seca.

Tiene la sensación de estar dando dos pasos por minuto. La mano sigue palpando la piedra, calculando el avance centímetro a centímetro hasta que llega al ángulo del final —pisa una rama que parece un hueso bajo la sandalia y se parte, un crujido potente, aunque tal vez no más fuerte que el de una rama cuando se desprende de un árbol— y alcanza la parte frontal de la piedra, está enfrente de las planchas de madera de la pasarela, mirando directamente los focos que iluminan las dos puertas, la que conduce hacia los caminos principales y la que lleva a los recovecos del recinto de los orangutanes.

Las puertas están iluminadas y le recuerdan un concurso donde tienes dos alternativas. La luz la obliga a parpadear.

Los focos se prolongan hasta el final de la barandilla y un poco más allá; ve telarañas colgando de las planchas de madera hasta el suelo y le hacen pensar en las redes que utilizan los bomberos para cogerte en caso de caída.

Las mariposas nocturnas, eufóricas, revolotean cerca de los focos. Las hojas caen en zigzag de árboles de los que ya no ve nada excepto las ramas más altas, que capturan la luz de la luna. Hay cosas aladas de menor tamaño que no son mariposas y que se lanzan en picado contra las puertas de cristal e impactan con un ruido sordo. A su alrededor solo hay negrura, pero en aquella burbuja de espacio iluminado reina el frenesí.

Permanece unos instantes más en la oscuridad, y luego echa a correr hacia la barandilla y levanta a Lincoln para depositarlo en el saliente.

—Espera aquí quieto —le dice, aún con una mano en su espalda.

Necesita soltarlo por completo para poder saltar por encima de la barandilla, pero los dedos de él permanecen sujetos a la madera y sigue callado, hasta que ella pasa ambos pies al otro lado y aterriza en la pasarela mientras las mariposas nocturnas continúan abalanzándose, indiferentes a todo y exaltadas, y extiende los brazos por encima de la barandilla, que se le clava en la cadera, y levanta a Lincoln para pasarlo, sus zapatillas aporreando el metal —«func, func»—, hasta que vuelve a tenerlo pegado a ella y corre a colocarse debajo de los aleros, alejada de la puerta, cobijada de nuevo por la oscuridad, y respira hondo hasta recuperar el aliento.

18:58

Estar de pie, con la espalda pegada a la pared de ladrillo, es una sensación buena. Se pregunta cuánto tiempo habrá permanecido sentada. Se lleva la mano al bolso, palpa el bolsillo lateral; el cuerpo, independiente de la mente, recuerda el teléfono.

Su teléfono.

Cuando salió despedido de su mano lo único que sintió fue alivio y, en realidad, aún no ha aceptado el hecho de que aquel objeto extraño que lanzó, aquel objeto que estaba guiando a los hombres hacia ellos, es también el objeto que le permitía hablar con su marido y mantener cierta conexión con el mundo exterior.

Ha dejado de formar parte de lo que pueda estar pasando más allá de aquellos muros.

Lo cual no le preocupa tanto como seguramente debería preocuparle. El mundo exterior es irrelevante. En cierto sentido, resulta esclarecedor notar que la camiseta roza los ladrillos que quedan a su espalda y sentir dolor en el hombro izquierdo, ahí donde descansa Lincoln con todo su peso, y saber que están solos los dos y que desde un principio ha sido así. El teléfono solo servía para crear la ilusión de que no estaban solos.

Supone que no debió de ser diferente para esa pobre gente de Texas, la que ahora debe de estar flotando boca abajo, muerta, gente que tal vez estaba engullendo bocanadas de agua en los mismos segundos en que ella estaba escuchando a los hombres armados aporrear una valla.

Nadie va a venir. No hay policía que valga.

Ahora que lo sabe, todo está más claro.

Está Paul, por supuesto. Debe de estar aterrado. Pero no puede hacer nada al respecto. Paul queda fuera de su control, como casi todo, excepto qué puerta decidirá abrir, hacia qué camino dirigirá sus pasos y con qué lentitud o rapidez se moverá. Reflexiona sobre qué hacer a continuación: el edificio le parece la parte más peligrosa del recorrido; si los hombres están escondidos dentro u observándolos, Lincoln y ella no tendrán adónde ir. No hay otra salida que no sea la puerta principal que da acceso a la Zona de los Primates, la misma que cruzaron corriendo para ir a su escondite, que ha sido un escondite perfecto, seguro, y ha sido una imbécil abandonándolo, ha sido negligente, y tendría que dar media vuelta ahora mismo, pero Lincoln está temblando de hambre, o de algo más aparte del hambre, y para eso no tiene solución. ¿Cuánto tiempo lleva aquí sin moverse, perdiendo el tiempo? Pero sí, para llegar a la salida principal tendrán que recorrer aquel pasillo estrecho flanqueado por paredes sólidas y recintos acristalados, sin puertas ni cruce alguno. Estarán atrapados.

No queda otra elección o, al menos, no vislumbra otra alternativa que le parezca mejor.

—¿Mamá? —dice Lincoln, su tono de voz más agudo de lo habitual.

¿Acaso no piensa pronunciar más de dos palabras seguidas a partir de ahora? ¿Habrán terminado para siempre sus interminables preguntas, sus invenciones y sus historias?

—Tranquilo —contesta, y lo atrae hacia ella y se adentra en la luz. Las mariposas nocturnas proyectan destellos plateados por encima de su cabeza; da cuatro zancadas y abre la puerta de cristal. Se desliza con rapidez hacia el interior y aborrece el gemido de la puerta cuando empieza a cerrarse a sus espaldas, un sonido que emite a pesar de que la ha acompañado con la mano para amortiguarlo.

La puerta, finalmente, se cierra por completo. En el interior, el silencio ejerce presión, como la humedad. El ambiente está cargado de quietud. Desde este ángulo, apoyada contra una pared irregular —empieza a descubrir que le gusta tener la espalda apoyada contra algo—, solo ve las paredes de cartón piedra, los fluorescentes que corren por detrás de los zócalos y la superficie lisa y reluciente de los suelos. La exposición de animales empieza después de la primera curva del pasillo y por el momento es como estar en el interior de una cueva futurista o de un búnker subterráneo. Resulta a la vez totalmente natural y totalmente artificial. Suspira de alivio por el calor. Normalmente, el interior del edificio le parece frío, siempre pasea por él frotándose los brazos para calentarse, pero ahora está varios grados por encima de la temperatura exterior.

Escucha y no oye nada. Ni el sonido del sistema de ventilación ni el sonido de los animales. Ni el viento azotando las claraboyas. Podría hacer una larga lista con todos los sonidos que debería estar oyendo y que no oye.

Su hijo está calladísimo.

Se plantea dejarle que camine, a lo mejor le apetece estirar las piernas. Y no estaría mal dar un descanso a sus brazos. Pero llevarlo en brazos le parece mucho más seguro. Tal vez la ralentice, pero de este modo no puede separarse de ella.

Escucha y nada.

—Allá vamos —musita.

Lincoln no replica. Da un paso al frente, despacio, calculando los casi sonidos que emiten sus pies sobre el suelo de baldosas rojizas. En dos o tres pasos se ha alejado lo bastante de la pared como para no poder ya tocarla y se siente desequilibrada, como si estuviera caminando por la cubierta de una barca. Hay demasiado espacio a su alrededor. Pero da unos pasos más y, al llegar a la primera curva del pasillo, sus manos reposan sobre la superficie porosa de otra pared. Hay retratos de animales extintos, dodos, palomas migratorias, íbices y alcas, ninguno de ellos primate, razón por la cual no alcanza a comprender la lógica de este lugar. Con el hombro apoyado en la pared y las manos enlazadas por debajo del cuerpo de Lincoln, asoma la cabeza por la curva del pasillo. La retira aun antes de empezar a procesar lo que acaba de ver.

Hay un mono sentado en el suelo.

Emerge de detrás de la pared de piedra, dobla la esquina y tiene cristal a ambos lados: los minúsculos monos ardilla a su derecha y lo que tendría que ser el recinto de los colobos a su izquierda. Pero ese recinto ha quedado reducido a un agujero cuadrado en la pared, donde se ven cuerdas y hormigón; apenas hay cristal, excepto el montón de fragmentos esparcido por el suelo. En el interior del recinto no hay luces, pero los fluorescentes del pasillo proyectan un resplandor sobre el terreno rocoso y la falsa montaña. Se limita a mirar el paisaje de reojo, pues está concentrada en el mono que tiene enfrente.

Es un colobo, evidentemente, blanco y negro, la cabeza echada hacia delante, las manos —garras— rozando el suelo cubierto de cristales y, debido al ángulo, Joan tarda unos instantes en darse cuenta de que hay un segundo colobo inmóvil en el suelo. Solo alcanza a ver las patas negras y la parte posterior del animal. El resto del cuerpo queda oculto.

Se fija en las patas con atención y no observa ni la más mínima convulsión o temblor —las palomas que mataba su padre se convulsionaban incluso durante muchos segundos después de haber sido decapitadas —; está casi segura de que está muerto. El otro colobo, el vivo, está tan cerca que el pelaje blanco se confunde con el del mono muerto y es imposible saber dónde empieza uno y termina el otro.

Abraza con más fuerza a Lincoln y piensa que le gustaría tener más conocimientos sobre los primates.

El colobo vivo no la ha mirado. Tiene la espalda encorvada, la piel parece suave y apetece tocarla, y Joan se pregunta si la gente hará abrigos con ella.

Solo mueve los dedos, se cierran y se extienden a escasos milímetros del suelo. Le parece que no tiene pulgares.

Piensa en aquella vez en Misisipi, cuando una zarigüeya empezó a deambular delante de ella en la acera y decidió cruzar la calle porque no le gustaba la pinta que tenían aquellos dientes. Y en Honduras, durante aquel interminable contrato con la cooperativa cafetera, cuando se despertó con una vaca en la habitación, su cabezota pegada a la cama, la enorme lengua balanceándose de un lado a otro. Su tío le traía crías de ardilla cuando era pequeña —después de que su padre se fuera, porque probablemente él les hubiera pegado un tiro—, pero en realidad eran las mascotas de su tío, no suyas, y no le dejaba cogerlas porque mordían, y su tío tenía los dedos ensangrentados y llenos de costras por mucho que las ardillas lo adoraran y se le subieran al hombro y le rascaran las orejas con sus garras minúsculas.

El colobo ladea la cabeza de un lado a otro, estira el cuello, y Joan piensa en Stevie Wonder y se asusta a sí misma cuando nota que está a punto de echarse a reír. Su boca esboza una sonrisa antes de que le dé tiempo a evitarlo y tiene que esforzarse para que los músculos de las mejillas hagan lo que ella les manda hacer.

Se pregunta si el colobo vivo habrá arrastrado al muerto hasta allí. ¿Tendrán rituales funerarios? ¿Llorarán de algún modo la pérdida? ¿Habrá seguido con vida el colobo muerto durante un rato, después de haber recibido el disparo mortal, y habrá intentado escapar y lo habrá seguido el colobo ileso?, y, en serio, ¿por qué no habrán salido corriendo como un demonio todos los monos al oír los primeros disparos? ¿Por qué este sigue aún aquí? ¿Se habrá quedado atrapado al cerrarse la puerta y habrá regresado, o habrá permanecido aquí todo el tiempo, montando guardia junto al cadáver?

El mono y ella continúan inmóviles, negándose a reconocer su mutua presencia. El mono se acaricia la barba blanca con un dedo, pensativo, pero en ningún momento levanta la cabeza.

El cristal marca la diferencia. Un perro o un gato —un animal doméstico— es algo completamente distinto. Un animal salvaje delante de ti, no una mascota, sino un animal de verdad, es todo impulso. Crees que es dulce y cariñoso, y puede ser cierto, pero también puede hacerte sangrar sin ningún tipo de remordimiento. Pulgares con costras y orejas colgantes. Al animal salvaje nunca llegas a conocerlo del todo.

No puede permanecer inmóvil indefinidamente. Podría dar media vuelta e ir por el otro lado, pero pasar por los orangutanes, las nutrias gigantes y otros animales que ahora no recuerda le llevaría mucho más tiempo. Tendría que recorrer de nuevo la pasarela iluminada y prefiere seguir adelante.

—¿Mamá? —dice Lincoln, sin despegar aún la cabeza del cuerpo de ella.

—¿Mmm…?

—¿Qué está haciendo ese mono?

—Pensar, imagino.

—¿Los monos piensan? —pregunta Lincoln y ella llega a la conclusión de que sí, de que ha sido bueno ponerse en movimiento, porque al menos el cambio de escenario —animales salvajes, acechando por los pasillos— ha sacado a Lincoln de su ensimismamiento.

—Sí —responde.

—¿Y muerden?

Es, reconoce, la pregunta más importante.

—No creo. —Lo cual no es cierto—. A menos que los molestes.

—¿Como los abejorros?

—Más o menos.

Mientras hablan, el colobo levanta un brazo por encima de la cabeza y el movimiento repentino la lleva a retroceder. El mono abre la boca en un bostezo; sus caninos son largos y afilados como los de un vampiro. Lo único que hace, sin embargo, es rascarse.

Joan decide avanzar despacio y con firmeza, sin mostrarse como una amenaza. Antes, de todos modos, baja la vista hacia los fragmentos de cristal que llenan el suelo y coge con cuidado el pedazo más grande, un triángulo casi perfecto. Nota una punzada en la palma y entiende que se ha cortado, pero se limita a enderezarse —los muslos chillando— y a sujetar con fuerza el cristal. Le gusta que esté tan afilado.

Mira fijamente al mono, a su boca cerrada llena de dientes. Un día, mientras veían una noticia en los informativos de la tele, su tío dijo que le preocupaba la idea de que, si en alguna ocasión se encontraba con un ladrón amenazando a punta de pistola a un ser querido —y si él iba también armado—, no estaba seguro de si tendría el valor suficiente para apretar el gatillo. Se preguntaba si saber que sería capaz de permitir que le hiciesen daño a Joan porque no soportaba la idea de tener que matar a otro ser humano lo convertía en una mala persona.

Si alguien intentara hacerle algún daño a Lincoln, ella le aplastaría los sesos contra el hormigón.

Si el mono se abalanza sobre ellos, ella irá a por sus ojos. Le abrirá la garganta.

Se mueve hacia la derecha, la espalda pegada al recinto del mono ardilla. No quita los ojos de encima al colobo y, en un momento dado, el mono casi se gira a observarla, un movimiento de cabeza que a Joan le confirma que es consciente de sus movimientos, pero en ningún momento la mira fijamente. Avanza centímetro a centímetro, de lado —la palma de la mano empapada de sangre— y supera a los dos colobos, y, cuando mira hacia atrás, ve que el mono vivo sigue allí sentado, su pelaje fundido con el del muerto.

El pasillo gira. Pasa por delante de los gibones y los tamarinos y ve que el suelo está mojado, una mancha oscura como refresco derramado, y luego tiene los lémures enfrente. Los demás cristales están intactos. Los hábitats que quedan al otro lado están oscuros, aunque todos ellos tienen una luz muy tenue en el techo, como de luna.

Llega a la puerta de entrada más rápido de lo que esperaba y se queda a un lado para intentar observar el exterior. La zona de juegos de los monos araña ocupa el espacio a ambos lados de la puerta, de modo que solo alcanza a ver un estrecho túnel con la acera abajo y el cielo arriba, y más allá, apenas visible, el extremo del parque infantil y dos bancos verdes vacíos.

Se agacha, deja en el suelo el cristal. No quiere cortarse más de lo que ya se ha cortado y el cristal no le servirá de nada contra unos hombres armados.

—¿Hemos llegado ya a la máquina de la comida? —pregunta Lincoln, recostado en su hombro.

—Casi —responde ella, y abre la puerta.

El aire está más frío de lo que lo estaba hace apenas unos minutos. Pero le gusta la sensación en la piel. Prefiere el exterior, el aire libre, la ausencia de paredes, aunque es consciente de que hace muy poco rato pensaba justo lo contrario. Pero cuando levanta la mirada hacia el cielo —han aparecido nubes, finas y difusas como algodón— su altura y su amplitud le liberan la tensión que sentía en el pecho.

Se cierra la puerta, rozándole la cadera, y empieza a moverse muy despacio, porque sabe que en cuanto avance quedarán bajo la luz de un foco —otro maldito foco—, pero acomoda a Lincoln mejor sobre su cadera y echa a correr para huir de la claridad. En cuanto superan las jaulas de los monos araña, la oscuridad le hace sentirse de nuevo segura y baja el ritmo. A pesar de que las farolas salpican de vez en cuando los caminos y está también el serpenteo de otras luces, de momento se encuentran en una zona de oscuridad en uno de los extremos del parque infantil.

La luna se esconde detrás de una nube. «La luna era un galeón fantasmal navegando sobre mares de nubes», recuerda de un poema que le leía su tío, y «Buenas noches, habitación. Buenas noches, Luna (...). Buenas noches, nadie», y una vez, cuando Paul y ella estaban recién casados, recuerda que salieron al porche y vieron una luna anaranjada tan baja y tan enorme que parecía algo nuclear, algo pintado por Dalí, y salieron de la casa, sin ni siquiera cerrar la puerta, y siguieron a la luna durante kilómetros, acercándose cada vez más a ella, cogidos de la mano, corriendo incluso de vez en cuando, y doblaban las esquinas y casi la tenían a su alcance, y de pronto la luna regresó al cielo, normal en color y tamaño, y volvieron a casa como si hubieran compartido un sueño.

No muy lejos, las farolas vierten su luz, conos de luminosidad que se extienden sobre el suelo de cemento.

Un mosaico de luz y oscuridad. A su alrededor, junto al parque infantil, las sombras son tropicales: penachos de hierba de las Pampas. Vallas construidas con postes de madera y cuerdas. Hojas de banano que ondean al viento.

Estudia las estructuras de juego del parque infantil, fibra de vidrio y metal. Hay una montaña falsa a la que a Lincoln le encanta encaramarse y su perfil recuerda ahora un cactus gigante. Los tambores africanos forman una hilera, vacíos y silenciosos, y más allá están las máscaras de madera colgadas de postes, negras y doradas y boquiabiertas, ligeramente demoniacas, y una de ellas tiene una lengua que parece un pene, aunque no puede verla desde donde está. No hay nada allí que no haya visto antes infinidad de veces, aunque rara vez de noche y rara vez sin gente. No hay cuerpos en el suelo ni charcos de sangre. De no ser por el mono afligido y los fragmentos de cristal que aún siente crujir incrustados en la suela de sus sandalias, se diría que lo que ha sucedido en las últimas horas han sido imaginaciones suyas.

Permanece quieta, escuchando, siempre escuchando. Esperando que alguna sombra se separe para transformarse en un hombre. Oye un carillón que emite una melodía, como si fuera a aparecer un hada en cualquier momento. El viento captura el eco, lo voltea y la cancioncilla llega a Joan desde todas las direcciones.

Se siente atraída hacia el sonido y se da cuenta entonces de que sigue tensa, pero que el miedo se ha esfumado desde que ha oído a los hombres cantándole. Se pregunta por su tranquilidad… No, no es eso, no está tranquila, pero está concentrada y no siente la respiración agitada como en los primeros momentos, cuando tenía la impresión de que iba a romperse en mil pedazos, y piensa que tal vez sea imposible mantener aquel nivel de miedo indefinidamente.

A sus pies ve una piedra cubierta de musgo verde, casi luminosa. La mano ya no le sangra.

Se paraliza cuando percibe un movimiento a su izquierda, algo más grande que una rama que se agita o que un bicho volador. Pero cuando se gira se da cuenta de que no es más que un perro salvaje africano que merodea en la oscuridad de su triste recinto. El perro está esquelético, todo él patas y costillas, y pasea, inquieto, de un lado a otro de su jaula. Normalmente hay dos ejemplares, pero solo ve uno de ellos. Parece hambriento y desesperado, como si estuviera planificando la huida.

Se lo imagina encontrando la manera de abrir el cerrojo de la jaula.

La luna ha salido de detrás de la nube y el paisaje aparece encalado, espeluznante. Joan rodea el parque infantil manteniéndose en todo momento fuera del camino, en cualquier sitio que esté oscuro. Hay árboles suficientes como para mantenerse cobijada bajo sus ramas, cerca de los troncos; se detiene a menudo. Pasan junto a la valla alta que esconde al rinoceronte y el perro inquieto se pierde de vista. Tiene delante el recinto de los elefantes y vislumbra ya el tejado de paja del snack bar Sabana; al final del muro del edificio están las máquinas expendedoras. Están muy cerca.

Examina con atención el camino que queda por delante de ellos. Un vasito con tetina para bebé. En el suelo, junto a un charco de líquido. Lo rodea, acelera el paso para cruzar una zona de terreno iluminado y llega sana y salva a la valla de bambú del recinto de los elefantes; se sume de nuevo en la oscuridad.

No se permite girar la cabeza para mirar el vasito abandonado.

No se permite pensar de nuevo en la madre ni en el bebé, no se permite pensar en la mujer que ha comprobado sus carnés de socio en la entrada y le ha dicho a Lincoln que le gustaban sus rizos, ni en la abuela y las niñas que iban tan solo un minuto por delante de ellos de camino hacia la salida. ¿Ha visto una forma vestida de azul marino como aquella mujer? ¿Llevaban medias de color rosa las piernecitas que ha visto? No se permite pensar en el niño con gafas que ha recogido a Thor cuando Lincoln lo ha tirado en la acera.

No se permite preguntarse nada.

Percibe el vasito de bebé a sus espaldas, goteando.

papel higiénico o a tomarse un martini? ¿No tendría que haber conos naranjas, cinta policial de seguridad, sirenas e incluso tanques y camiones blindados?

Ver pasar los coches, despreocupados, es insoportable.

Su mirada regresa a las curvas de las vías del tren. Los raíles brillan plateados, solo un destello aquí y otro allá, capturando la luz de la luna. Se concentra en los destellos. Su tío solía llevarla de picnic al campo y a pescar, y siempre era una buena experiencia, porque, de haber dependido de su madre, Joan nunca habría estado en más lugares que en casa, el colegio y el centro comercial. En el campo no había más que vacas y cultivos, y la tierra estaba salpicada de mica, que podía separar en forma de finas láminas plateadas. Al principio creía que tenían algún valor, pero su tío le explicó que no, que solo brillaban, y entonces se imaginó que los pedacitos de mica eran fragmentos de meteoritos. Era preciosa aquella mica, una revelación. Una vez, llenó hasta arriba de mica una bolsa de plástico de cierre hermético, como un científico que recoge ejemplares valiosos, y la llevó a casa para enseñársela a su madre, que nunca iba al campo; el tío de Joan y su madre eran un desafío para cualquier tipo de argumento a favor de los genes o la herencia, eran criaturas completamente distintas. Pero aquel día su madre se estaba depilando las cejas. Apóstrofos negros cubrían todo el lavabo y cuando Joan le enseñó la mica su madre dijo: «No me metas piedras en casa». Joan era todavía pequeña y no se dio por vencida; intentó explicárselo: «Tienes que retirar la capa de encima y entonces brilla mucho más, como un tesoro, tienes que mirar debajo de la parte con polvo» y su madre dijo algo así como: «Eso no vale nada, Joan», algo que Joan, por supuesto, ya sabía. No logró encontrar palabras para que su madre comprendiera que aquello era maravilloso, precioso, aunque su madre ni la escuchaba, y ni siquiera miró el contenido de la bolsa. Ni una sola mirada. Su madre siguió allí de pie, estirándose la frente con una mano, mirándose al espejo mientras los pedacitos de ceja iban cayendo.

Joan aparta la vista de las vías del tren y restriega la mejilla contra la cabeza de Lincoln. Lincoln nunca ha visto mica. Le gustaría enseñarle a desprenderla con la uña.

Entonces oye un chasquido y el crujido de algún tipo de impacto; se agacha —apoyándose sobre una rodilla— y cubre con su cuerpo a Lincoln antes de caer en la cuenta de que probablemente haya sido una rama o algún fruto que haya caído al suelo. Vuelve la cabeza en todas direcciones y no ve nada, excepto zonas de luz y zonas de oscuridad, sombras y plantas.

Pero permanece agachada, en silencio, observando.

Se incorpora por fin. No soporta la idea de tener que reflexionar sobre cada cosa que pueda pasar aquí, en esta área de cemento. En el área de cemento que se extiende tres metros a su alrededor. O cinco metros, bajo la sombra que proyecta el gran tejado de paja.

Coloca un pie delante del otro.

Mira de nuevo hacia las vías, que trazan un círculo. No puede ni contar las veces que el tren los ha llevado, a Lincoln y a ella, tan cerca de las verjas exteriores del recinto que podrían haber saltado —el tren circula lentísimo— y haber tocado con la mano el hierro o el ladrillo de los muros, y habrían estado cerquísima del exterior.

Mientras piensa en las vías del tren, ha empezado ya a andar. Lincoln y ella siguen avanzando en paralelo al espacio de los elefantes, acercándose poco a poco al pabellón con tejado de paja del snack bar. En los altavoces suena *I Put a Spell on You* y el sonido de la voz es sorprendente. Mira al frente, intentando ver dónde están los altavoces, pero aún no está lo bastante cerca.

—¿Puedo ir andando? —susurra Lincoln y el sonido de su voz le sorprende tanto como la música.

—¿Quieres bajar?

Podría contar con los dedos de una mano las veces que le ha pedido ir andando cuando lo lleva en brazos.

—Sí —responde.

Lo baja al suelo y le da la mano que no ha sufrido el corte. El alivio que siente al liberarse del peso —la sensación súbita de ligereza— queda equilibrado por el vacío. Le aprieta la mano. Lincoln se acerca a la valla de bambú, tira de ella.

—¿Y eso qué es?

Joan intenta seguir la dirección que señala el dedo. El recinto de los elefantes resulta asombroso de noche, es innegable. Los árboles bajos y los matorrales parecen levitar por encima del ondular de las colinas y la arena

tiene un resplandor dorado. Parece un paisaje extrate-
rrestre, la Luna o Marte.

—¿Esa planta? —pregunta Joan, fijándose en una
mata que parece que tenga tentáculos.

—No —responde Lincoln—. Esa cosa que hay en
el suelo.

Joan vuelve a mirar y tarda unos segundos en vislumbrar una forma que hay en el suelo, como una mancha de
tinta, y tarda más si cabe en reconocer lo que debe de ser.

Los hombres han matado un elefante.

El cuerpo es grande, oscuro y sólido, pero la trompa forma un trazo curvilíneo, serpentea y en parte le
parece como si estuviera separada del resto del animal,
como si siguiera viva, luchando por liberarse y avanzar
lentamente por el suelo. Pero no se mueve.

—¿Qué es, mamá? —insiste Lincoln.

—El elefante —musita ella.

Las nubes avanzan y le parece ver que los pelos que
sobresalen de la dura piel se agitan al viento.

—¿Tumbado en el suelo? —pregunta Lincoln.

—Sí.

—¿Por qué está tumbado en el suelo?

Podría decirle que el elefante está dormido. Probablemente sería la respuesta más amable, pero no quiere. Sería un insulto mentirle a la cara de esa manera
después de cómo se ha comportado durante todas estas
horas con ella, mejilla con mejilla, mano con mano, y
además desea contárselo a alguien y él es la única persona presente.

—Está muerto —dice.

—Oh. ¿Lo han matado los hombres? —pregunta Lincoln.

—Sí.

No puede dejar de mirarlo. La cola parece un gusano, da lástima.

—¿Cuál es su nombre?

—No lo sé —responde Joan—. ¿Cuál crees que era?

Lincoln emite un sonido de titubeo, como si estuviera pensando.

Se aleja de allí, tira de Lincoln y acelera el paso, molesta por haber gastado tiempo y energía en el elefante en vez de mantener la atención concentrada en los ángulos, las paredes y los escondrijos que pueda haber a su alrededor, y Lincoln la sigue, aunque con la cabeza girada aún hacia el elefante. Le gusta poner nombre a las cosas: tiene una familia de conejitos con distintos vestidos. Uno se llama Sóftbol y otro se llama Béisbol, y luego hay un hermano que se llama Conejito Sin Orejas —Muddles le comió las orejas— y una hermana que se llama Suzie la Gata. Había también un bebé que se llamaba Suzie la Bruja, pero Muddles se lo comió entero. Tiene un millón de jugadores de fútbol americano de plástico y un campo de juego de tela, y se pasa el día poniéndoles nombre a los jugadores y luego cambiándoselo. Hay un defensa que se llama Humpy el Masticado. Y una delantera que se llama Susan.

—¿Que era? —pregunta Lincoln.

Joan ha perdido el hilo de la conversación.

—¿Qué?

—¿Ya no tiene nombre? ¿Cuando te mueres ya no tienes nombre?

—Quería decir «que es» —dice ella, corrigiéndose—. ¿Cómo crees que se llama?

—Malvavisco —dice Lincoln.

Joan le coge la mano con más fuerza.

Cuando juega con sus futbolistas, hace que los quarterbacks griten arengas: «¡Todos a jugar con fuerza! ¡Jugad rápido! ¿Son juego sucio nuestros placajes? ¡No! ¿Tienen todo el sentido del mundo nuestros placajes? ¡Sí!».

Es un niño excepcionalmente cariñoso. Sería muy fácil hacerle daño.

Ha vuelto a detenerse. Se ha girado hacia el elefante. O tal vez le haya llamado la atención una mariposa nocturna o una hoja revoloteando por los aires.

—Lincoln —dice ella en voz baja, agachándose para que pueda oírla—. Tenemos que seguir. No podemos quedarnos mirando cosas sin importancia.

Hay tanto espacio. Tantos lugares donde poder esconderse que sería imposible percatarse de su existencia hasta que alguien se plantara delante de ella y la apuntara con un arma. Mira y mira por todas partes, pero sabe que no puede verlo todo.

Si piensa en ello, en lo mucho que no puede ver, le cuesta respirar.

«Camina más rápido. Presta atención, pero camina más rápido».

El elefante ha quedado atrás. Están casi en el restaurante, con su pabellón y sus altavoces, y ve, cuando el sonido de la música aumenta y domina todo lo demás, que también hay un altavoz en la valla. Continúa pegada al bambú y a la franja oscura de hierba adonde no llega la luz de la farola. Tira de la mano de Lincoln. No puede estar mucho rato más ahí fuera. No solo no ve nada, sino que, con la música a tope —*Werewolves of London*—, tampoco oye nada.

El restaurante queda justo a su derecha y el pabellón con tejado de paja se extiende delante de ella. Pero entre el punto donde se encuentra ahora y el edificio hay una franja de cemento iluminado, donde normalmente los niños corren y caen y beben zumos. Todos los caminos hacia los distintos recintos se unen aquí, lo que lo convierte en un espacio abierto aterradoramente grande. Si pisa esa extensión de cemento vacío, quedarán al descubierto y no oirá nada, excepto aullidos de lobos y el vapuleo del teclado electrónico.

La música le estalla en la cabeza.

Decide que seguirán andando un poco más, en dirección al recinto de las tortugas, donde sabe que hay un árbol gigantesco que protege la totalidad del camino, y cruzarán el espacio aprovechando la sombra que proyecta. En cuanto toma la decisión, se aferra a ella, se concentra. Avanzan agachados, cerca de la valla, centímetro a centímetro, y no se distrae con nada excepto en el momento en que la música cesa, durante unos segundos, y los aullidos se desvanecen para dar paso a la siguiente canción.

En ese momento de silencio, oye los gritos del bebé. De entrada piensa que es un mono, pero luego el grito se detiene un instante, quien lo emite traga aire y comprende entonces que no es ningún animal. Es un grito balbuceante, furioso, y está cerca. Tan cerca que recuerda la época en que estaba durmiendo —la casa completamente en silencio a altas horas de la noche, la cuna de Lincoln en la habitación contigua, a tres metros de distancia— y se despertaba una décima de segundo después de que él emitiera el más leve sonido de descontento, y tenía los pies en el suelo antes incluso de abrir los ojos.

Mueve la cabeza hacia un banco que está a escasos metros de distancia de ellos, en un pequeño mirador que domina la zona de los elefantes, con la esperanza de encontrar a la madre de cabello largo acurrucada, intentando tranquilizar al bebé, pero el banco está vacío.

La música ha vuelto a subir de volumen, un ritmo discotequero que anula todo lo demás, y está a punto de decirse que se lo ha imaginado todo, que la mente está jugándole una mala pasada. Pero lo sabe. Y no tiene por qué tomar nuevas decisiones: siguiendo el camino que tenía planeado se acercará al banco, que está situado junto a una esquina del vallado, y allí no hay nada más excepto el armazón de hierro y la forma sólida de un cubo de basura metálico en uno de sus lados.

Se detiene, la espalda encorvada, protegida aún por la oscuridad. No hay nadie. Es evidente que allí no hay nadie, ni bebé ni madre. Lincoln mueve la mano, que sigue enlazada a la suya, no porque quiera soltarse, sino porque está impaciente. Joan nota que se inclina hacia delante, en un intento de meterle prisa.

Es evidente que allí no hay nadie.

Pero tira de Lincoln para que se aproxime hacia ella y alinea la espalda del niño con sus piernas, y sigue avanzando, hasta que las palmas rozan el frío metal del cubo de basura, ligeramente pegajoso, extiende las manos y abre la tapa de golpe. Sabe lo que encontrará —por mucho que se diga que no va a suceder, sucede— y sí, una vez levantada la tapa, ve al bebé, llorando.

Con el sonido de la música, aunque ve que la boca se mueve, apenas consigue oír el llanto. La luz de la luna es tenue, pero suficiente. El bebé está depositado en una manta en el interior del cubo, cubriendo la basura. Es pequeño, suave y no para de moverse. Es Moisés en una cesta.

Deja la tapa del cubo de basura en el suelo y se agacha, emite sonidos tranquilizadores que ni siquiera ella misma consigue oír. Mira los deditos, moviéndose. Las manos, agitándose. Una cabeza con pelo oscuro —no es un recién nacido, sino que tendrá algunos meses—, envuelto apresuradamente en una segunda manta de algún color pastel —¿verde, amarillo, blanco?—, pero el bebé ha pataleado tanto que se ha destapado y se le ve el pijamita, también de color pastel, y unos muslos rollizos. Joan se queda fascinada ante la rabia que despliega: los ojos cerrados con fuerza, la frente arrugada, la boca abierta, que, pese a todos sus esfuerzos, es incapaz de competir con los altavoces.

La mujer —o alguna mujer— ha dejado a su hijo en la basura. En la basura.

Le parece algo inimaginable.

Lincoln le tira de la mano y le dice algo. No sabe qué. Se inclina hacia él.

—Dímelo al oído —le pide.

—¿Qué hay, mamá? —grita, aunque ella apenas lo oye.

Comprende que Lincoln no puede verlo. Es demasiado bajito para alcanzar el borde del cubo y no oye nada excepto la música. Entretanto, ella sigue allí, paralizada.

—Nada —responde, sin saber muy bien por qué le miente.

—Entonces, ¿qué miras?

Joan endereza la espalda sin dejar de mirar al bebé. Se da cuenta de que tiene las manos dentro del cubo de basura, para cogerlo. Retrocede un paso.

—Me había parecido oír algo —dice.

La madre del niño debe de haber sufrido una crisis de pánico. A lo mejor ha visto que se acercaban los hombres armados o simplemente ha tenido un momento de debilidad o ha sido egoísta y, viendo que no podía acallar al niño, se ha rendido. Se ha salvado. Lo más probable es que esté escondida y segura en algún lado y que haya dejado a su hijo envuelto en latas vacías de refrescos y papel de hamburguesas, y Joan la odia intensamente. Vuelve a tener las manos en el cubo de basura, ¿por qué no toca al bebé?

Lincoln le tira de la falda.

No puede apartar la mirada del niño. Superada su primera reacción, piensa que tampoco es que el cubo sea un escondite tan malo. Si pasas por alto el hecho de que la mujer ha tirado literalmente a su hijo a la basura, es un refugio brillante. Justo al lado de los altavoces, el bebé puede gritar a pleno pulmón —¿es niño o niña?, tendría que dejar de pensar en el bebé en plan genérico—, puede gritar todo lo fuerte que le apetezca sin que nadie le oiga. Y el bebé llora, por supuesto, porque está solo, asustado, seguramente tiene hambre y no encuentra la calidez que debería darle el cuerpo de su madre, y los bebés lo juzgan todo por el olor, y debe de estar oliendo lo desconocido, la porquería y la podredumbre del cubo. Pero el sonido del llanto queda acallado y además el cubo es una especie de cunita tosca, queda encerrado, es un lugar de donde el bebé no puede escaparse.

Podría haber ratas o cucarachas que se le metieran en los ojos y en la boca. Cucarachas. No es un lugar seguro. Es un cubo de basura. Lincoln podría ir andando y el bebé no pesa nada. Podría incluso cargar con los dos en brazos, por poco rato.

La música disco retumba en su cerebro.

Introduce la mano y roza la cara del bebé, que se ve colorada incluso bajo la débil luz de la luna. La piel es más suave de lo que imaginaba. El llanto no cesa. Dirige la boca hacia ella y captura el pulgar, y Joan deja que se lo chupe unos instantes. Ve un papel de caramelo junto a la carita y lo aparta. El bebé mueve una pierna y

Joan vislumbra debajo del muslo un objeto. Desliza la mano y encuentra un chupete.

Limpia el chupete frotándolo con la parte interior de su propio brazo y se lo ofrece a la criatura, y entonces recuerda otra cosa: la «O» perfecta de una boquita y el agradable tirón que provoca el bebé al sorber y aceptar el chupete.

El bebé da un par de chupetones y lo escupe. Grita. Siente ya su peso instalado en el hueco del brazo.

Lincoln no deja de tirar de ella. Joan lo mira y él tira con más fuerza.

—Creía que habías dicho —le grita Lincoln al oído— que no podíamos mirar las cosas que no son importantes.

Joan se endereza rápidamente, se reorienta. Se da cuenta entonces de que está iluminada, que la misma luz que ilumina al bebé se extiende hacia sus brazos. Y de que ha soltado la mano de Lincoln. Es la primera vez que lo suelta completamente desde que han salido del recinto del puercoespín. Y no ha estado vigilándolo, además. Si se hubiese alejado, no lo habría visto. Si los hombres hubieran estado allí apuntándolos con sus armas, no los habría visto.

No estaba mirando.

El bebé sigue llorando.

Se acuclilla, regresa a la oscuridad, rodea a su hijo con el brazo.

—Sí —le dice—. Tienes razón.

Tiene que ser rápida. De lo contrario, no podrá hacerlo. Se incorpora un poco, lo mínimo posible, y vuelve a acariciar la cabeza del bebé. Le introduce el pulgar en la boca y deja que succione —aún no tiene dientes—, y luego lo cambia una vez más por el chupete. Da rápidamente media vuelta, queriendo creer que el bebé aguantará esta vez. Busca la tapa del cubo en el suelo.

La devuelve a su lugar. No lo hace con la rapidez con que le gustaría —tiene que ajustarla exactamente en el cubo— y durante toda la operación fija la vista en un punto de la oscuridad. Por un instante, el bebé es un aleteo claro en el fondo del cubo, hasta que el aleteo desaparece y queda solo la forma oscura del cubo de basura.

—Vamos —le dice a Lincoln.

Vuelve a agacharse, da unos pasos y la música baja levemente de volumen, ya no le aporrea el cerebro. Un paso más y otro, se trata de seguir dando pasos y eso es todo, no tiene que sentir nada.

Lo único que tiene que hacer es velar por la seguridad de su hijo.

—¿Qué había allí? —pregunta Lincoln, presionando la cara contra el cabello de ella.

—Nada —responde Joan.

Sabe que Lincoln sigue hablando, que no quiere abandonar el tema, pero ella acelera el paso y dejan atrás el cubo de basura. La música se intensifica. Una guitarra eléctrica asciende en espiral hacia el éxtasis y un frenesí de hojas, amarillas incluso en la penumbra, se esparce por la hierba delante de sus pies. Cuando alcanzan al árbol gigantesco que se alza junto al recinto de las tortugas, cruzan corriendo la zona de sombra, de la mano, y Joan se arrodilla al lado de una valla baja. Una pausa y una reevaluación. Están a pocos pasos de las máquinas expendedoras, que quedan prácticamente escondidas por una valla de bambú, pero se ven ya sus luces, que proyectan franjas rojas y blancas entre los palos de madera.

Unos pasos más. Introduce la mano en el bolso y palpa el bolsillo lateral. Encuentra la tarjeta de crédito y la coge.

—¿Qué tipo de galletas tendrán? —pregunta Lincoln.

—De queso, eso seguro —responde Joan. Se siente irracionalmente enfadada porque él haya sacado a relucir de nuevo el tema de las galletas—. Habla en voz baja.

—Quiero de queso.

Joan nota que su hijo ralentiza el paso y el tirón aumenta como un hilo de pescar atrapado bajo la superficie. La cadera de Joan roza la valla de bambú que acordona las máquinas expendedoras.

Diez o doce pasos más y podrá conseguirle algo de comer.

—No quiero de mantequilla de cacahuete —dice Lincoln, alzando la voz—. Quiero de queso. A menos que tengan de esas redondas con mantequilla de cacahuete que le gustan a papá.

—Calla —salta ella. Le resulta incomprensible que a estas alturas anteponga la mantequilla de cacahuete a un tiroteo y que no se dé cuenta de lo que ha hecho por él. Aunque es evidente que no se da cuenta, gracias a Dios. Pero no puede ponerse a discutir con él ahora por unas galletas.

Serena su tono de voz.

—Seguro que habrá de queso.

—Prométemelo.

A Joan se le llenan los ojos de lágrimas; se equivocaba, no es exactamente un enfado lo que está intentando aplacar. Nota la mano pegajosa cuando tira de él; no quiere pensar en la mugre melosa que había en la tapa del cubo de basura. Lincoln avanza tambaleante y gimotea, un sonido similar al que emite cuando ella intenta despertarlo por las mañanas más temprano que de costumbre. Ya han superado la valla.

Se queda inmóvil.

Y retrocede titubeando, regresando a la valla y protegiendo a Lincoln entre las piernas. Vuelve a sentir pánico, lo cual es bueno porque quema cualquier otra emoción. Las esteriliza con su hervor.

Entre la valla de bambú y la pared de ladrillo del snack bar Sabana hay tanta luz que parece casi de día. Las resplandecientes máquinas están alineadas junto a la pared: Coca-Cola, Pepsi y agua mineral y, al final, una estructura metálica llena de paquetitos. No las había visto nunca de noche. Las alegres luces resultan agresivamente mecánicas. Las máquinas son totalmente inconscientes de la apurada situación en la que se encuentra y su luminosidad las vuelve odiosas.

Se ve obligada a protegerse los ojos de la luz.

La valla de bambú se curva a la izquierda de las máquinas y acaba uniéndose a la pared del restaurante. En la curva hay bananos altos plantados muy juntos, de modo que, al menos por ese lado, existe algún tipo de barrera.

Pero, desde donde está ahora hasta la ranura para las tarjetas de crédito de las máquinas expendedoras —ruega a Dios que funcione el lector de tarjetas de crédito, porque a veces falla y ella nunca lleva monedas encima— y desde allí hasta las máquinas, no hay ningún escondite. No hay más que cemento. Y las máquinas no solo están iluminadas por dentro, sino que el alero que cubre toda la zona está lleno de luces.

Estudia los bananos que hay después de las máquinas. Sus hojas se abren como parasoles y los troncos son gruesos y se asientan sobre el mantillo de los parterres. En una esquina de la valla hay tres cubos de basura apilados, pero la esquina contigua al edificio está oscura y vacía. Los bananos ofrecen protección y cree que Lincoln y ella pueden caminar entre las plantas, pegados a la valla.

Permanecer eternamente aquí no les ofrece ninguna ventaja. Tampoco aquí están seguros.

Estudia todo lo que ve y todo lo que no puede ver. Coge a Lincoln de nuevo y espera a que la haya enlazado con brazos y piernas.

—Iremos por aquí —le dice.

Cruza la zona de luz rauda como una flecha —su sombra compacta e informe sobre el cemento—, pasa de largo las máquinas de bebidas, pasa de largo la máquina de comida y va directa a los bananos. De cerca, ve las losas decorativas del suelo, mosaicos cuadrados en blanco y negro. Deposita a Lincoln entre las hojas y no separa el cuerpo de la pared de ladrillo del restaurante; la máquina de comida está tan cerca que puede tocarla. Los oculta si alguien mirase hacia allí desde determinados ángulos. Suelta con cuidado la mano de Lincoln y lo empuja hacia atrás y, pasito a pasito, lo deja en el parterre.

—Quédate de pie en esta piedra —le dice en voz baja—. Quédate aquí mientras yo voy a buscar comida.

Se siente satisfecha con su ubicación. Apenas puede verlo, ni siquiera tan de cerca.

Desde este lado de la máquina, puede mantener el cuerpo en la oscuridad y dejar solo el brazo al descubierto mientras opera con la tarjeta. A tientas —nota los dedos secos—, introduce la tarjeta y la máquina la acepta. Elige las galletas saladas de trigo con queso, pasa la muñeca por el hueco de la parte inferior de la máquina y coge el paquete al vuelo antes de que caiga al fondo. Saca la mano y permanece a la escucha. Compra otro paquete porque piensa que cinco segundos más allí tampoco implican un peligro adicional, aunque se equivoca de tecla, pulsa A6 en vez de B6 y cae una chocolatina Zero, pero la coge igualmente.

Se adentra de nuevo en las sombras y nota la humedad de las hojas en la nuca.

19:12

Cuando lo instala en su falda se le sube la camisa, y piensa en lo huesuda que tiene la espalda y lo estrecho que es de caderas. Cuando nació era un bebé enorme —más de cuatro kilos y medio— y tuvo papada durante un tiempo, pero era una gordura bonita que hacía que mujeres desconocidas la pararan en la calle para apretujarle los muslos. Siguió gordito durante una buena temporada, pero ahora se ha vuelto alto y delgado.

Abre el paquete de las galletas, le da una —el envoltorio hace más ruido de lo que le gustaría, pero lo abre por la mitad y las galletas caen sobre el plástico— y cambia de postura para quedar sentada sólidamente sobre la piedra en vez de sobre el mantillo. Las hojas, anchas y planas, le rozan la cabeza y los hombros. Por los altavoces suena el tumultuoso tema instrumental que anuncia la presencia de la Bruja Malvada en *El mago de Oz*. Los instrumentos de viento suenan con una potencia frenética. El sonido es chirriante, pero no quiere que pare. No quiere oír otras cosas.

Lincoln se ha comido dos galletas en un santiamén. Joan busca en el bolso su botellita, la sacude y descubre que, por suerte, está medio llena. Abre el tapón y la coloca entre las rodillas de Lincoln, que están entre las rodillas de ella.

—Gracias —dice.

Empieza a dar saltitos y su trasero levita por encima del suelo. Las galletas han tenido un efecto casi mágico.

—¿Has sacado también una chocolatina? —pregunta—. ¿Cuál es? ¿Puedo comer un poco?

Joan corta un trocito y se lo da. Nota que le cuesta que le salgan las palabras.

—Se llama Zero —responde—. Es de chocolate blanco y caramelo.

—A ti no te gusta el chocolate blanco. Te hace vomitar.

Suele ser así. Es un recuerdo de la época que pasó en Tailandia. Había estado trabajando con monjas en Irlanda antes de marchar a Bangkok y era Cuaresma, y había dejado de comer chocolate porque cuando estás con monjas acabas contagiándote del concepto de sacrificio, y el día de Pascua, ya en Tailandia, se compró un conejo de chocolate blanco —¿por qué tendrían en Tailandia dulces de tipo occidental?— y se lo comió entero, vomitó y allí se acabó su historia con el chocolate blanco.

—Hace tiempo me gustaba el chocolate blanco —dice.

Nota la roca afilada bajo los muslos y, cuando cambia de postura para colocarse mejor, se araña la mano con la piedra. Siente una punzada y luego algo líquido; se ha vuelto a abrir el corte que se había hecho en la palma.

—¿Antes de que yo naciera? —pregunta Lincoln.

—Sí —responde ella, abriendo y cerrando el puño, notando la sensación pegajosa de la sangre—. Mucho antes de que tú nacieras.

—Cuando ibas a otros países.

—Eso es.

Lincoln prueba la chocolatina, emite un sonido de placer y el pedazo entero desaparece por completo en el interior de su boca.

—Lo comías antes de que yo naciera —comenta—. Cuando te gustaba el chocolate blanco. Pero antes de que yo naciera no había chocolate blanco, de modo que no puede ser.

—¿No? —dice Joan.

Algo no va bien en la máquina de Coca-Cola, algún cortocircuito. El botón correspondiente a las latas de Sprite destella, se enciende y se apaga.

—Antes de que yo naciera —continúa Lincoln— no había chocolate. No había casas. Solo castillos. No había muebles. Ni platos, ni sombreros, ni polvo. Había dinosaurios. No había mundo. No había nada. Pero había un hospital y allí nací yo.

Joan se queda mirándolo.

Una vez, en el supermercado, rompió a llorar al oír una voz que hablaba por el altavoz. Los monstruos de *Scooby-Doo* le parecen aterradores. Y, en este momento, no parece recordar nada de lo que ha sucedido durante la última hora. Ha recuperado su estado normal.

—No lo sabía —dice Joan.

—Ya sé que no lo sabías.

Tienen que irse pronto de ahí. Están justo al lado del edificio, junto a un camino principal. Joan pega el cuerpo a la pared de ladrillo para asegurarse de que ambos quedan protegidos por la oscuridad y, gracias a un hilito de luz, ve cómo come su hijo.

—¿Está bueno, cariño? —susurra.

—Riquísimo —contesta él, con la boca llena de migajas. Ha vuelto a las galletas—. Riquísimo. Tan bueno que he dicho «riquísimo» dos veces.

—Shhh —dice ella—. Más flojito. Recuerda no engulfarlas sin más. Disfrútalas.

Otra de sus palabras inventadas: «engulfar». En vez de «engullir». Y a veces le pregunta: «¿Por qué se dice "¡Dios mío!"? ¿No tendría que ser "¡Dios nuestro!"?».

—Ya las estoy disfrutando —replica él en voz baja y lo demuestra dando un mordisco tan pequeño que apenas roza la galleta.

Tiene la costumbre de decirle que saboree la comida y en este momento desea especialmente que coma despacio. Le gusta verlo embelesado en el placer que le ofrece el queso procesado. Mastica de forma sonora, no del todo con la boca abierta, pero sí con las mandíbulas y los labios moviéndose más de lo necesario. Se lame la muñeca y Joan imagina que tendría migas pegadas.

Desea que solo piense en galletas.

Lo atrae hacia ella, las caderas chocan, y piensa en su tío sentado en su vieja butaca —de color cobre—, haciéndose a un lado para dejarle espacio y diciéndole: «Me parece que uno de los dos está aumentando de tamaño». Su tío siempre olía a hierba recién cortada y a sudor dulce, y en cuanto se apretujaba en la butaca, cadera con cadera junto a él, su tío reposaba la mejilla en su cabeza y ella percibía el latido del corazón junto a su sien, y se sentía satisfecha con la sensación de solidez y seguridad que tenía a su lado.

Por lo que puede deducir —a partir de películas, libros y de las comidas con sus amistades—, la gente no se siente satisfecha. La gente quiere trabajos distintos, parejas distintas, y ella, a su edad, tendría que estar sumida en una crisis existencial en la que empezara a cuestionarse todas las decisiones que ha tomado y quisiera empezar de nuevo, una crisis peor si cabe porque es mujer, tiene un hijo y trabaja, y se supone que debería desear tenerlo todo y sentirse frustrada, tensa y dividida entre su deseo de buscar su propio lugar en el mundo y sus anhelos maternales.

Pero no se siente así.

Leyó un relato cuando era pequeña, cuando estaba obsesionada por cualquier cosa que tuviera que ver con la combustión humana espontánea o el vudú, y supone que el relato formaba parte de uno de sus voluminosos libros de historias de fantasmas. Era sobre un hombre a quien el diablo había regalado un reloj y ese reloj podía detener el tiempo. Lo único que tenía que hacer el hombre era pulsar un botón del reloj y su vida quedaría paralizada para siempre, inmutable. Si lo hacía, no moriría nunca. Nunca envejecería. Todos los días de su vida serían como el que estaba viviendo en aquel momento. Simplemente tenía que elegir el momento y pulsar el botón. Pero el hombre nunca encontraba el momento para pulsarlo; seguía pensando que le gustaría encontrar a la mujer adecuada y luego, cuando pensó que la había encontrado, decidió que le gustaría ser padre, y cuando llegó el hijo empezó a dudar de si la mujer elegida era la correcta, y luego quiso ganar más dinero y, finalmente, se hizo viejo y llegó el diablo para reclamar su alma. El diablo le explicó que llevaba tiempo tratando de poner en marcha aquel truco de la eternidad y que le sorprendía que nunca nadie hubiera decidido pulsar el botón. Nadie estaba dispuesto a decir que ese momento —*ese* momento— era el momento perfecto.

Ella pararía el reloj. Cualquier día. En cualquier momento.

Es posible que sentirse satisfecha sea su gran don. Aprecia lo que tiene. Su hijo está calentito y apretujado a su lado y eso es prácticamente suficiente para anular todo lo demás.

Nota otra vez la mano húmeda, el líquido gotea hacia sus dedos.

Levanta la mano, dispuesta a ejercer algún tipo de presión sobre el corte de la palma, pero ve que lo que sangra ahora es el brazo, ve que la carne está levantada por encima de la muñeca y se da cuenta de que ha estado rascándose la piel con la piedra que tiene debajo, adelante y atrás, y que le duele, nota ahora, y se da cuenta también —acaba de caerle una gota roja en el muslo, muy cerca de Lincoln, y retira rápidamente la mano— de que le gustaría seguir rascándose un poco más contra la piedra.

Presiona la piel levantada contra la falda.

Le gustaría detener el reloj. Últimamente, cuando alguna vez capta en un espejo su imagen con un camisón de encaje, tal vez aquel con el frontal transparente y la raja hasta la cadera, el que Paul le pide que se ponga cuando viene a comer a casa los jueves, se dice: «Llegará un día en que ya no me lo pondré más. Un día me colgará todo y tendré michelines y seré una vieja que no se pone lencería sexy y un día Paul estará muerto y tampoco tendré para quién ponerme esta ropa de todas maneras». O cuando está haciendo volteretas laterales para Lincoln, contándolas —dieciocho, diecinueve, veinte—, una parte de ella se siente orgullosa y otra parte se ríe, pero otra parte piensa: «Llegará el día en que no podré dar volteretas y confío en que al menos él recuerde los tiempos en que podía darlas, y si muriera mañana mismo de un accidente de coche, ¿me recordaría así?, ¿recordaría que pronunciábamos las palabras mágicas para que el semáforo se pusiera verde y que convertíamos la mesa del comedor en un fuerte?».

No sabe en qué momento comenzó a imaginarse el final de las cosas. Es posible que el desencadenante fuera cumplir los cuarenta o que lo desencadenara Lincoln en el momento en que empezó a transformarse de bebé en niño y ella comprendió que iría difuminándose, poco a poco, hasta convertirse en adulto y marcharse, y es posible que tenga estos pensamientos oscuros porque lo que más desea es que la vida se quede tal y como está ahora, inmutable, y quizá le guste tanto como es ahora porque sabe que no va a durar. Se pregunta si todo el mundo tendrá pensamientos relacionados con accidentes de coche o maridos muertos o si es que ella es excepcionalmente morbosa.

«Whatever happened to my Transylvania Twist?», pregunta la voz que suena por los altavoces.

A Lincoln le queda solo una galleta. Debería incorporarse. Tendrían que encontrar un lugar más alejado.

No. Tendría que decidir qué hacer a continuación. No necesita volver a una zona de luz hasta que esté segura de hacia dónde van. Y Lincoln está tan callado... Tan quieto... Cuando guarda este silencio, son casi invisibles. Además, si se ponen en movimiento, tendrá que elegir en qué dirección van, lo cual implica decidir si vuelven a pasar junto al cubo de basura o lo evitan.

Le duele el brazo, el punto donde tiene la piel levantada, y piensa entonces en que tal vez si se frota un poco más contra la piedra le desaparezca el dolor, como cuando te rascas si te pica algo.

El impulso le asusta. Nunca ha tenido pensamientos de este tipo.

—¿Quieres el resto de la chocolatina? —le pregunta a Lincoln.

Sujeta la última galleta con una mano y extiende la otra para recibir la chocolatina.

—Sí, por favor —musita.

Se la entrega. Nota alguna cosa arrastrándose por el pie, la sensación de una pluma que corre veloz, e intenta no bajar la vista para ver qué era. Es algo que aprendió en casa de su madre: si evitas verlo, es como si no estuviera ahí.

Pero se lo imagina. Piensa en caparazones brillantes de color negro y antenas retorcidas.

Hay una escena, en *El espantapájaros y la señora King,* en la que Lee y Amanda están escondidos en una zona de marismas, acurrucados en el suelo entre plantas, igual que ella ahora, y Amanda tiembla y Lee la rodea con el brazo. Es el secreto de Joan: ha estado viendo más episodios de *El espantapájaros y la señora King* de lo que ha reconocido ante nadie. Piensa que esta serie que pasa horas viendo le hace sentirse como a otras personas el alcohol o la pornografía. A veces deja el trabajo a medias y se pone a ver un episodio a la hora de comer. Otras, abandona la cama a media noche, le da un beso a Paul en el hombro y se da un atracón de la serie hasta las tres de la mañana.

No tendría que estar pensando en televisión en estos momentos. O tal vez sí. Hay cosas peores.

Bruce Boxleitner le parecía guapo y sigue pareciéndoselo —la versión de Bruce de los años ochenta—, y tiene esa versión justo delante de ella siempre que quiere, porque estas personas —no, no son personas, son personajes— no han cambiado en absoluto. Lee y Amanda eran gente adulta, pensaba antes, pero ahora ella es mayor que ellos. Están espléndidamente congelados.

Cuando era pequeña, se sentaba en la madera reluciente del suelo de la sala de estar, al lado de la mesita auxiliar que tenía siempre un aspecto repugnantemente líquido porque su madre se pasaba con la cera, y lo resbaladizo de los suelos era peor por culpa de las cucarachas, que patinaban silenciosamente, como sobre hielo, y en casa siempre había cucarachas porque su madre era de la opinión de que la intervención de un exterminador acabaría matando sin querer a la perra. Joan ponía la tele en cuanto llegaba a casa del colegio. ¿Sería ella la única que nunca quería irse del colegio? ¿La que cruzaba lo más despacio posible las puertas después de que sonara el último timbre? ¿La que miraba en las aulas para ver si quedaba algún profesor con quien entablar conversación y tal vez sentarse en su mesa para poder captar su atención? Los profesores la adoraban. En sexto se organizó un baile tradicional, el palo de mayo, y los profesores eligieron solo a doce chicas, una de las cuales había sido ella, lo que se había traducido en muchas horas de ensayo al salir de clase, el paraíso, no volver a casa hasta el anochecer.

Pero no podía quedarse eternamente en el colegio. Así que al llegar encendía la tele y veía sus programas preferidos hasta que su madre volvía a casa. Entonces, su madre acaparaba el televisor —tenía sus propias series que ver— y Joan esperaba hasta las tantas de la noche a que se acostara y entonces volvía a encender el aparato, se sentaba muy cerca, con el cuello estirado, porque habían perdido el mando a distancia... No, no solo por eso, sino porque le gustaba estar muy cerca, ya que así se sentía más dentro del televisor que en la sala de estar. Y se sentía satisfecha. Pero a veces, sentada allí de noche, con las piernas cruzadas y descalza, con el suelo repugnantemente resbaladizo, notaba una cucaracha paseándose por el tobillo, el muslo o un dedo, y saltaba corriendo al sofá, sofocando un grito, pero luego siempre volvía a la televisión, por mucho que no supiera hacia dónde había ido la cucaracha y tuviera que mirar bajo las sillas por si acaso. Lo que más le aterrorizaba era aquel primer movimiento, cuando veía, por el rabillo del ojo, una forma oscura arrastrándose por el suelo. Nunca conseguía acercarse lo bastante como para matarlas. Lo máximo que era capaz de hacer era lanzarles un zapato y confiar en tener suerte y acertar, y a veces las rociaba con laca del pelo hasta ahogarlas. Le gustaba verlas morir así. Pero, incluso con la amenaza de las cucarachas, siempre volvía a la televisión. No podía permanecer alejada de ella.

La luz de las latas de Sprite en la máquina expendedora centellea como emitiendo un mensaje en código morse. Lincoln sigue masticando. Los altavoces cantan: «*It was a graveyard smash. It caught on in a flash...*».

Veía un episodio de *El espantapájaros y la señora King* y luego lo rebobinaba —siempre los grababa en cinta— para volver a ver las mejores partes. Rebobinar, pausa, ver. Rebobinar, pausa, ver. Recuerda un episodio en el que Lee y Amanda llegan a un hotel y él le da la mano cuando entran en el ascensor, pero luego se la suelta para pulsar el botón y Amanda le busca de nuevo la mano, palpando a tientas, y la expresión de él es maravillosa cuando se da cuenta de que Amanda quiere volver a cogerle la mano. Joan vio aquella escena cien veces seguidas. Era cuando estaban enamorados pero no querían reconocerlo, razón por la cual cualquier mirada era importante y Joan se preguntaba si alguien llegaría algún día a mirarla así.

Aquel pedazo de suelo delante de la mesa del televisor es el único fragmento de la casa de su infancia que recuerda con claridad. La pared de estanterías, pintadas de beis, el encaje decorando los estantes, la mesita de centro a la derecha, reluciente, con flores de tela en un cuenco de latón y revistas esparcidas por encima. La televisión y el vídeo, las teclas plateadas y los botones negros, el agradable zumbido de la cinta rebobinándose.

Las demás estancias no le gustaban. La cocina era lo que más atraía a las cucarachas. Una vez metió la mano en una bolsa de patatas fritas y notó un caparazón duro y resbaladizo moviéndose. El pasillo era largo y estaba enmoquetado, y siempre lo recorría a toda velocidad —demasiado espacio vacío que cubrir, los bultos de la moqueta de color verde claro clavándose en la planta de los pies—, y su habitación quedaba al final. Saltaba desde la puerta hasta la colcha azul y confiaba en que no hubiera nada moviéndose por allí.

No pasaba una sola noche en que no viera cinco, seis o incluso diez cucarachas. A veces se quedaba despierta prestando atención al sonido de las patitas. A veces ni siquiera podía dormir.

Su madre nunca veía las cucarachas. Podría erigir un monumento a las cosas que su madre nunca veía —un nieto, por ejemplo, al que había visitado solo dos veces desde que nació— y aún se estremece de ira cuando piensa que su madre nunca veía las cucarachas.

Joan le pedía con insistencia que comprara veneno. «Exageras —le decía su madre—. Daisy ya les echará la zarpa. Y tampoco es que haya tantas».

Recuerda cuando le gustaba utilizar la alfombra de la sala de estar como escenario de sus obras de teatro y que le pedía a su madre que se quedara a mirar sus actuaciones. «Haz la función mientras descanso un poco la vista», le decía su madre, y se tumbaba en el sofá y cerraba los ojos al instante.

Recuerda cómo su madre le insistió un día en que fuese a hacerse la manicura: «Será divertido», le dijo su madre. «No —le respondió Joan, que ya era por aquel entonces más mayor, su rabia a punto de estallar—. No pienso ir. Odio que me hagan las uñas. Odio el olor y con todos esos artilugios me hacen daño. Siempre lo he odiado. Es a ti a quien le gusta».

Y su madre había estampado el cepillo contra la encimera del lavabo y el espejo que utilizaba para maquillarse se había quedado temblando. Al día siguiente fueron a Lovely Nails y Joan está segura de que, a día de hoy, su madre sigue creyendo que le encanta hacerse la manicura.

Su madre nunca veía nada.

Su madre ni siquiera se tomaba la molestia de mirar.

Dicen que después de haber tenido hijos eres mucho más indulgente con tus padres, ¿no? Cuando comprendes lo que significa en realidad ser padre o madre. Pero con ella había sucedido justo al contrario. A los veinte años, Joan llegó a una especie de tregua de paz con sus padres, pero después de que naciera Lincoln recuperó toda su rabia. Lo mejor que puede hacer al respecto es mirar hacia el otro lado y esperar que se mantenga simplemente allí, como una forma oscura, acechante.

Lee Stetson decía cosas como «Este burdeos está de muerte» y conducía un coche deportivo plateado, y le besaba la mano a Amanda, y Joan pensaba que la vida adulta sería así. Que todo el mundo sería guapo e ingenioso, que abundarían las fiestas, los locales exóticos y los montajes. Tenía una madre que dormía con una perra lhasa apso, a la que no le importaba que las sábanas estuvieran manchadas con caca de su mascota, pero a la que le daba asco siquiera tocar piedras que brillaban como un tesoro, y un padre que podía pasarse días enteros cazando animales diminutos, pero que nunca supo encontrar el camino para estar con una hija de tamaño normal.

La luz del Sprite acelera el ritmo, está frenética.

Se da cuenta de que Lincoln está inmóvil, tal vez se ha dormido. Tiene las manos manchadas de chocolate blanco, los dedos relajados, señalando hacia arriba. La cabeza inclinada sobre el bíceps de ella. Observa las curvas suaves de las mejillas, las pestañas en abanico y la nariz, que tiene una bolita al final, un remate perfectamente redondo. Ayer utilizó la palabra «arsenal» en una frase. Tiene la cabeza llena de mundos.

Lo ve.

Cierra la mano que tiene limpia de sangre alrededor de su muñeca, con dulzura, una pulsera. Percibe los huesos bajo la piel.

Lo ve.

Solo a él.

El truco está en seguir concentrada.

—Ojalá tuviera conmigo a Sarge —murmura.

Joan se sorprende, porque descubre que no está dormido y porque Sarge es normalmente su segunda elección como animal de peluche, después de una jirafa de trapo. Sarge era el perro de peluche de ella, tiene ya más de treinta años y en la oreja izquierda luce un agujero tan grande que puedes pasarle el dedo, además de la nariz medio borrada. Su tío jugaba con ella a que Sarge subía a la mesa del desayuno y le pedía que le dejara probar los huevos. Y de repente, también echa de menos a Sarge, su pastor alemán de peluche, nudoso y raído. Sarge ha conocido a todos sus seres más queridos.

—¿Por qué quieres a Sarge? —le pregunta.

—Porque es un perro policía. —Lincoln levanta un poco la cabeza—. Protege cosas.

Justo cuando va a tranquilizarlo explicándole que ella también lo protegerá, capta un sonido y un movimiento en la zona iluminada.

En el segundo que tarda en darse cuenta de que se está abriendo una puerta —la puerta que hay al otro lado de la máquina de Coca-Cola—, aparece ya una voz y luego una cara iluminada en color rosa por las luces rojas y blancas de la máquina expendedora.

Una cara. El pelo largo al viento. Unos ojos oscuros que los miran.

Tarda un par de segundos más —el tiempo es pegajoso y lento, como las patas de una cucaracha embadurnadas de laca— en darse cuenta de que la voz pertenece a una chica y apenas consigue sofocar el grito.

La chica extiende un brazo, dobla los dedos, su cuerpo se hace visible solo por un instante y desaparece a continuación detrás de la máquina. El cuerpo pertenece a una joven negra, una adolescente con el cabello trenzado, con mechas de color rojo brillante, como pintadas con ceras. Su cara parece pequeña debajo de tanto pelo.

—Venid —dice la chica—. Rápido.

19:23

Joan permanece inmóvil, estudiando el rostro de la chica para valorar si podría ser la novia de alguno de los hombres armados, alguien enviado para tenderle una trampa a la presa. Pero la chica parece muy joven y está tan nerviosa que resulta difícil considerarla sospechosa.

—Si queréis —dice la chica, inspeccionando la oscuridad y mostrándoles ahora solo la nuca, su voz insegura y molesta.

Lo que convence a Joan es su tono de enfado. Enlaza a Lincoln por la cintura y lo levanta, espera a que esté completamente de pie y solo entonces se impulsa ella hacia arriba y aparta las hojas del banano que le ocultaban la cara. Empuja a su hijo para que empiece a andar, pasan por delante de la máquina de Coca-Cola, agachados, corriendo, la mano de él sujetándola por la camiseta, una situación muy incómoda, nota los muslos doloridos, y entran en el restaurante y la puerta de cristal se cierra a sus espaldas, emitiendo un ruido excesivo.

Todavía en cuclillas, Joan mantiene una mano enlazando a Lincoln por la cintura. Ve que la puerta tiene una raja. Una línea plateada que se extiende por el cristal y adopta la forma de una pata de pollo.

La chica está frente a ellos, inmóvil, también agachada. Están junto a la barra, la caja registradora queda a su izquierda. A su derecha, las ventanas. Las luces del techo están apagadas, pero las vitrinas expositoras están iluminadas por dentro, lo que da a la estancia un resplandor fluorescente; las mesas y las sillas de plástico blanco —cree recordar que es blanco— tienen el tono verde claro de las criaturas que habitan en las profundidades del mar.

La chica se ha girado hacia ellos y extiende el brazo por encima de sus cabezas, la axila les pasa rozando. Desprende un agradable olor a talco y a pan.

—La puerta —dice, corriendo el pestillo.

La chica vuelve a agacharse y echa a andar, pasa por delante de la barra, la siguen. Algunas de las mesas tienen las sillas recogidas encima, las patas boca arriba, pero hay también sillas e incluso mesas tiradas de cualquier manera por el suelo. Hay una cuerda roja entre dos postes, de las que se utilizan para indicar al público dónde guardar cola, pero los postes también están volcados, las bases hacia arriba.

—Por aquí —dice la chica, haciendo un gesto con la mano, como si no estuvieran tan pegados a ella que incluso corren el riesgo de tropezar con sus pies.

—¿Quién es? —pregunta Lincoln, su voz cálida y húmeda en la mejilla de Joan.

Sigue agarrándola por la camisa, tirando de ella.

—No lo sé —responde Joan y cae en la cuenta de que no sabe muchas cosas, como por qué ha decidido encerrarse en este edificio con una desconocida. Se ha abierto la puerta y ha aparecido otro ser humano, y le ha parecido una bendición de Dios —aunque de ser una bendición de Dios, ¿por qué iba a tratarse de una adolescente?—, pero es posible que haya cometido un error terrible. No puede ni pensar en dar marcha atrás. Se siente empujada a seguir avanzando. ¿Por qué?

Su cerebro trabaja a toda velocidad, de forma caótica, pero los pies continúan adelante. Acuclillados, pasan por delante de las vitrinas de metal y cristal donde se suele guardar la comida…, muffins, cree recordar, y pastelitos de manzana. Se mantienen por debajo del nivel de las ventanas que se abren en la pared. Echa un vistazo por ellas y ve la parte inferior del tejado de paja y, más allá de los focos de luz, la oscuridad. La negrura es total en un sentido que no había apreciado cuando estaba fuera: no ve nada en absoluto del recinto de los elefantes, nada en absoluto de los pinos que hay a lo lejos, nada de las calles iluminadas. El tejado de paja se prolonga eternamente y el mundo del exterior podría ser perfectamente el África real.

Se pregunta cuál será la vista al contrario, desde fuera del restaurante hacia el interior. ¿Hasta qué punto están perfilados con claridad e iluminados? ¿Hay alguien fuera pensando que su piel tiene la tonalidad verde claro de los animales marinos?

Vuelve a mirar hacia el frente. Con aquella luz, el pelo de la chica parece teñido de un color rojo oscuro. Manchas de negro y de óxido.

La música del exterior es un zumbido amortiguado.

En el suelo hay una mariquita muerta. Lincoln no la ve y el caparazón cruje bajo su zapato.

La chica está acelerando. Joan la sigue de cerca, con Lincoln agarrado a ella, pero caminando por su cuenta. A Joan le duelen los muslos de tanto andar en cuclillas.

Superan la barra y giran hacia la zona de la cocina, pasan por delante de encimeras de acero inoxidable y de unos fogones gigantescos con un montón de mandos de distintos tamaños. Las baldosas del suelo están algo resbaladizas y Joan procura pisar con cuidado y sujetar con fuerza la mano de Lincoln.

—Ya casi estamos —susurra la chica.

Termina la cocina —no hay más electrodomésticos— y el suelo embaldosado se transforma en un corto pasillo que acaba en una puerta de acero inoxidable. La chica la abre y entran en una habitación con encimeras de acero inoxidable a ambos lados y cajas de cartón almacenadas debajo. Las luces están apagadas, por supuesto, pero una ventana cuadrada que se abre en lo alto de la pared permite la entrada de una combinación de luz de luna y focos del exterior.

Hay una mujer sentada en el suelo. Una mujer mayor, de pelo blanco y piel pálida, recostada en una pila de cajas.

Va vestida con vaqueros y sudadera y mueve la cabeza en un gesto de saludo, su rostro oculto por la oscuridad.

—Pasad —dice la mujer.

—Por aquí, Lincoln —señala Joan, guiando a su hijo y devolviéndole el saludo a la mujer.

Las cajas de cartón cubren hasta el último centímetro del suelo excepto un estrecho pasillo que se extiende por el centro de la estancia. Joan vislumbra tenedores y cucharas de plástico en una caja y filtros de café en otra, pero en su mayoría están cerradas. Colgados de una tira metálica magnética, sobre las encimeras, hay al menos una docena de cucharones. Hay también un taco de madera con cuchillos. Más allá, ve una mancha de color rojo intenso y se encoge de miedo, pero después se da cuenta de que son botellas de kétchup. Siete botellas de cristal de kétchup —no, ocho— colocadas en perfecta formación. No tienen tapa y una de ellas se ha derramado sobre la encimera y de ahí al suelo.

—Estaba rellenándolas —explica la chica, cerrando el pestillo de la puerta de acero inoxidable.

Joan la mira y la puerta está tan reluciente que, incluso con una luz tan tenue como la que reina allí, se aprecia el reflejo de la chica, un espectro que imita el gesto de ascenso y descenso de los brazos. La chica de la puerta se deja caer al suelo al mismo tiempo que la chica real, dobla las extremidades hasta quedarse sentada, con las piernas cruzadas.

La chica real lleva una boina militar del mismo tono rojo oscuro que sus trenzas, pantalones vaqueros que le caen hasta la altura de las caderas. Es de constitución muy fina.

—De kétchup, me refiero —dice la chica. Apoya el codo en una caja de cartón con una etiqueta de «LECHE DESNATADA»—. Estaba rellenando las botellas cuando los oí entrar y se me derramó un poco. Me pareció una tontería limpiarlo después, ¿no?

—¿Kétchup? —repite Lincoln, acercándose, su pie pisando el pie de Joan, que está apartando una caja de una patada para hacer un poco de espacio.

Joan se sienta y examina la estancia. Solo una puerta. Y la única ventana está demasiado alta para que pueda verse el interior. Le resulta más fácil centrarse en el espacio que los rodea —sus puntos fuertes y débiles— que dar sentido a lo que la chica está contando sobre salsas.

Aparte de la voz de la chica, la habitación está en silencio. Ya no se oye la música de Halloween. No sabe muy bien si el silencio le gusta.

Se percata de que está rozando con los pies a la mujer mayor, que está callada y observa. Joan dobla las piernas para acercarlas al cuerpo e instala a Lincoln sobre sus muslos. Las piernas de Lincoln aterrizan en el espacio que queda entre sus rodillas.

—¿Así que estaba aquí cuando entraron esos hombres en el restaurante? —le pregunta en voz baja a la mujer.

—Yo no —responde la mujer, también en voz baja—. Estaba donde los elefantes. Llevaba los cascos y al principio ni siquiera oí los disparos. Pero ella me encontró. Igual que os ha encontrado a vosotros.

—No se enteraron —dice la chica, empleando un volumen normal. Como si estuviera sentada en un sofá, comiendo una pizza y comentando un programa de *Dancing with the Stars*—. Esos hombres. No se enteraron de que yo estaba aquí. Ni siquiera se tomaron la molestia de buscar muy a fondo. Eso es lo que me parece raro. ¿No creéis que tendrían que haber mirado más a fondo? Si realmente se tomaran todo esto en serio. ¿No se supone que para una cosa así tiene que haber antes un plan?

Las respuestas de la chica agotan todas las palabras.

—¿No tendríamos que hablar más bajo? —susurra Joan.

—¿Por qué? —La chica levanta los hombros con indiferencia—. Desde el otro lado de la puerta no se oye nada de lo que pasa aquí dentro. Créeme. Lo he probado, porque cuando la encargada quiere echarle la bronca a algún nuevo, se mete aquí y cierra la puerta, y recuerdo un día con una chica que se pasaba el día comiendo tarta de café, como si tuviera una loca adicción a la tarta de café, y todos nos preguntábamos cómo... Bueno, volviendo a lo que estaba diciendo de que estaba aquí dentro cuando entraron esos hombres. No había clientes, lo cual fue una suerte, la verdad, porque..., cuando los hombres salieron, abrí la puerta y comprobé cómo se largaban, y desde la ventana vi a un hombre y una mujer que iban por el camino y oí disparos, y cayeron al suelo. Aunque tal vez después se volvieron a levantar.

Joan tiene que concentrarse en todas y cada una de las palabras que pronuncia la chica. Es como llegar a un país del que crees conocer el idioma y un taxista o un conserje empieza a hablarte a toda velocidad, y te das cuenta de que, por mucho que hayas practicado y escuchado CD, no estás preparado para la realidad; por mucho que posea el vocabulario, solo está captando una de cada tres o cuatro palabras.

—Tal vez —le dice a la chica y ve que la mujer de pelo blanco la está mirando.

Se estudian mutuamente un momento y entonces ve que la mujer, a pesar de llevar sudadera, luce también pendientes de plata y collar, que el pelo está perfectamente arreglado, uno de esos peinados que da la impresión de que lo tocas y todo al instante vuelve a su lugar. Lleva las uñas pintadas. Nada llamativo, un tono pastel. De buen gusto. Discreto.

Joan se imagina que es una mujer que nunca sale de casa sin maquillarse.

Se arrepiente de haber seguido a la chica. No quiere estar aquí.

La chica echa la cabeza hacia atrás, mira hacia arriba. Se balancea levemente y el cabello oscila sobre sus hombros.

—¿Sabíais que, si os apuntan con una pistola e intentan haceros entrar a la fuerza en un coche —dice la chica—, lo mejor que podéis hacer es salir corriendo, porque la probabilidad de que os maten de un tiro desde una distancia mínima, de un metro y pico, por ejemplo, es más o menos del sesenta por ciento? ¿Y que si os alejáis tres metros ya es solo del treinta por ciento? De modo que si te disparan, es probable que no te maten. Y si están a diez, quince o veinte metros de distancia, es de lo más improbable.

Joan mira a Lincoln, que ha cambiado de postura sin abandonar su muslo. Está absorto en lo que parece un pasapurés —no tiene ni idea de cómo ha acabado eso en su mano—, aunque a menudo escucha con más atención de la que aparenta. No quiere discutir delante de él los entresijos de las heridas con arma de fuego.

—¿Cuántos años tienes? —le pregunta a la chica.

—Dieciséis.

Lo dice con orgullo. Joan tiene casi olvidado ese sentimiento, el de sentirte encantado con la edad que tienes.

—¿Y qué pasó? —vuelve a preguntar, porque cuanto más sepa de esos hombres, mejor—. ¿Cuándo entraron aquí?

La chica acomoda la espalda en la caja de cartón. Mueve ligeramente la mandíbula, como si estuviera chupando un caramelo para la tos o mascando chicle.

—¿Al principio? —pregunta la chica—. Al principio oí un grito fuera. Aunque gritos los hay de vez en cuando, es normal. Niños que corren por aquí, alrededor de la estatua del elefante que echa agua. ¿La conocéis? Y como les dejan darles de comer a las jirafas, hay críos que se asustan cuando les ven la lengua. De todos modos, la música está siempre muy fuerte y yo estaba liada con el inventario del almacén. Luego los gritos se apagaron y todo estuvo tranquilo un rato. ¿Oísteis los disparos?

La voz de la chica sigue sonando demasiado fuerte. Joan reprime el deseo de zarandearla. «Vamos a morir si sigues hablando así», le gustaría decirle. Comprende, claro está, lo de la puerta insonorizada, pero, en estos momentos, la lógica no se impone.

—Los oímos de lejos —responde Joan, con calma. Con lógica—. Mi hijo y yo estábamos en el bosque, en la zona infantil. No me di cuenta de que lo que se oía eran disparos.

A Lincoln se le cae el pasapurés y se levanta para recogerlo. Se lo alcanza la mujer mayor. Lincoln lo toma con cautela.

La chica asiente con entusiasmo.

—Yo tampoco. Al principio sonaban muy lejos. Ya habíamos cerrado… la puerta con llave y todo, y yo había vuelto a entrar aquí cuando oí que llamaba alguien.

—Shhh —dice Joan, sin poder contenerse—. Un poco más bajo.

—No pueden oírnos —insiste la chica.

La mujer del pelo blanco extiende la mano y toca el brazo de la chica. No es un contacto suave, sino firme, la mano con manicura perfecta la agarra del brazo.

—Shhh —dice la mujer, con un tono de voz sorprendentemente autoritario—. Tiene razón. Baja la voz.

La chica también se sorprende, pero mueve la cabeza en un gesto afirmativo. La mujer le da unos golpecitos comprensivos en el brazo antes de soltarlo.

—Muy bien —contesta.

Joan se queda mirándola, examinándola de nuevo.

—Bueno —prosigue la chica, susurrando por fin—, el caso es que estaba rellenando las botellas de kétchup… Siempre me mancho las manos, por mucho que vaya con cuidado, de forma inevitable acabas salpicándote las manos y las muñecas y no te das cuenta hasta que se ha secado. Pues, como decía, oí que llamaban a la puerta y al principio pensé que tal vez era alguien que quería ir al baño.

La chica estira sus piernas delgadas y luego las dobla, una encima de la otra, como una figura de origami. Está en continuo movimiento.

Lincoln mira a la chica, sus ojos atentos y abiertos de par en par. El pasapurés ha caído en el olvido.

—No —dice la chica, mascando otra vez—, ¿sabéis qué pensé en realidad? ¿Os he mencionado que antes trabajaba en Hawaiian Ice? La encargada va a la misma iglesia que yo. Y había una anciana que venía todos los sábados…

La chica hace otra pausa, aunque no espera ninguna respuesta. Las pausas, simplemente, forman parte de su ritmo.

—Siempre me quería tocar el pelo —prosigue—. Lo hacen las señoras a veces, las señoras blancas, sin ánimo de ofender lo digo, y aquella mujer no se iba hasta que me tocaba el pelo, y en alguna ocasión venía tarde y yo ya había cerrado la puerta y llamaba hasta que le abría.

La pausa parece una oportunidad. Joan empieza a dudar de que la chica sea capaz de callar algún día.

—Estabas contándome lo de esos hombres armados —dice, interrumpiéndola.

—Sí. Así que entorné un poco esta puerta —la chica mueve la cabeza en dirección a la sólida puerta que queda detrás de ella— y vi que los hombres estaban abriendo la entrada lateral a patadas, y vi el arma. Un rifle o algo así. Se metieron y empezaron a tirarlo todo al suelo, una estupidez, ¿verdad? Yo ni me habría enterado de que estaban aquí si no hubieran montado tanto escándalo, y cuando vi que esos dos irrumpían en el interior y empezaban a romperlo todo, cerré la puerta. La cerradura está por dentro. Creo que un día se quedó alguien encerrado. Desde fuera también puede abrirse, claro, pero necesitas la llave, y yo tengo la única que hay. Por lo tanto, aquí dentro estamos seguros.

La chica engulle lo que quiera que esté masticando.

—Lleva sombrero —señala Lincoln.

—¿Te gustan los sombreros? —pregunta la chica, tocándose la boina.

Lincoln responde con un gesto de asentimiento. Han pasado años desde que observaba las aceras, examinando peatones y ciclistas, y señalaba con el dedo las cabezas. «Sombrero. Casco. Sombrero. Sombrero. Casco», gritaba.

—Yo no he visto todavía a esos hombres —dice la mujer mayor, flexionando la pierna con una mueca de dolor—. De no haberme recogido Kailynn, me habría tropezado directamente con ellos. ¿Y vosotros?

—Los vi cuando estábamos llegando a la salida —le explica Joan—. Y echamos a correr hacia el recinto del puercoespín.

La anciana sonríe a Lincoln. Es una sonrisa agradable, completamente distinta a todo lo que sucede a su alrededor.

—¿Y te has hecho pasar por un puercoespín? ¿Con púas afiladas? —La mujer roza la cabeza de Lincoln con un dedo torcido y retira rápidamente la mano—. ¡Ay!

Lincoln ríe. Es un sonido sorprendente, burbujeante. La luz de la ventana captura el rostro de la mujer y su expresión es alegre y concentrada. Joan lo intuye enseguida.

—¿Es usted maestra? —le pregunta.

La mujer inclina la cabeza y sus labios esbozan una leve sonrisa.

—De tercer curso. Treinta y seis años. Me jubilé el año pasado.

—¿En qué colegio?

—En el Hamilton Elementary.

De encontrarse en una fiesta o en un acto social, Joan habría dicho: «Oh, tengo una amiga con dos niños que estudian en el Hamilton» y habrían continuado con las reglas universales de la conversación trivial, pero enzarzarse en ese intercambio no le parece correcto en este momento. No piensa comportarse como si todo fuera normal. Y tampoco desea saber más cosas sobre esta gente. La charla se hace innecesaria.

«Kailynn», ha dicho la mujer. La chica se llama Kailynn.

—Cuando viste a los hombres —le dice Joan a Kailynn—, ¿te pareció que hubiera rehenes?

—¿Rehenes? —pregunta la chica—. ¿Por qué iban a estar disparando si lo que quieren son rehenes?

Joan menea la cabeza. No tiene sentido. Tal vez intentar encajar las piezas del rompecabezas sea una pérdida de tiempo y energía.

—¿Quieres probarte el sombrero? —le dice Kailynn a Lincoln.

—No, gracias —responde él.

La chica se gira y levanta la tapa de la caja que queda a su izquierda. Se oye un crujido de papel celofán y extrae una bolsita.

—¿Sabes qué tengo? —dice—. Galletas con forma de animales.

Incluso en la penumbra, Joan ve el destello de los dientes de Lincoln.

19:32

Lincoln ha acabado casi sus galletas con forma de animales. Joan supone que el hecho de que tenga hambre es buena señal; a ella se le cierra la garganta solo de pensar en comer.

Y no debe de ser la única. La maestra ha cedido finalmente a los repetidos ofrecimientos de Kailynn, pero no ha hecho el más mínimo intento de comer la galleta que ha sacado de la bolsa. La sostiene entre el pulgar y el índice y le da golpecitos con la uña pintada.

Kailynn no aparenta tener ese problema. Acaba de abrir otra bolsa. Además, se balancea de izquierda a derecha, el cabello acompañándola de un lado a otro.

La chica está volviendo loca a Joan poco a poco.

—¿Sabéis lo que de verdad me apetece? —dice, masticando mientras habla—. Aros de cebolla. Tal vez también puré de boniatos y maíz asado, pero no del congelado. ¿Tenéis freidora vosotras?

Joan niega con la cabeza. La maestra también.

—Yo llevo tiempo pidiéndosela a mis padres —explica Kailynn—, suplicándoles que compren una, porque normalmente yo soy la que prepara la cena y con la sartén no es lo mismo. Con una freidora podría preparar aros de cebolla o palitos de mozzarella. Pescado frito. Creo que mi madre se sentirá tan mal después de todo este asesinato en masa que a lo mejor me la compra.

Nadie le replica.

Kailynn se limpia las manos en los vaqueros y mira a Lincoln.

—¿Cómo te llamas?

—Lincoln —responde el niño, sin dejar de masticar.

—¿Como Abraham Lincoln?

—Sí —confirma él.

A Joan no le sorprende que la chica no le pregunte a ella cómo se llama. Su nombre ya no le importa a nadie.

—¿Sabes quién es Abraham Lincoln? —está preguntando la chica.

—Sí —contesta Lincoln—. El presidente. Fue asesinado.

Joan no puede evitar sonreírle, consciente de que es extraño que la palabra «asesinado» le haga gracia, pero ¿cuántos niños de cuatro años la conocen? Es un remanente de cuando le encantaban los presidentes —otra fase que quedó atrás—, de cuando le encantaba que a Reagan le gustasen las gominolas y que a Nixon le gustaran los bolos y que a Obama le gustase el baloncesto. Le gustaba la peluca de George Washington. Le gustaba la silla de ruedas de Franklin Roosevelt. Cuando jugaban a médicos, ella lo examinaba y le decía que tenía una infección de oído o dolor de estómago. Él le decía a ella que tenía la polio.

Un partido de fútbol en el porche: él quería ser Gerald Ford y a ella le tocaba ser Ronald Reagan. «Gerald Ford está haciendo una demostración de control —gritaba, con un pie en la pelota—. Gerald Ford chuta y… ¡Gerald Ford marca! ¡Ronald Reagan intenta robarle la pelota a Gerald Ford! ¡Ronald Reagan lanza la pelota fuera!».

—Guardaba documentos en el sombrero —está diciendo Lincoln.

—¿Cómo supiste que estábamos fuera, Kailynn? —pregunta Joan.

Le está dando vueltas a hasta qué punto han sido visibles mientras estaban en el exterior, mientras se movían en la oscuridad, mientras ponía todo su empeño en intentar examinar con celo hasta el último centímetro a su alrededor y no pisar ni una hoja seca. Recuerda también el Koala Café, lo oscuro que estaba cuando pasaron por allí de camino hacia el bosque y la zona infantil, las sillas recogidas sobre las mesas y ninguna señal de vida, aunque, naturalmente, también allí debía de haber trabajadores del zoo. Tal vez estaban escondidos en la cocina o agachados detrás de las cajas registradoras, a escasos pasos de la puerta que ella empujó para abrir. Tal vez pasó junto a una docena de personas refugiadas en lugares seguros que observaban desde el otro lado de ventanas oscuras y tal vez todas ellas dejaron que pasara de largo sin decirle nada.

Los deditos intentando alcanzarla. Las manos dando palmadas.

Podría contárselo. La idea rebrota constantemente. Podría contarles lo del bebé y podría incluso ir a buscar al bebé y traerlo aquí, absolver sus pecados, y se dice que no lo hace porque, si le dispararan, ¿qué sería de Lincoln? Y además, ¿qué pasaría si la habitación no estuviera tan insonorizada como se supone y el llanto del bebé supusiera la muerte de todos? Pero no son estos motivos los que la mantienen callada.

No se imagina contándoselo. No se imagina contándoselo a nadie.

Kailynn está respondiéndole.

—Y entonces oí la máquina expendedora —está diciendo—. Se sienten las vibraciones a través de la pared. A veces, durante el descanso, salgo a cogerme un PayDay y oí el sonido. Así que asomé la cabeza y os vi justo cuando os metíais entre las plantas. Esperé un poco y pensé en llamaros cuando volvierais a pasar por delante de la puerta, pero no salíais. De modo que abrí la puerta y fui a por vosotros. Ahí fuera no se está seguro.

Joan sigue sin entender a la chica. Con sus galletas de animales y su interminable cháchara, no parece precisamente una heroína. Pero ha puesto en riesgo su vida por ellos, esto es evidente.

Kailynn se sacude las migajas que le han caído en los vaqueros.

—Os prometo que aquí no pueden entrar. No tenemos por qué preocuparnos.

A lo mejor la chica no es ni una heroína ni una inconsciente. A lo mejor simplemente es confiada, como puedes llegar a serlo con dieciséis años. Vuelve a balancear el cabello de un lado a otro, de un hombro a otro. Hacia delante y hacia atrás, hacia delante y hacia atrás.

Joan deja de mirarla. Se siente mejor si no la mira. La maestra es la que adopta la mejor actitud: se limita a permanecer sentada con los ojos cerrados. En silencio y ajena a la conversación. Sigue con la galleta intacta en la mano, la mueve entre los dedos como si fuera un talismán.

Entonces, como si intuyera que Joan está observándola, la maestra abre los ojos.

—Todo saldrá bien —dice en un tono que es a la vez sereno y ligeramente condescendiente y Joan se pregunta por qué hablará ahora y por qué ha elegido esas palabras.

—¿Usted cree? —replica Joan, con más mordacidad de la que debería.

—Dios no nos habría llevado tan lejos solo para dejarnos morir —responde la maestra.

Joan se obliga a sonreír. No se toma la molestia de explicarle a la mujer que no cree que Dios los haya llevado hasta donde se encuentran. ¿Qué significa eso que ha dicho? ¿Que Dios ha llevado hasta allí también a esos hombres armados? Y esos cuerpos en el suelo…, ¿también los ha guiado hasta allí?

—Hasta el momento hemos tenido suerte —añade la maestra, frotándose la rodilla—. Alguien vela por nosotros.

—Es un pensamiento agradable —replica Joan y ahora es ella la que adopta un tono condescendiente. Y la verdad es que se siente condescendiente y que no le gustan el peinado perfecto de esta mujer ni sus respuestas ingenuas, pero ella no tiene ninguna culpa de creer en estupideces.

Joan vuelve a intentarlo.

—Le agradezco sus palabras —dice y el tono es mejor esta vez.

Y agradece asimismo que la mujer se limite a asentir y cierre de nuevo los ojos.

Lincoln deja caer la bolsa vacía al suelo y se pone de pie. Debe de sentirse cómodo, puesto que empieza a moverse, a doblar las rodillas y a estirarlas a continuación, los pies sin abandonar por completo el suelo. Avanza a saltitos hacia la pared opuesta, donde seguramente tropezará con la tapa abierta de una caja de platos de papel. Pero le gusta ver que se aleja un poco de ella.

—Tropezarás con esa caja —le advierte Joan.

—No, no tropezaré —responde él.

Lo vigila y, a su lado, la chica sigue balanceando el cabello.

—¿Sabéis lo que hacía mi padre siempre? —dice Kailynn—. Jugábamos al escondite y…

—¿Puedes callar? —salta Joan, interrumpiéndola—. ¡Por Dios! ¿Puedes, por favor, callar aunque solo sea un rato?

Se arrepiente de sus palabras en cuanto salen de la boca y entonces capta la expresión de Lincoln y se siente aún peor.

—Mamá —dice el niño, con unos ojos enormes.

Joan respira hondo. No está segura de haberlo visto nunca defraudado por su actitud. La maestra también la mira con desaprobación. Y la expresión de Kailynn es todavía peor. Está dolida.

—Ya sé que hablo mucho —se disculpa la chica—. Lo siento.

—No, la que lo siente soy yo —contesta Joan—. No debería haber dicho eso. Continúa, cuenta lo de tu padre.

En realidad no espera que la chica siga hablando. Y en parte confía en que Kailynn sea una de esas adolescentes extremadamente sensibles y taciturnas y que se enfurruñe y se quede callada. Pero no, por lo visto la chica es resistente.

—Pues —dice Kailynn con cautela, esperanzada, como si Joan pudiese volver a cambiar de idea— jugábamos al escondite. Con mi padre. Y mi hermana y yo siempre éramos las que nos escondíamos y mi padre el que buscaba, pero lo hacía pisando fuerte, respirando ruidosamente, de un modo que temblabas cuando lo oías llegar. Y luego todo se quedaba en silencio y sabías que estaba cerca y entonces, de pronto, lo tenías allí, la mano agarrándote por debajo de la cama o levantando las sábanas de la colada, y tú gritabas y gritabas. Le encantaba asustarnos. Siempre se reía.

Joan piensa que el padre de la chica tiene que ser un gilipollas, aunque al fin y al cabo tanto da.

—Una vez —prosigue la chica—, yo me escondí en el armario y él abrió la puerta de repente, y me dio tal susto que me di un golpe con una estantería, me hice un corte en el brazo y empecé a sangrar. Nunca me había salido tanta sangre y no podía parar de llorar.

—¿Y él se rio? —pregunta Joan, que no tenía intención de decir nada.

—No. Me cogió en brazos y vi lo mal que se sentía. No paraba de decir «lo siento» una y otra vez. Y me puso un poco de papel de cocina para tapar el corte y me sentó en su regazo, pero yo seguía llorando y él me dijo que tenía que ser valiente y yo le dije que no podía porque no paraba de sangrar. Entonces cogió un cuchillo de la encimera y se hizo un corte en el brazo, se hizo un corte en el brazo allí, delante de mí. Y también empezó a sangrar y extendió el brazo y dijo: «Respira conmigo, pequeña, inspira y espira. Tú y yo juntos». Y así lo hice. Y luego nos pusimos una tirita.

Joan lo visualiza. Lo ve con más claridad de la que le gustaría. Ve las lágrimas rodando por la cara de Kailynn, se imagina que de pequeña llevaría coletas, tal vez con pasadores, y ve un bracito ensangrentado y un padre haciéndose un corte para sangrar también.

Sonríe a la chica. Una chica que ha visto a hombres empuñando armas, a gente cayendo muerta. Una chica que ha abandonado la seguridad de su escondite para salir a ayudar a personas que ni siquiera conoce.

—A veces, respirar ayuda —dice Joan.

Kailynn inclina la cabeza hacia delante, el cabello se balancea de un lado a otro y, por el momento, el movimiento no exaspera a Joan. Es una manía de chiquilla, piensa. Le consuela, tal vez, la sensación del cabello en movimiento.

—Querría que estuviera aquí —susurra Kailynn.

Joan se acerca a ella. Es el primer indicio, desde que están allí dentro encerrados, de que la chica comprende verdaderamente que está aquí, en medio de esta realidad, sintiendo el peso real de la misma.

—Lo entiendo —dice Joan.

—¿Te gustaría que tu padre estuviera aquí?

Joan baraja las distintas respuestas a la pregunta.

—Bueno, mi padre tenía un montón de armas enormes —contesta.

Kailynn ríe, una risilla silenciosa. Joan nota que algo se suelta en su interior y no sabe muy bien si la sensación es buena o mala.

—¿Por qué eres tú la que hace la cena? —pregunta.

—Mis padres trabajan hasta muy tarde —responde la chica—. Y me gusta cocinar.

—Mi hija hace pasteles —dice la maestra, con los ojos todavía cerrados—. De cinco y seis capas. Desde que era pequeña. Como los que se ven en las pastelerías.

Joan estudia a la mujer, que parece tan relajada que da la impresión de que en cualquier momento se quedará dormida. Su peinado sigue arreglado, imperturbable, y el elegante collar perfectamente centrado en el cuello.

Está muy serena. A lo mejor es que está rezando. Y Joan reconoce que la idea de que alguien esté vigilándolos desde arriba resulta atractiva. La idea de que Dios está con ellos. Le gustaría poder creerlo. Sigue dándole vueltas al asunto cuando Lincoln, que está dando saltos de arriba abajo, de un lado a otro —un derviche descoordinado—, cae hacia atrás y choca con la caja sobre la que ya le había advertido.

La habitación se inunda de luz. Joan se siente confusa y cegada por un momento, pero entonces mira a su hijo y ve el interruptor de la luz justo encima de sus rizos enredados. Se abalanza hacia él, lo aparta de la pared y con la otra mano alcanza el interruptor y apaga la luz.

Se quedan sumidos en silencio en la oscuridad.

Escucha su propia respiración. Cierra la boca, pero el sonido es peor si respira por la nariz. Encuentra la mano de Lincoln, que entrelaza sus dedos con los de ella.

Lincoln no se mueve de su regazo. Permanecen todos sentados, esperando.

—Ha sido solo un segundo —dice Kailynn y es seguramente el rato más largo que ha pasado sin hablar desde que han llegado. Joan se alegra de oír su voz.

—No pasa nada —musita la maestra—. Todo irá bien.

Joan valora el esfuerzo que están haciendo.

—¿Mamá? —dice Lincoln y su voz suena entrecortada.

Se ha cuidado de reprocharle nada ni de hacerle sentirse culpable. Pero el niño ha captado algo, de ella o de las demás. Joan ha oído decir que los niños son como perros, que huelen el miedo.

—No pasa nada —le tranquiliza—. No pasa nada. Todo irá bien.

Un cuarto en el que se enciende la luz, se apaga, se enciende y de nuevo se apaga. Como un maldito faro, llamando a quien quiera venir.

—No pasa nada —repite, apretándole la mano.

Los dedos son muy pequeños.

Él es muy pequeño.

Le acaricia los nudillos; son suaves, todavía no hay nada en él que esté endurecido o calloso, ni siquiera los talones o los codos, y a veces pasa la punta del dedo por esas partes después del baño, para ver si se endurecen, y espera que no, y se siente culpable por esperar eso, porque, por supuesto, su hijo tiene que endurecerse. La sensación de los nudillos y de las uñas suaves y afiladas como conchas que se le clavan en la palma despierta de repente algo en su interior, algo que se ha hecho añicos hace unas horas, pero que hasta el momento ha conseguido mantener unido.

Se ha negado a pensarlo: su hijo podría morir.

No puede pensar en estas cosas y seguir funcionando a pleno rendimiento, y necesitaba funcionar, y nunca ha querido ser una de esas mujeres que no dejan que sus hijos coman masa de galletas cruda ni que caminen por la calle sin alguien que los acompañe, y piensa que tienes que gestionar el miedo o, de lo contrario, nunca conseguirás que tu hijo cruce solo la puerta de casa. Y ahora están aquí, en un lugar donde la muerte asoma su maldita nariz, y hasta ahora no lo ha pensado, en realidad no, porque tiene una vaga idea de lo que desencadenará si lo hace, el enorme y profundo abismo que se abrirá. Eso es lo que haces cuando tienes un hijo, ¿no? Abrirte a un dolor inimaginable y luego fingir que existen posibilidades.

Se concentra en la mano de Lincoln. En imágenes de su risa de villano —mua-ja-ja-ja— y en cómo sonríe cuando se despierta de la siesta y la ve inclinada sobre él, y el terror disminuye.

Mientras todos, seguramente, intentan pensar en alguna cosa que decir para llenar el silencio, se oyen crujidos de disparos, lo bastante remotos como para parecer petardos.

Hay un coro de estallidos y pequeñas explosiones. Un murmullo tan fuerte que Joan piensa que tiene que haber un megáfono de por medio. Y mientras intenta descifrar este misterio, escucha unos golpes que no logra identificar. Le recuerda el estrépito de un montón de bandejas de horno cayendo al suelo. La cacofonía contiene distintos tonos y va en aumento. Sabe lo que significan, los disparos, el barullo y los gritos.

Algo, finalmente, sucede. Vienen a por ellos. Tendría que experimentar alivio o emoción, pero es incapaz de sentir nada de eso.

—¿Lo veis? —dice Kailynn, moviendo la cabeza hacia la ventana—. La policía.

—Sí —conviene Joan.

—Pronto estarán aquí —añade la chica.

—Sí —repite Joan, cruzando las piernas. Quiere levantarse. Moverse.

La mano descansa en algo pegajoso que hay en el suelo. La levanta, segura de haber visto papel de cocina por algún lado, y Kailynn la coge por el codo.

—Te has hecho daño en el brazo —dice la chica, que desde donde está ve la piel levantada un poco más arriba de la muñeca de Joan, no el corte que tiene en la palma.

—No es nada —contesta Joan.

—Pero tienes que evitar que se infecte —rebate Kailynn—. Aquí no tenemos nada. Pero por lo menos podríamos vendártelo.

Antes de que a Joan le dé tiempo a decir algo, la chica ya se ha acercado a la encimera y ha abierto un cajón. Se sienta otra vez en el suelo con un trapo blanco y empieza a envolverle la muñeca.

—Está limpio —asegura.

Sus movimientos son sorprendentemente eficientes, lo cual impide a Joan ponerle objeciones. Se limita a mirar cómo la chica le envuelve el brazo con el trapo y lo ata con un par de veloces tirones.

—¿Lo ves? —dice Kailynn, recostándose sobre los codos, el pelo rozando el suelo—. ¿Mejor?

—Sí —contesta Joan. Y la verdad es que se siente mejor con la herida envuelta en el trapo.

Sigue estudiándose la muñeca cuando el sonido de los disparos estalla en la estancia, con tanto estruendo que se convierte en algo completamente nuevo. Joan se sobresalta y se golpea la cabeza con el canto de la encimera y abraza a Lincoln tan fuerte que el niño lucha por liberarse de ella. El sonido de las balas la envuelve, resuenan en su cabeza como címbalos.

Oye los gritos de Kailynn y Lincoln le chilla algo al oído, no sabe qué.

El ruido resulta físicamente doloroso y necesita unos instantes para aplacar el instinto de taparse los oídos con las manos. De taparle los oídos a Lincoln. Se ha girado de tal modo que ha quedado de espaldas a la puerta y protege a Lincoln con su cuerpo.

Tiene un pensamiento coherente: hay alguien dentro del restaurante. Al otro lado de la puerta de acero alguien está intentando entrar. Siente el sonido en los dientes. Con cada disparo, está segura de que una bala acabará atravesando la puerta.

Los disparos cesan. Ha habido una docena, quizá. Se reinician casi de inmediato.

Kailynn se ha puesto de pie y ha retrocedido hasta la esquina del fondo del cuarto, tirando a su paso cajas y filtros de café, dejando vasos de papel esparcidos por el suelo. La maestra está casi incorporada, agarrada a la encimera.

Las balas cesan de nuevo y el silencio resulta más aterrador que el ruido.

—No pueden entrar —dice Kailynn. Está llorando, pero solo la delata la humedad de la cara. Su voz transmite fuerza—. No pueden.

Joan no está tan segura. La puerta es simplemente de acero inoxidable. No es mágica. Su resistencia debe de tener un límite. Se lleva la mano a la cara, preguntándose si estará también llorando, pero descubre que no. No merece la pena llorar. A lo largo de la noche ha aprendido a apretar bien los dientes. A obligarse a inspirar y espirar.

Respirar ayuda.

El eco de los disparos sigue presente en sus oídos.

—La ventana —dice en voz baja, y se levanta y deposita a Lincoln en la encimera.

Se encarama a continuación, empuja la ventana y se abre, gracias a Dios, sin apenas esfuerzo. Un golpe de muñeca y el pomo gira: el cristal se proyecta hacia fuera, pero da una sacudida y se detiene después de abrirse unos centímetros. El espacio entre la ventana y el marco es suficiente para que pase Lincoln pero no para ella. Los disparos no se han reanudado. ¿Estarán los hombres meditando una estrategia? ¿Y por qué no han dicho nada? ¿No tendrían que estar interpretando duetos rimados? ¿Estarán apostados al otro lado de la puerta o estará uno de ellos esperando fuera, junto a la ventana? Y entonces se oye otro sonido, unos golpes más fuertes en la puerta, y le ordena a Lincoln que permanezca en la encimera sin moverse mientras ella se encarama.

La luz que llega de la ventana es brillante. Seguramente más de una farola que de la luna. Mira hacia arriba y ve mariquitas, minúsculos botones negros salpicando el techo.

—Vamos —dice a los demás, articulando sin voz la palabra más que pronunciándola en alto. No quiere gritar y llamar la atención a pesar del ruido reinante.

Kailynn se acerca, pone un pie en la encimera y se encarama en una décima de segundo; es todo rodillas y codos.

Los golpes retumban en su cráneo —¿será un ariete?— y ve que la maestra niega con la cabeza.

Joan sujeta con una mano a Lincoln y mueve la otra frenéticamente para animarla, hasta que la imagen de la mano se vuelve borrosa, pero la maestra sigue con su negativa.

—No puedo hacerlo... —empieza a decir la mujer y cualquier otra palabra queda enterrada por el ruido.

Entonces el sonido sufre un cambio, otro golpe sordo, pero con una tonalidad nueva. Un impacto distinto contra la puerta. Hay un tintineo y un estruendo.

Todo se queda en silencio unos instantes —una maravilla—, pero entonces la puerta se mueve. Apenas se abre, solo un par de centímetros. Un movimiento tan pequeño que al principio Joan se dice que no lo ha visto. Pero la puerta se balancea, lentamente, y Joan sabe que se está abriendo y baja la vista hacia su hijo y le ve migas en la mejilla. Kailynn está pegada a su espalda, la nota caliente y con temblores, y la maestra está de pie cerca de la puerta, apartándose de ella, y la luz le da en el pelo de tal modo que brilla. El momento se prolonga, ralentizándose, ralentizándose, ralentizándose, hasta que la puerta se abre por completo e impacta contra las estanterías que quedan detrás.

Aparece un hombre.

Joan no puede evitar pensar que ella tenía razón todo este tiempo: casi ni es un hombre. A lo mejor ni siquiera se afeita aún. No lleva las botas que se había imaginado, sino zapatillas deportivas.

Un segundo.

Dos segundos.

Joan se desliza hasta ponerse delante de Lincoln, las piernas colgando de la encimera. Le parece que lo tapa por completo y que tal vez exista la posibilidad de que el hombre armado no se percate de la presencia de su hijo… ¿Podría incluso empujarlo para que saliese por la ventana? ¿Sin que lo vieran? Detrás de ella tiene los cuchillos, más o menos a medio metro, aunque no quiere girar la cabeza hacia allí.

Mira, en cambio, en dirección al hombre. Le cuesta un esfuerzo obviar la escopeta con la que las apunta —con la que apunta a la maestra—, pero lograr mirar más allá.

Ve que en la otra mano empuña un hacha, que justo en ese mismo momento tira al suelo, detrás de él. La chaqueta que lleva le queda muy grande, los vaqueros le quedan excesivamente estrechos y la barriga sobresale ligeramente por encima. Parece delgado, pero tiene un aspecto fofo. Joan palpa la encimera a sus espaldas, intenta pensar en cómo —en el caso de que fuera capaz de hacerse con un cuchillo sin que él se diera cuenta— podría alcanzarlo antes de que le dispare y, si le dispara, en si conseguiría apuñalarlo aunque estuviese moribunda. Dicen que antes de que el cuerpo se entere de que se está muriendo transcurren unos segundos. ¿Cuánta fuerza necesitaría para clavarle el cuchillo en el corazón? Aunque tal vez el cuello fuera más fácil, más blando, sin costillas de por medio. Mientras piensa todo esto, mientras palpa con los dedos a sus espaldas, intenta verle la cara.

Tres segundos.

Cuatro segundos.

No ve bien. El hombre tiene la cabeza agachada y lo único que alcanza a verle son unas cejas negras y tupidas. La oscuridad resulta frustrante, le impide discernir los detalles. Quiere que la mire. Tiene el arma a la altura del pecho, apuntando a la maestra, pero continúa mirando hacia el suelo.

Joan quiere verle la cara.

Abarca con la mano el taco de cuchillos y desliza los dedos hasta uno de los mangos. ¿Debería extraer un cuchillo o intentar pasar a Lincoln por la ventana? Pero si lo hace, si realiza un movimiento brusco, atraerá la atención del arma hacia ella y… Tal vez sea ya demasiado tarde, puesto que el hombre está, por fin, levantando la cabeza.

Está mirando a la maestra. Sin girarse, busca algo a sus espaldas, la mano golpea la pared y acciona el interruptor cuando lo localiza. El cuarto vuelve a iluminarse y Joan entrecierra los ojos para acostumbrarse a la claridad.

El hombre no ha apartado la vista de la maestra. La maestra lo mira también, parpadea, su pecho sube y baja.

Cinco segundos.

Seis segundos.

Baja el arma.

—¿Señora Powell? —dice.

La maestra solo lo mira, ni se mueve ni habla. El tejido elástico del pantalón tiene un enganchón en la zona de la rodilla y deja al descubierto una pálida pantorrilla. Está arqueada hacia atrás de espaldas a la encimera, una postura que revela unos centímetros de estómago bajo la sudadera.

Lincoln se mueve y le da sin querer un puntapié a Joan en el costado.

«Diga algo —piensa Joan, mirando a la maestra—. Haga algo. Sea quien sea, dígale que es la señora Powell».

La maestra se endereza.

—Sí —responde por fin, con la tranquilidad de quien responde a alguien que pasa lista. Tira de la sudadera para taparse.

La maestra es la única que se ha movido. Joan continúa con la mano en el mango del cuchillo, pero no ha hecho amago de sacarlo del taco. Traslada la mirada hacia Kailynn y ve un brillo de humedad en las mejillas de la chica. Se fija también en que le tiemblan las piernas, bien por miedo bien por la tensión de estar tanto rato apoyando el peso en las puntas de los pies.

Una mariquita cae del techo al suelo.

—Sí —repite la maestra, con la misma calma—. Soy Margaret Powell.

El hombre armado retira la mano izquierda del arma, abre y cierra los dedos. Lo repite una y otra vez. Asiéndose a nada.

—Soy Rob —dice, con un tono de voz lo bastante potente como para que Joan logre reconocerlo. Es el asesino del colobo—. Robby...

Se interrumpe, tal vez frustrado consigo mismo por haber revelado su nombre. Joan piensa que tal vez enmiende su error matándolos a todos, pero el chico se limita a mirarse los pies, a bajar todavía más el arma, y vuelve a empezar.

—La tuve en tercero —dice—. Robby Montgomery.

La maestra guarda silencio. Demasiado silencio. Podría camelarlo, pero es evidente que no es una estratega. Tal vez lo que sucede es que el terror la ha dejado paralizada o a lo mejor es que no quiere reconocer que no se acuerda de él. Se limita a mirarlo, a mirar el pelo que se riza hasta más allá del cuello de la camiseta, la chaqueta holgada, las armas: el rifle que tiene en la mano, una pistola bajo la chaqueta y algo más grande a la espalda.

Las manos de la maestra siguen agarrando el borde inferior de la sudadera.

—Robby —dice la señora Powell.

El chico asiente.

—Robby Montgomery —continúa la señora Powell.

Entonces el chico los mira a todos, aunque solo brevemente. Mira a Kailynn, que sigue acuclillada en la encimera. Mira a Joan y, cuando ladea la cabeza, sabe que ha visto a Lincoln, que sigue oculto a sus espaldas.

Retrocede entonces, pegándose al umbral de la puerta.

—Por aquí —dice, su voz llenando la estancia—. Fuera.

Vuelve a mirar a la maestra —la señora Powell— y no queda claro si la orden, sea el tipo de orden que sea, los incluye a todos. Es posible que haya decidido perdonar la vida a la maestra y luego regrese a por el resto. O a lo mejor la hace salir a ella antes porque quiere matarla primero y después volver a por los demás.

Pero cuando la señora Powell avanza hacia la puerta, Robby Montgomery dirige un gesto con la mano hacia el resto. Joan salta al suelo y coge a Lincoln en brazos, se mueve con lentitud y piensa si debería intentar llevarse consigo un cuchillo. Cuando se gira, todavía insegura, sabe que ha perdido su oportunidad. Oye que los pies de Kailynn entran en contacto con el suelo y acomoda a Lincoln en su cadera.

Joan pasa por encima de los vasos de papel. Se concentra en el suelo. Cuando vuelve a levantar la vista, ve que Robby Montgomery está tocando a la maestra. Le ha puesto una mano en el brazo cuando ella cruzaba la puerta.

—No se acuerda de mí, ¿verdad? —está diciéndole.

La señora Powell mira la mano y él la retira del brazo. La maestra, como es habitual, tarda en hablar.

Pero cuando Robby retira la mano, extiende la suya y lo sujeta por la muñeca con dos dedos.

—Te sentabas al lado de aquel niñito que se metía el pegamento en la oreja —dice—. Harrison... Harrison algo. Y te gustaba ayudarme a grapar las noticias en el tablón de anuncios. Cualquier cosa que pudieras grapar. Te gustaba el sacagrapas..., decías que parecían...

—Colmillos de vampiro —remata él y sonríe.

—¿Mamá? —dice Lincoln en voz baja, su aliento caliente con olor a queso.

Joan sabe que lo de los vampiros le interesa. Observa la sonrisa del hombre armado y le resulta raro, y piensa que tal vez ella no sea tan distinta a Lincoln..., que no cree que los villanos deban ser felices.

Robby Montgomery mueve la cabeza en dirección a ellos y se ponen en movimiento. Joan cruza la puerta detrás de la señora Powell, intentando no tocar ni a Robby Montgomery ni el arma que empuña cuando pasa a su lado. Le sigue Kailynn y nota que la mano de la chica se cierra en torno a su brazo, justo por encima del vendaje, para mantenerse cerca de ella.

Están en el pasillo y el acero inoxidable de la cocina proyecta un destello oscuro frente a ellos.

—Miren —dice Robby Montgomery—, tienen que ir a otro sitio. Salir de aquí. La policía está llegando por la entrada..., pero no vayan hacia allí. Siguen disparando.

—¿Quién sigue disparando? —pregunta la señora Powell.

—La policía —responde él tranquilamente—. Y Destin. A menos que esté muerto, pero la policía no seguiría disparando si estuviese muerto.

—¿Quién es Destin? —pregunta la señora Powell. Su voz suena algo estirada, como si se estuviese planteándo dar o no su aprobación a la acompañante del chico para el baile de graduación, lo cual resulta casi gracioso.

—Destin es la estrella del espectáculo —responde Robby Montgomery con una voz que no es suya. Es la voz de un locutor de televisión, exageradamente grandilocuente.

Joan se distancia un poco de él. No le gustan las voces falsas.

La señora Powell frunce el entrecejo y Robby Montgomery parece darse cuenta. Cuando vuelve a hablar, lo hace con normalidad.

—Si ve un tanque sobre piernas, ese es Destin —dice—. Tiene el mejor material: placas de Nivel IV que rechazan los impactos de rifle, un casco Blackhawk y todo lo demás. Mejor no tropezarse con él. Y luego está Mark aquí conmigo, pero me ha vuelto a dejar plantado. Están de suerte. Vamos. A moverse.

—¿Mamá? —vuelve a susurrar Lincoln.

—Aún no —susurra Joan como respuesta, tan bajito que apenas oye su propia voz.

Está dejando que se vayan.

Está dejando que se vayan.

La idea es tan abrumadora que al principio no consigue sacársela de la cabeza. Y cuando lo hace, le cuesta dar sentido a las palabras que está oyendo. Al parecer hay tres hombres implicados, incluido este chico, que va dando nombres como si no le importara. Es evidente que no tendría que compartir este tipo de detalles y se pregunta si realmente comprende lo que está pasando. Lo que ha pasado y lo que pasará. O a lo mejor sabe lo que pasará y por eso no le importa darles nombres.

Este último pensamiento es tan punzante que la obliga a echar la vista atrás. Mira los vasos de papel esparcidos en el suelo, que se alzan como torreones de castillos de arena. Mira los cuchillos, que ya quedan muy lejos. El tercer hombre, Destin, no parece ni humano. Se imagina un monstruo de una película de Arnold Schwarzenegger. Los monstruos no se dejan persuadir por sus antiguas maestras.

—La policía… —empieza a decir, pero por lo visto Robby Montgomery no quiere entablar conversación con nadie que no sea la señora Powell, pues la corta, sin apenas mirarla.

—Por aquí —dice, señalando con el rifle la puerta lateral de la cafetería—. Salgan por aquí y vayan hacia los leones marinos. ¿Saben dónde están los leones marinos?

Caminan hacia la puerta lateral, Kailynn delante, Lincoln y ella en medio y la señora Powell atrás con Robby Montgomery. La puerta cuelga precariamente de las bisagras. Debe de haberla forzado el chico y a Joan le sorprende no haberlo oído desde detrás de la puerta insonorizada.

En el exterior, las luces de la máquina de Coca-Cola parecen psicodélicas después de la penumbra del restaurante. Más allá de los árboles, siguen oyéndose gritos y disparos. Las hojas de los bananos se agitan al viento. Se encaminan hacia el sendero.

—Más rápido —grita Robby Montgomery y Joan acelera.

Margaret Powell es muy consciente de que puede morir en cuestión de minutos, que uno de sus alumnos puede dispararle por la espalda. Y no le sorprende del todo.

Kailynn y la otra mujer avanzan a mayor velocidad que ella, se alejan cada vez más, pero Robby la sigue a escasa distancia. Mira disimuladamente hacia atrás. Es como si estuviera imitando a un soldado de Vietnam, vigilando a izquierda y derecha las copas de los árboles, lo que resultaría ridículo en cualquier otra situación. No está segura aún de si está protegiéndola o conduciéndola hacia una masacre y tampoco está segura de que él lo sepa. Es un psicópata, es evidente. O está tan cerca de serlo que la diferencia ni se nota. Aunque incluso Hitler era amable con sus mascotas, ¿verdad?

Le duele mucho la rodilla. A veces, estar sentada es peor que estar de pie.

Han dejado atrás la protección del tejado de paja. Se oyen aún tiros, de vez en cuando, en la parte delantera del zoo. Y Robby continúa aquí, siguiéndola. No esperaba que estuviera tan pegado a ella. Ralentiza el paso, vuelve a mirar hacia atrás y esta vez no intenta disimular que sabe que está ahí.

—¿Vienes con nosotros? —le pregunta.

Él niega con la cabeza, pero se aproxima más. Es alto, aunque todavía tiene algo de rollizo bebé. Sujeta el arma sin firmeza, la hace oscilar de arriba abajo como si fuese un detector de metales o un objeto que no mata a la gente.

Empieza a pensar que, cuanto más le hable, mejor. Que, cuanto más oiga él su voz, más estará obligado a aceptar que ella es una persona de verdad. Una persona que le daba la mano cuando iban en fila y que le ayudaba a atarse los zapatos. (No recuerda haber hecho estas cosas con él, pero sabe que en un momento u otro las ha hecho con todos sus alumnos).

—Va muy lenta —dice—. Tiene que ir más rápido.

Se detiene por completo y se gira hacia él.

—Tengo sesenta y ocho años —le responde—. Tengo la rodilla mal. No puedo ir más rápido.

La madre, con el pequeño instalado en la cadera, se ha detenido también. La mira por encima del hombro. Margaret preferiría que la madre no la esperara.

—Camina conmigo, Robby —dice, dirigiéndose a él con su voz de maestra, algo que le ha funcionado siempre con todos los niños a los que ha impartido clases. Está segura de que está transmitiéndole que le gusta su compañía; es lo que funciona mejor con los niños problemáticos, con los niños malos, con aquellos a los que otros maestros gritarían o mandarían al despacho del director. Esos son precisamente los niños que requieren más atención y ese es el secreto para ganárselos.

Ella no desea su compañía, claro está. La verdad es que no le gusta tenerlo detrás de ella. Lo quiere en un lugar donde pueda verlo. Otro secreto: asigna siempre a los más problemáticos los asientos más próximos a tu mesa.

No le sorprende que haya sido su alumno. A veces ha fantaseado con alguna versión de lo que está sucediendo, en innumerables ocasiones se ha imaginado que un matón la apuntaba con una pistola, le exigía que le entregase el bolso y le decía entonces: «Oiga, ¿es usted la señora Powell?». Ha tenido muchísimos alumnos —miles de ellos a lo largo de los años— y siempre ha dado clase en la misma ciudad, razón por la cual suele tropezarse casualmente con antiguos alumnos en centros comerciales, restaurantes y aparcamientos. Los niños de ocho años transformados en hombres trajeados y mujeres con botas de tacón alto.

«¡Señora Powell!», dicen siempre, siempre con una sonrisa, y ella nunca tiene ni idea de quiénes son, porque, claro está, se han hecho mayores, pero sabe que fueron alumnos suyos por la manera de pronunciar su nombre.

A veces los recuerda. A veces incluso recuerda dónde se sentaban o qué le regalaron por Navidad. La abrazan y le dicen que son abogados o médicos o vendedores de coches o que tienen tres hijas o un hijo en la universidad. Quieren que sepa qué ha sido de su vida.

Hay otros. Los que nunca se le han presentado, aunque ella sabe qué ha sido de sus vidas. Demetrius Johnson fue el primero que acabó en el corredor de la muerte. Mató a un chico en una pelea por un televisor y cuando lo tenía en su aula le pegó a una niña una patada tan fuerte que le hizo sangre. Pero por otro lado era muy bueno haciendo rompecabezas, tenía talento de verdad, de ese que daba a entender que podría haber llegado a algo. Luego estaba Jake Harriman, el niño más cariñoso del mundo, que nunca le dio el menor problema, pero su familia era mala y lo maltrataba. Ella se lo comentó al director y los visitaron los de la asistencia social, pero nunca pasó nada y un par de décadas más tarde vio su cara en las noticias después de que asesinara a una mujer en el aparcamiento de Kmart y le robara el coche. Corredor de la muerte. Horace Lee Block no callaba ni paraba quieto, mostraba cierto ramalazo de maldad ya entonces, y tenía que quitárselo a la fuerza de encima para que no la sobara cuando le daba un abrazo. Corredor de la muerte.

Ve sus nombres en los periódicos y mira fijamente las fotos irreconocibles que salen en las noticias. Según sus cuentas, ha tenido como alumnos a cuatro asesinos, seis violadores y nueve autores de robos a mano armada. No es su intención llevar la cuenta, pero van sumándose aunque ella no quiera. Tres de sus alumnos han sido asesinados, incluyendo una niña cuyo marido le prendió fuego. Recuerda una trenza larga, sujeta con aquellas gomas de pelo con bolitas de plástico. Es espantoso y muchas veces, al ver la foto de la ficha policial de algún monstruo de rostro inexpresivo y recordar a un niño enclenque con los codos sucios, se le han ido por completo las ganas de seguir enseñando, porque lo peor de todo esto es que casi nunca la pillaba por sorpresa. Emprenden el camino incluso antes de conocerla a ella. Cuando acudían a clase rabiosos y enfurruñados, profiriendo palabrotas, violentos, sus padres solían ser gente rabiosa y enfurruñada, que profería palabrotas, violenta. Cuando llegaban a ella desesperados y vacíos, sus padres eran también gente desesperada y vacía. Veía la dirección que tomaban y, normalmente, no podía hacer nada por alterarla. A veces lo había intentado, y era como soplar y soplar para intentar derribar una casa de ladrillo.

Abandonaban el aula y nunca echaban la vista atrás. Se iban.

Pero Robby. No tiene sentido, aunque todavía necesita hacer un esfuerzo para recordarlo con claridad. No paraba de hablar. Eso lo sabe. El pobrecillo tenía una voz tan fuerte que era como si no tuviera el botón del volumen y, cuando los demás críos hablaban en un susurro, ella siempre lo pillaba. Era socialmente retraído, pero no suponía ningún problema de disciplina. Piensa en un niño regordete que reía exageradamente los chistes de los otros niños y decía «sí, señora» cada vez que ella le ordenaba callar, y siempre seguía las reglas, le parece. No, no es que siempre siguiese las reglas, sino que quería gustar a los demás. El resultado era el mismo, pero los motivos eran distintos.

Intuye el momento en que se pone a su altura: desprende calor. Huele levemente a cebolla.

—¿Por qué tenemos que correr? —le pregunta en voz baja, y recuerda entonces que le pedía si quería que la ayudase con las noticias del tablón, pero no se le viene a la mente ni una sola conversación que mantuviera con él.

—Por Mark —responde él—. En parte. Luego vendrá.

—¿Es amigo tuyo?

—Sí.

—Si es amigo tuyo —continúa ella, titubeante—, ¿no podrías pedirle que no nos dispare?

Lo dice con la vista fija al frente, sin mirarlo, y él tarda un poco en responder. Pasan por debajo del amplio roble y a continuación hay un poste indicador lleno de flechas que, debido a la oscuridad reinante, resulta ilegible, aunque ella sabe que están siguiendo la indicación de «Salida del zoo».

—Él tiene sus propias ideas —replica por fin y levanta el arma.

Margaret está a punto de gritar para alertar a las demás, pero ve que el chico sigue levantándola y dispara varias veces hacia las ramas de los árboles. Tiene la sensación de que se le han resquebrajado los oídos y se lleva la mano y los palpa en busca de sangre.

Apenas puede oír la voz del chico cuando le habla.

—¡Quédense donde yo pueda verlas! —grita.

Margaret ve que Kailynn, la mujer y el niño estaban a punto de perderse de vista al doblar un recodo del camino. Pero ya no desaparecen: se han convertido en estatuas.

—No se paren —les grita Robby, más frustrado que antes—. No pueden pararse. Pero manténganse cerca.

El arma vuelve a apuntar al suelo. Las de delante se ponen de nuevo en marcha y miran hacia atrás frecuentemente. Margaret nota pinchazos en la rodilla mala.

—Les has dicho que vayan rápido —dice.

Él no replica. Se queda paralizada cuando ve que alarga el brazo hacia ella, pero se limita a cogerla por el codo, tirando de ella con delicadeza. Sin hacerle daño.

—Todos tenemos que ir rápido —contesta.

Es evidente que el chico quiere que se calle, aunque empieza a descubrir que lo que él quiera carece de importancia. Ya no le da tanto miedo lo que pueda hacerle: la muerte no es tan aterradora como se imaginaba. Podría tener más sentido si estuviera imaginándose el cielo con calles doradas o si fantaseara con un lloroso reencuentro con sus padres, a los que le encantaría poder ver de nuevo, en el formato que fuera, cuerpo, alma o ángel. Pero no está pensando en nada de eso.

Siempre le han dicho que Dios existe. Seguro que es cierto. Lleva todo este rato recordándoselo. Ha estado hablando con Él. Pero en el momento en que el canto de aquella encimera se le estaba clavando en la espalda y tenía ante sus ojos el agujero negro del rifle no estaba pensando en eso: estaba pensando en que su hija ya es adulta, en que le ha dejado muy claro que ya no necesita prácticamente nada de Margaret, en que sus padres están muertos y en que su exmarido ha vuelto a casarse con una mujer que es más joven y está más gorda que ella, y en que ya no le queda nada más que hacer aquí. No es que tenga ganas de morir, pero la idea no le produce pánico alguno.

De modo que sigue avanzando renqueante y dice:

—¿Has matado hoy a alguien?

El chico se encoge de hombros. Es la respuesta más juvenil que puede imaginarse.

—¿Quieres decir con eso que no estás del todo seguro?

Vuelve a encogerse de hombros. Cuánto más tiempo pasa a su lado, más empieza a ver al niño de tercero que hay debajo.

—¿Y sientes haberlo hecho? —le pregunta.

Se agacha para pasar por debajo de la rama de un árbol.

—No, señora.

«Entonces, ¿por qué no me has matado? —le gustaría preguntarle—. Si te resulta tan fácil…».

Están casi a los pies de la colina, pasan por debajo del arco de madera labrada que anuncia los «Senderos africanos» y se adentran en África. Sigue cogiéndola con delicadeza por el codo. Pese a que recuerda que era un niño parlanchín como una cotorra, no ha hablado prácticamente nada. Tal vez la maldad lo haya cambiado. Tal vez el niño de tercer grado ya no esté ahí.

Kailynn y la mujer vuelven a perderse de vista al doblar un recodo del camino, pero esta vez no les grita. Están solos Robby y ella, y justo cuando renuncia a seguir hablándole, es él quien vuelve a empezar.

—¿Sabe esa sensación de cuando te revientas una ampolla? —pregunta. Le aprieta levemente el codo—. Pues es más o menos así. ¿Verdad que reventar cosas da placer? Los granos, por ejemplo, y las ampollas, y todas las cosas hinchadas que no deberían estar ahí. Hay algo que te empuja a reventarlas. Es posible que eso nos esté diciendo alguna cosa. Porque pensamos que somos sólidos y luego no somos más que piel, pus e infecciones, y creo que lo sabemos. Pero nos inventamos cosas, ¿sabe? Todo lo que consideramos tan importante en verdad no lo es. Nada es real. Y tal vez sea mejor, tal vez, reventar la burbuja. ¿Se lo había planteado alguna vez? ¿Que posiblemente sería mejor que nos fuéramos drenando? Porque de no hacerlo no somos más que ampollas hinchadas que gotean pus y sangre, y nos hacemos pasar por unicornios de mierda, con perdón, unicornios o hadas o lo que sea, como si fuéramos seres bellos y mágicos, cuando en realidad somos sacos de nada.

Inspira hondo, con fuerza. Margaret no sabe muy bien si es porque se siente turbado por su monólogo o simplemente por falta de oxígeno. Margaret pisa una zona de firme irregular y está a punto de torcerse el tobillo.

Piensa y piensa, pero no logra encontrar una respuesta que le parezca útil. No quiere animarle a que siga hablando de la gente como si fueran sacos de pus. Hace girar la pulsera que lleva en la muñeca, una Kate Spade por la que pagó veinte dólares en las rebajas.

—¿Piensas que nada de esto es real? —dice.

—Pienso que pasamos la vida haciendo estupideces y creyendo en estupideces —contesta él, bajando un poco el tono.

Nota que está intentando convencerla. Que está exponiéndole sus argumentos.

—¿Así que matas a gente porque piensas que de ese modo estarán mejor? —insinúa ella.

—No sé si he matado a alguien. Y no es porque vayan a estar mejor. No soy Jesús salvando almas ni nada por el estilo. Pero peor no van a estar. Peor no podemos estar.

Margaret traga saliva, un sabor ácido. Tenía razón desde el principio: es un psicópata y está haciéndole ir tan rápido que avanza dando traspiés. Ya no se oye la música, pero los sonidos de la zona delantera del zoo son cada vez más fuertes: voces, voces de hombres, muchas, y un sonido metálico.

—¿Aún come naranjas al mediodía? —pregunta el chico.

La deja tan sorprendida que ni se piensa la respuesta.

—A veces —dice.

—Las corta y pela por partes, en vez de pelarlas enteras.

No entiende cómo se acuerda de eso.

—Sí —dice ella.

El chico se detiene para rascar algo que se le ha quedado adherido en la suela del zapato. Ella no quiere ni pensar qué puede haberse quedado adherido ahí.

—¿Aprendió por fin a utilizar el hacha? —pregunta él.

Margaret rememora los hechos. De modo que él estuvo en clase con ella el año que cayeron dos árboles de su jardín en cuestión de seis meses y le parecía absurda la cantidad que querían cobrarle los jardineros por cortárselos para leña. Después de la caída del segundo árbol, compró un hacha y decidió que lo haría ella misma. Los niños de la clase estaban embelesados con la idea.

—No —responde—. Me salieron ampollas en las manos con el mango. Y acabé pagando a alguien para que lo hiciera.

—Recuerdo que me la imaginaba con mono de trabajo —dice él—. Con el hacha. Y que luego descansaba en un balancín del porche y bebía una limonada. ¿Tiene porche en casa?

—No. Tenía una terraza detrás.

—¿Vive en el campo? —pregunta él.

—No.

—A mí me habría gustado.

—¿Vivir en el campo?

—Sí. Para pasear por el bosque.

Un destello de luz la lleva a levantar la vista del cemento que se despliega ante ella. Ve el lago entre las ramas, todo iluminado. Unos pasos por delante de ella, las vías del tren cruzan el cemento del suelo y Kailynn, la mujer y el niño están allí.

Robby la suelta y le indica con gestos de la mano el lago.

—Yo vuelvo para allá —dice—. Vaya hacia donde están los leones marinos y las aves. Encuentre un lugar donde esconderse. Espere a que se haya acabado.

El chico da media vuelta antes de que ella se dé cuenta de que se marcha. Y por algún motivo recuerda un momento de quién sabe hace cuántos años, aunque está segura de que Robby no se encontraba presente, en el cual estaba dando una clase de ciencias sobre las raíces y hablaba a los niños sobre el musgo. Había encontrado pedazos enormes de musgo verde en el parque y los había hecho circular por la clase para explicarles que no tenían raíces, pero a los niños no les apetecía hablar sobre raíces. Lo que querían era ponerse el musgo en la cabeza y fingir que era pelo, y luego habían aplastado la cara contra el musgo para imaginarse cómo sería dormir en el bosque con aquello a modo de almohada, y ella había renunciado finalmente a dar su clase de ciencias y se había limitado a ver cómo jugaban con el musgo.

—Ven con nosotros —le dice.

Robby se detiene y abre ligeramente la boca cuando se gira hacia ella.

—¿Por qué? —pregunta.

De ser sincera, podría decirle que es porque lleva un arma. Si se encuentran con sus amigos, esa arma podría servir para algo. Pero también, de ser sincera, le diría que está segura de que ella puede salvarlo. Tiene la sensación vibrando en su interior, afilada como el roce de un cartílago erosionado contra el hueso. Lo visualiza: entregándolo, con las manos en alto, a la policía y visitándolo en la cárcel y llevándole una tarta, si es que está permitido, y escribiéndole cartas preguntándole si la prefiere de chocolate o de coco. Podría salvarlo a él y salvarlos a todos, y es imposible no imaginarse los titulares explicando cómo lo había convencido para que entregara las armas, cómo ella había conseguido llegar a él mientras todos los demás habían fracasado en el intento.

Robby sigue mirándola, esperando. Tiene que conseguir estructurar todas estas ideas de segundas oportunidades, tartas y musgo.

—Podemos contarle a la policía cómo nos has ayudado —contesta al fin—. Podemos explicarles…

Él le sonríe; los dientes blancos destacan en la oscuridad.

—Está bien, señora Powell —dice, interrumpiéndola.

—¿Qué está bien?

Ha vuelto a girarse.

—No es necesario que les cuente nada —responde, su voz tan potente como siempre, y ella oye con claridad todas y cada una de sus palabras.

Echa a andar colina arriba y no vuelve la vista atrás. Se ha ido.

19:49

Las nubes han vuelto a espesarse e impiden el paso de la luz de la luna. El estanque se extiende delante de Joan, que puede distinguir la decoración colgando de la valla e incluso flotando, de alguna manera, sobre el agua. En el centro del estanque parpadea un monstruo marino multicolor y en las orillas hay más figuras iluminadas. Más allá del agua se oyen sonidos procedentes de la entrada del zoo.

Si vuelve la cabeza, ve a la maestra y Robby Montgomery hablando en plan amigable y nota que el esfuerzo de permanecer quieta le hace jadear. No hay tiempo para permanecer quieta. Necesita moverse, necesita alejar a Lincoln de las armas y de Robby Montgomery y, además, si está en movimiento no tiene que pensar tanto y todo es más sencillo cuando se concentra en caminar a tanta velocidad que sus músculos protestan a gritos.

Además necesita seguir en movimiento por lo que cree que hay en el suelo a escasos metros de donde se encuentra, después de cruzar las vías. Tiene que procurar no mirar.

Pero, a pesar de su ansia por seguir avanzando, se detiene al llegar a las vías, indecisa. Robby Montgomery les ha dicho que no quiere perderlas de vista. Las ha amenazado. Pero, si gira a la derecha, hay una pequeña arboleda que oscurece el camino hacia los flamencos y los leones marinos. La oscuridad es tentadora. Se plantea la posibilidad de echar a correr, de probar suerte, pero no se lo piensa mucho rato más porque el peso de Lincoln la debilita y sabe que Robby Montgomery o sus balas acabarían con ellos en un instante.

Y está además Destin, quienquiera que sea, con algún tipo de coraza blindada paseándose por allí con sus propios planes.

—¿Qué está haciendo esa mujer? —pregunta Kailynn en voz muy baja, acercándose tanto que su cabello roza el hombro de Joan. Su mano se posa además en el codo de Joan.

—Perder el tiempo —responde Joan y siente una punzada de culpabilidad por haber estado pensando que la maestra debía engatusar, adular y culpabilizar al asesino para que las ayudara, pero ahora que los ve charlando se le revuelve el estómago.

Da un paso a la izquierda, alejándose del agua, con Kailynn todavía agarrada a ella, y, en vez de liberarse de la chica, le pasa un brazo por los hombros y la guía, en parte porque sabe que necesita consuelo y en parte porque necesita que la chica y Lincoln no vean todo lo que hay esparcido en el suelo una vez cruzada la vía del tren.

Finalmente, la señora Powell desciende lo que queda de colina. Es evidente que tiene un problema en la pierna: cojea. Incluso sus pisadas suenan torpes y desequilibradas

—Se ha ido —dice la maestra en cuanto llega junto a ellas—. Ha dicho que nos escondamos.

Joan mira a sus espaldas.

—¿De verdad se ha ido? —pregunta.

—No ha querido venir —dice la maestra.

Joan decide no hacer ningún comentario al respecto. No puede permitirse perder más tiempo, más pensamientos o más palabras ni más distracciones innecesarias.

—¿Está segura de que no está escondido? —pregunta Joan—. ¿Lo ha visto marcharse colina arriba?

—Lo he visto —confirma la maestra.

—En ese caso, vamos —dice Joan y pone un pie en las vías del tren.

Está decidida a mantener la mirada fija en las vías. Los travesaños de madera guardan una distancia regular. Resultan bellamente repetitivos. No hay en ellos nada inesperado. Podría seguirlos eternamente.

La señora Powell le apoya la mano en el hombro. La agarra con fuerza.

—Ha dicho que fuéramos hacia los leones marinos —dice la maestra, tirando ligeramente de Joan.

Todos sus planes desbaratados, todo su asco y toda su ira, toda su frustración, incluso por la pierna mala de la maestra, explotan de repente.

—¡No pienso ir donde él dice! —contesta furiosa Joan e intenta entonces bajar la voz—. No sea tonta. Iremos en dirección contraria y nos alejaremos todo lo posible de él y de los demás.

—¿Pero por qué no ir hacia los leones marinos? —replica la señora Powell—. A lo mejor sabe algo. Ya nos habría matado si hubiera querido. Conozco al muchacho, pienso que...

—Usted no lo conoce —le dice Joan a la maestra.

—Recuerdo...

—Usted no lo ha oído hablar con su amigo —la interrumpe Joan—. No sabe cómo es ahora. Está *aburrido*. Esto no es más que un juego. A lo mejor lo que pretende es soltarnos ahora para volver a encontrarnos, solo para que la aventura resulte más interesante. Le prometo que no le preocupa en absoluto ponernos a salvo.

Abraza con más fuerza a Lincoln y vuelve a concentrarse en las vías, en los lisos raíles de hierro que le hacen pensar en herreros, en herramientas y en todo lo que es fuerte e inquebrantable. Los pedruscos plateados —demasiado grandes para poder denominarse gravilla— se mueven bajo sus pies. Parecen las piedras que Hansel dejaba como rastro en el bosque.

Y entonces Kailynn empieza a hablar y ese es precisamente el problema de estar con más gente, que siempre hay alguien que habla. Que siempre hay alguien que complica las cosas. Joan tiene que volver a pararse. Ha recorrido tan solo tres travesaños, tan solo un par de pasos.

—¿Por qué no intentamos encontrar a la policía? —dice Kailynn, aunque ha seguido a Joan. La lleva agarrada a la camiseta.

El sonido de los disparos explica suficientemente por qué no deben acercarse a la policía, pero Joan, por mucho que se haya jurado no mirar en aquella dirección, gira el cuerpo hacia la entrada del zoo. Mira más allá del estanque y la luz de los reflectores de la policía se refleja en el monstruo marino y hace que la criatura centellee y se cree la ilusión de un oleaje anaranjado y rojo.

Baja la vista —era inevitable— y no le queda más remedio que mirar las formas tendidas en el suelo. Se transforman en algo más que sombras y le resulta imposible apartar los ojos. Mantiene una mano en la cabeza de Lincoln, su frente recostada contra la mejilla de ella. No puede permitir que lo vea. Pero ella sí lo ve todo, cada línea y cada curva de los dos cuerpos tendidos en el suelo. Memorizarlos le parece lo correcto. Se lo debe a esa gente o tal vez a Dios.

Ve las suelas de las sandalias de tacón alto de la chica. La chica está tumbada boca abajo, la falda cortísima pegada a los muslos, naranja con encaje negro. El chico está encima de ella, los brazos abiertos, cubriendo la mayor parte del cuerpo de la chica, y seguramente pensó que podía salvarla, seguramente debió de ser su último pensamiento. Hay más sangre de la que Joan esperaba que hubiera, embadurnando, manchando y encharcando el cemento del suelo. Sabe que es sangre porque tiene un brillo oscuro y húmedo, como el estanque.

Su hermano le contó en una ocasión, cuando estaba haciendo sus prácticas de cuidados médicos, que los instructores cortaban las patas a unas cabras y que su trabajo consistía en transportar una cabra sin patas desde el supuesto campo de batalla hasta el supuesto centro médico sin que la cabra muriera como consecuencia de la hemorragia. Su trabajo no era evitar la muerte de las cabras, porque las cabras acababan muriendo, sino conseguir que se desangraran lentamente en vez de con rapidez, y decía que la sangre acababa encharcándose a sus pies mientras les hacía el torniquete.

El chico tiene la mano en la cabeza de la chica, en su cabello. Tiene la boca abierta.

Joan se obliga por fin a apartar la vista, aunque nunca podrá dejar de verlos —lo cual es justo—, y mira hacia el estanque que se extiende delante de ellos, brillante, y hacia donde se encuentra el edificio alargado de madera de la entrada con las anticuadas y parduzcas taquillas, pero no reconoce nada de todo eso.

A pesar de que los reflectores dan forma a la entrada del zoo, todo queda borroso, tanto por la distancia como por el humo. Los rojos y los azules de lo que deben de ser las luces de los coches patrulla se reflejan en la neblina. Se ven las ramas del recinto de los loros, asomando por encima del humo, pero no son más que un dibujo abstracto. Todo es abstracto. Cerca de las verjas de hierro de la entrada —¿están abiertas?— se ve un grupo de figuras oscuras y está segura de que es la policía porque hay muchas. Tienen que ser los especialistas que la policía destina a este tipo de cosas.

Ve movimiento alrededor del edificio, tal vez una puerta que se abre. Hay un movimiento en la policía y varios de ellos avanzan, una masa oscura.

Todo es humo, ruido y siluetas. Presta atención al sonido de los disparos y vuelve a bajar la vista hacia los cuerpos.

—Id donde queráis —les dice a Kailynn y a la maestra.

Echa a correr, procurando que las pisadas caigan sobre los travesaños de madera, un pie tras otro, cobra velocidad e intenta evitar la gravilla. Está acostumbrada a esto —lleva toda la vida haciéndolo— y acomoda mejor a Lincoln en la cadera, tira de su tobillo para que pueda envolverla mejor con las piernas, y él debe de estar también acostumbrado, porque obedece a sus señales sin necesidad de mediar palabra. Le molesta el hombro —nota punzadas de dolor si mueve el brazo hacia atrás en vez de hacia delante—, pero, por lo demás, el cuerpo resiste.

Parece que la velocidad que ha cogido ha sido suficiente para que Kailynn la suelte. Pero oye que una de ellas, o tal vez las dos, la sigue, nota el crujido de las piedras. Sujeta las sandalias presionando con los dedos.

El «vuap-vuap» de las suelas suena cada vez más fuerte y confía en que el calzado no se parta en dos.

Y esto es lo que no les ha explicado a ninguna de las dos, porque está harta de perder el tiempo y le da igual lo que opinen: la vía las conducirá hacia el borde exterior del zoo e incluso en el caso de que Robby Montgomery estuviera simplemente jugando con ellas y preparándose para iniciar de nuevo la caza, incluso en el caso de que Destin con sus placas antibalas viniera a por ellas, cuando estén más cerca de la valla cabe la posibilidad de que encuentren alguna manera de saltarla. A lo mejor la policía está esperando al otro lado. Agentes que no anden metidos directamente en el tiroteo. O, en el peor de los casos, allí hay una gran extensión de zona boscosa y, si consigue encontrar un escondite en la oscuridad, Lincoln y ella estarán a salvo hasta que la policía capture a los hombres armados.

Entre los postes que flanquean las vías hay un tendido eléctrico con luces blancas. Hay zonas de oscuridad y otras donde la luz es inevitable. Unos cuantos pasos seguros y otros de total exposición. Evitar la luz es, de momento, imposible: las vías están acorraladas por el estanque a la derecha —protegido mediante una valla de madera tosca, puesto que todo es falsamente natural— y un riachuelo a la izquierda, que emite un continuo tintineo cantarín.

—Estamos en la vía del tren —anuncia Lincoln, que empieza a desequilibrarla cuando intenta inclinarse por encima del brazo de ella para mirar el suelo—. Nos atropellará.

El sonido de su voz la tensa. Es un sonido más, una pista más para quienquiera que pueda seguirlos, y las dos preguntas eternas se repiten constantemente en su cabeza: «¿Pueden vernos? ¿Pueden oírnos?».

No piensa permitir que vuelvan a localizarlos.

—Enlaza las manos por detrás de mi cuello —le dice en voz baja, respirando para coger aire cada par de palabras—. Tranquilo, los trenes no circulan por la noche.

Lincoln acepta la explicación, coloca los brazos donde corresponde y la cabeza empieza a rebotar otra vez contra el hombro de Joan.

Oye sus propios pasos y los que la siguen, y tarda un tiempo en darse cuenta de que ya no se oye nada más. El tiroteo se ha detenido. La noche vuelve a estar tranquila, pero el silencio no es reconfortante.

ǀǀǀ

El silencio es agradable. Robby estaba esperándolo. Se imagina a Destin e incluso en esa imagen mental Destin es enorme, no cabe siquiera en el encuadre. Tiene los brazos como Popeye, sin muñecas. Se imagina a Destin a lomos de su caballo —¡su caballo!— y piensa en la única vez en que Destin lo llevó a caballo por las montañas y Robby fingió que le gustaba. Era mejor la idea que la realidad. Y piensa en el monstruo de Gila que Destin lleva tatuado en el bíceps, en lo que mola y en que una vez Destin le dijo que era un jugador de equipo. A Mark nunca le dijo nada parecido.

Entre los setos hay grillos o alguna otra cosa que chirría, aunque, cuando Robby pasa por su lado, también ellos se quedan en silencio. Bien.

Hay un concurso en la tele en el que sale un muñeco de cartón que sube por una cuesta, igual que Robby está ahora subiendo una cuesta, y si el imbécil del concursante falla una pregunta, el muñeco cae y desaparece. Va subiendo y subiendo, con dificultad, y nunca sabe cuándo lo harán caer.

Izquierda, izquierda, izquierda, derecha, izquierda.

Oye a Mark corriendo por delante de él, en algún sitio, más allá del cartel de «ÁFRICA». Está casi seguro de que es Mark, porque si fuese la policía vendría de la parte de la entrada del zoo. Mira por encima del hombro, le parece ver a los policías corriendo hacia el lago, apareciendo entre el humo.

Robby vuelve a mirar al frente. Intenta apresurarse, pero no puede porque no es más que un pedazo de cartón.

Y entonces tiene a Mark delante, corriendo a toda velocidad, agitando los brazos, totalmente ineficiente. Apenas baja el ritmo cuando ve a Robby. Chocan entre ellos, hombro contra hombro, Mark rebota como una bola en un pinball.

—Creo que han matado a Destin —dice Mark, corriendo cuesta abajo—. Creo. Deben de haberlo matado.

—Sí —contesta Robby, viendo que Mark se aleja. Una cucaracha cruza el suelo de cemento a sus pies y la cucaracha sí, esa sí que es eficiente de la hostia.

—¡Te he dicho que vienen! —grita Mark.

Se ha detenido al ver que Robby no lo sigue.

—Ya sé que vienen —dice Robby y se siente orgulloso de que, por una vez en la vida, Mark hable más fuerte que él. De que haya que decirle a Mark que baje la voz.

—¿Qué haces? —pregunta Mark.

Robby no está seguro de lo que hace. No está seguro de nada, aunque esta sensación no es la peor. Todo es más confuso que antes. Es como si estuviera envuelto en papel de seda, como las bolsas de pralinés que le enviaba su madre cuanto intentó cursar un semestre en State; se siente como los *squabs* muertos que Hastings envuelve en musgo parduzco antes de enterrarlos. La señora Powell lo ha vuelto a transformar en sí mismo, en parte, y ahora está atrancado, en medio. Nada más verla en el almacén, la ha reconocido, porque en catorce años no ha cambiado nada, tal vez el pelo un poco más claro, y le ha parecido increíble que no gritara su nombre como solía hacerlo cuando él se apartaba de la fila del comedor, y entonces ha supuesto que ella no lo había reconocido, pero no ha podido evitar pronunciar su nombre.

—¡Robby! —vuelve a gritar Mark—. ¡Vamos!

En un segundo tendrá que forzarse a ponerse en movimiento. Sabe que Mark se está asustando. Pero antes necesita colocar a la señora Powell en algún lugar donde no le moleste. Era mucho esperar que la señora Powell pudiera entender qué está haciendo, pudiera ver que aquí está logrando algo, que Robby de verdad es alguien que ha reflexionado sobre las cosas. No lo ha entendido. Aunque tal vez sí. Tal vez por eso le ha pedido que se quedara con ella. Tal vez, al final, lo ha comprendido y tal vez piense en él más tarde. Y lo recuerde.

La señora Powell le dio una naranja. De pequeño. Le dio una naranja.

¿Pero era él por aquel entonces?

Llevaba años sin pensar en ello, pero cuando la ha visto casi ha saboreado de nuevo aquella naranja. Estaba sentado cerca de la mesa de la maestra y estaban trabajando en unos cuadernos cuando de pronto olió el aroma de la fruta en el ambiente. Por aquel entonces, por mucho que su madre le atiborrara de comida, siempre estaba hambriento, y se había levantado y había empezado a pensar en una excusa para acercarse a la mesa. Sus pies se habían puesto en marcha y se había encontrado de repente allí, delante de la señora Powell, sin tener aún una buena pregunta que formularle. Se había quedado mirando cómo partía la naranja en semicírculos y entonces ella había levantado la vista y le había explicado que no le había dado tiempo a desayunar por la mañana. «Me gustan las naranjas —le había dicho entonces él—. Me gusta cómo huelen».

Y en vez de enviarlo de vuelta al pupitre, ella se había reído y le había dado un gajo y él lo había engullido de un bocado, sin piel. Nadie más en la clase había conseguido un trozo de naranja, solo él.

No ha podido matarla, lo cual seguramente ha sido lo correcto, pero tampoco ha podido matar a los demás delante de ella. Ni siquiera después de ese genial momento del hacha, que estaba colgada allí en la pared como si estuviera puesta para partir la puerta. Esa parte ha sido como en las películas. Pero no ha podido matarlos y por ello se ha desviado del camino correcto, como siempre. ¿Cómo es posible que se sintiese tan seguro de lo que quería y tuviese tan claro el plan y luego haya hecho ta en este sentido. Robby estaba discutiendo con Mark sobre cuál debía de ser la mejor arma para la selva y él creía que un M-14, siempre que tus hombres fueran buenos tiradores, o tal vez un Stoner, automático o semiautomático, y Mark pensaba que eran mejores los AK-103, y habían hecho una búsqueda en Google para zanjar el tema. Habían mirado en algunos foros y habían empezado a ver que la gente hablaba allí de todo tipo de cosas, desde granadas de mano caseras hasta cómo hacer conservas de carne de venado. Luego empezaron a seguir un hilo sobre una familia rescatada por un ayudante del sheriff después de pasar tres días perdidos en un bosque de Wyoming y un tipo comentaba que siempre hay que llevar en el coche una cadena de tiro y un cabrestante, y no entendieron qué demonios quería decir con aquello.

De modo que le preguntaron al tipo y el tipo era Destin, y se lo explicó cuando se lo preguntaron. Destin lo sabía todo sobre todo, cosas como qué bandanas podían utilizarse a modo de filtros o cómo poner esposas o usar torniquetes, y que siempre tenías que guardar un arma de mano en la espalda por si te obligaban a poner las manos detrás de la cabeza. Todo. A Robby siempre le había impresionado la gente que lo sabía todo. Y dio la casualidad de que Destin vivía en las afueras de la ciudad, a unos cuarenta kilómetros. Y después de un montón de correos, quedaron un día para tomar una cerveza.

Habían hablado sobre muchas cosas y habían vuelto a quedar para tomar más cervezas, y habían tenido suerte, mucha suerte, de que un tipo como aquel quisiera verse con ellos. Entonces, un día, Destin les había preguntado: «¿Queréis vivir eternamente?».

Y Mark había respondido: «Sí».

Y Destin había dicho: «Sé cómo hacerlo».

Les había explicado que lo de Columbine lo había cambiado todo con la policía. Que antes de que aquellos dos chicos se liaran a tiros en su instituto, siempre que la policía recibía una llamada informando sobre la presencia de alguien armado en un lugar público, se imaginaban que era una situación de rehenes y esperaban a que llegaran los del equipo de operaciones especiales para negociar. Pero con lo de Columbine se habían vuelto a escribir las reglas; la policía había entendido que un hombre armado puede disparar a cualquiera que se le ponga delante y que, por lo tanto, hay que matarlo lo antes posible. De modo que la policía ya no esperaba para entrar: trabajaba con un nuevo patrón de actuación. Independientemente de que fuera un solo policía o fueran veinte, entraban enseguida, iban directos a por el hombre armado y le metían una bala en la cabeza lo antes posible, y que probablemente la gente los admiraría por ello, porque no sabían lo gilipollas que eran. Los policías habían practicado mucho con este nuevo patrón después de lo de Columbine, porque el suceso se repetía una y otra vez. Pero los locos seguían también un nuevo patrón.

A Destin le gustaba la palabra «patrón».

Destin había dicho: «Los patrones son peligrosos. Los patrones te enseñan a no pensar. La historia no se repite, Rob. Cada segundo aporta una cosa nueva».

Destin había dicho: «Si eres una persona que ve la verdad, tienes que intentar enseñársela a los demás. Si demuestras a la gente lo limitada que es, tal vez intenten superar esos límites».

A Robby le gustaba esa idea. Quería demostrar a los demás lo limitados que eran.

Lo planificaron todo. Robby y Mark entrarían tranquilamente en el zoo, con las armas perfectamente escondidas, sin llamar la atención. Destin entraría por separado, mostrando las armas desde un principio, representando el papel de un pirado. Era buen actor. Se cargaría a unos cuantos enseguida y luego haría ver que cogía rehenes y los encerraba en uno de los edificios de administración de la entrada. Robby y Mark se mantendrían alejados de la entrada, de modo que, si alguien sobrevivía, a ellos dos no los habría visto. Destin convencería a la policía de que estaban siguiendo un determinado guion, pero en realidad estarían siguiendo otro totalmente distinto.

Robby y Mark eran los responsables de esa parte. Mientras Destin representaba un escenario de rehenes y mantenía a la policía entretenida, Robby y Mark irían de caza. Tendrían el zoo entero como terreno de juego. Podrían matar a quien quisieran, como quisieran. Sin reglas. Sin límites.

Y al final, la policía se daría cuenta de que la habían engañado. Verían que se había quedado sin hacer nada mientras se desarrollaba la matanza. Todo aquel que estuviera sentado delante de un ordenador o de un televisor vería que los policías habían sido unos borregos. El mundo entero se daría cuenta de que también ellos eran unos borregos. Que vivían la vida como animales estúpidos, que nunca pensaban por sí mismos, y que Destin, Robby y Mark les habían ofrecido un destello de lo que era la salvación. Un destello de genialidad. Esa era la expresión adecuada cuando alguien tenía una visión que nadie más había tenido nunca.

Destin tenía razón cuando dijo que cada segundo aportaba una cosa nueva, porque aquí está él, Robby, y sabía que esto sucedería, pero aún no se lo cree. Él sigue aquí y Destin se ha ido. Este era el plan, pero ahora, en este segundo, la sensación es distinta.

El humo se expande en el aire como niebla. Robby lo huele.

El blindaje no era para salvar a Destin, por supuesto. Era tan solo para que todo durara más. Destin dijo que todo lo que merece la pena exige sacrificio, mira por ejemplo a Jesucristo. Mira a Galileo y a Lincoln. «Sí», había pensado Robby. «Sí». El resto también le pareció bien, y Destin hablaba sobre fachadas y realidad, y hablaba sobre un único punto de entrada y salida y perímetros, pero a Robby le daban bastante igual los detalles del asunto. Ser elegido era un gran honor y Destin lo sabía todo, y Mark era su mejor amigo, por supuesto. Pero fue el final lo que lo convenció.

Acabará esto y será la única cosa que habrá hecho bien. Por mucho que no lo haya hecho a la perfección, acabará esto.

¿Cómo será?, se pregunta, y se pregunta cómo debe de ser para Destin en estos momentos. Sabe que la gente habla sobre ángeles y sobre calles de oro, y su madre dice que le gustaría que la muerte fuese como dormir, calentito en la cama pero con todos tus seres queridos, espalda contra espalda, como cuando él era pequeño y dormía con ella. Se pregunta si incluye ahí a su padre, el gilipollas, o si lo quiere bien lejos de su cielo. Pero Robby no quiere a nadie a su lado, y no quiere sentirse ni calentito, ni querido, ni lleno de luz, ni ninguna de esas mierdas. No quiere sentir nada. Confía en que sea como estar en una bañera, con todo el cuerpo bajo el agua excepto la nariz, y que no puedas oír ni ver nada, y que no puedas ni siquiera decir que tienes cuerpo.

Espera que lo que haya a continuación sea nada. Eso es lo más bello de todo.

Habrá gente que le echará de menos. El viejo que siempre se acuerda de cómo se llama cuando se acerca al mostrador de CVS, aunque de todos modos, gracias al idiota de su jefe, Robby tampoco habría vuelto a verlo. La cajera de la tienda de licores que siempre le sonríe. Su abuela no tiene más nietos, razón por la cual también debe considerarla. Mark, pero Mark no podrá echarlo de menos porque tampoco estará. Su madre, que hace una eternidad se lo llevaba a comprar donuts los sábados por la mañana mientras su padre dormía y después de los donuts venían aquí, al zoo. Ella siempre quería ver las aves, por mucho que las aves fueran lo más aburrido, y era incapaz de recordar la diferencia entre los leones marinos y las focas.

«Focas», decía ella.

«Leones marinos», la corregía él, cada vez.

Es mejor no pensar en ella.

Mark está diciendo algo. Están en las vías del tren y Mark lleva años berreando para decir que tienen que seguir las estúpidas vías para salir en no sabe qué calle… ¿Cherry? ¿Dogwood?

Da igual. Que todo dé igual es un alivio. Porque, a pesar del delirante plan de huida de Mark, el bello final está casi aquí y los encontrará vayan donde vayan. Lo único que tiene que hacer Robby es no soltar el arma que lleva en la mano. Lo único que tiene que hacer es representar su papel.

19:53

Joan pierde el ritmo por un instante cuando una piedra afilada se introduce en la sandalia. El estanque queda ahora tras ellos y junto al riachuelo de la izquierda ha brotado una tupida pared de bambú que le impide ver el agua.

Kailynn la sigue a escasa distancia. La señora Powell va unos tres metros detrás de la chica. Es evidente que a la maestra le cuesta avanzar, incluso antes de que grite: «Seguid sin mí».

Joan disminuye la velocidad. Aunque, con Lincoln tirando de todos sus músculos, tampoco es que sea mucho más rápida que la maestra.

—Lo está haciendo muy bien —contesta Joan.

No sabe si lo dice porque quiere animar a la maestra o porque quiere evitar que continúen las conversaciones interminables.

Pero la maestra baja el ritmo hasta que acaba andando y Kailynn se para. A Joan no le queda más remedio que detenerse.

—No puedo —dice la maestra—. La rodilla no está dispuesta a cooperar. Encontraré un lugar por aquí donde esconderme y esperaré.

Joan asiente y se vuelve para proseguir.

—No podemos abandonarla —dice Kailynn, sin moverse.

Este es el problema. No tienen tiempo para consideraciones ni para ser educados, no tienen tampoco tiempo para debatir. Los matarán a todos. ¿O es que no lo han entendido aún?

Joan lo ha entendido y lo ha entendido muy bien. Las dejará allí. Está harta de plantearse continuamente las distintas alternativas. Lleva recorridos unos cuantos metros más por las vías y ha conseguido superar la tentación de mirar atrás para ver si las demás la siguen, cuando se oye un disparo. Se sobresalta después de largos segundos —¿o minutos?— de silencio. Una de las luces blancas explota sobre su cabeza y su primer ridículo pensamiento es que la bombilla se ha fundido. Pero luego conecta el sonido con el cristal roto y lo cuadra con el hecho de que ha oído madera astillándose y de que ve la rama de un árbol de Júpiter que empieza a quebrarse.

Robby Montgomery estaba jugando con ellas.

O Destin, la máquina de matar, está persiguiéndolas.

Los detalles no importan en este momento.

Se oye otro crujido de madera y las hojas revolotean a su alrededor. Mira hacia atrás. Por una vez, gracias a Dios, nadie quiere hablar; todas conocen ya el sonido de las balas y todas echan a correr de nuevo, incluso la señora Powell, los dientes clavados en el labio inferior. Las arrugas de la cara de la maestra dejan constancia del dolor que siente, pero no puede hacerse nada al respecto. Joan intenta ver más allá de Kailynn y la maestra, pero las vías serpentean a izquierda y derecha y la visión es limitada.

No hay más balas. Aunque le parece oír el ruido de unos pies que avanzan.

En veinte o treinta pasos, llegan al parque infantil, con sus rocas y su puente de cuerda. Están también las estatuas de la rana y la tortuga que Medusa dejó convertidas en piedra a su paso. «Soy una tortuga, soy una tortuga», dice Lincoln cuando está sentado en el váter y convierte la tapa en su caparazón. O a veces se mete debajo de una alfombra o pasea con una almohada en la espalda: «Soy una tortuga».

Joan acelera. Resopla y los pulmones le arden. La maestra les sigue a duras penas. Han superado ya el parque infantil y llegan ahora a la zona de suelo acolchado donde las fuentes trazan todavía arcos de agua.

El tiovivo, sus animales parados en mitad de una cabriola.

Por encima de sus jadeos, Joan oye que la maestra refunfuña a cada paso. Vuelve a mirar atrás y no ve ni rastro de los hombres armados. Pero sigue oyendo a lo lejos el sonido de pasos sobre la gravilla. No cree que sean imaginaciones suyas.

—Aléjese de las vías —le grita por encima del hombro a la maestra—. Escóndase detrás del tiovivo. Y agáchese.

—¿Qué? —dice la maestra.

—¡Vamos, señora Powell! —sisea Joan, porque no recuerda el nombre de pila de la mujer—. Escóndase detrás del tiovivo y no la verán.

No hay tiempo para explicaciones; no ve a nadie y confía en que Robby Montgomery, su amigo o esa máquina de matar tampoco puedan verlas. Pero oye sus pisadas, por lo que piensa que es posible que los hombres se estén guiando también por ese sonido y estén siguiendo las vías. Cree que a esa maestra le debe algo, ¿no? Además, si la maestra se queda allí simplificará la situación: una persona menos para ralentizarla. La señora Powell se aleja de la vía, cojeando, y desaparece detrás de los caballos de madera, las jirafas y los antílopes.

La maestra se ha ido.

Kailynn continúa detrás de ella. Joan traza una curva y el tiovivo se pierde de vista, luego las vías del tren siguen otra curva y se encuentra en terreno desconocido, se adentra en el otro mundo del zoo, el que solo puede verse desde el tren. No oye a nadie persiguiéndolos, aunque no está totalmente segura.

«Si afeitarais a un tigre —dijo un día el conductor del tren—, descubriríais que también tiene rayas en la piel».

Por suerte, todo está oscuro. No es la oscuridad completa de las excursiones campestres de su infancia, sino la oscuridad urbana. Prácticamente oscuro. Están en la parte posterior de los recintos de los animales. El bambú oculta lo que las cebras y los avestruces estén haciendo y la vegetación es tupida; de vez en cuando se ve alguna decoración con luz colgando de un árbol: un fantasma fluorescente, una cuerda con murciélagos negros parpadeantes, un esqueleto que ríe.

Ya no es necesario mantenerse cerca de la vía. El bosque es todo sombra y luz de luna. Desaparecerán entre los árboles.

—¿Crees que esos hombres...? —oye que empieza a decir Kailynn, pero el resto de la frase se pierde con el viento.

Joan salta para abandonar los raíles y aterriza pesadamente en el suelo; la sandalia se ha torcido al abandonar la gravilla, pero recupera el equilibrio y se encuentra entre maleza, piñas y madera podrida. Las hojas secas la cubren hasta media pantorrilla. No ve dónde han aterrizado sus pies.

Delante de ella, más cerca de lo esperado, vislumbra lo que debe de ser la valla exterior del zoo, casi invisible, insustancial, una simple alambrada. Debe de tener un metro ochenta de altura, por lo que podría trepar por ella sin problemas si se quita los zapatos. Cuando oye que Kailynn se ha detenido a su lado, Joan se aproxima un poco más a la valla y acerca un dedo. No sabe si está electrificada; es consciente de que tendría que dejar a Lincoln en el suelo, pero no hay tiempo, de modo que la toca ligeramente y el riesgo que ha corrido tiene su recompensa. No hay descarga.

Pueden conseguirlo.

Levantará a Lincoln para que se encarame a la alambrada, le ayudará a introducir los pies por los agujeros y se asegurará de que se agarra bien, y ella trepará detrás de él, sujetándose solo con una mano mientras lo ayuda a subir, y, aunque tal vez el proceso resulte más lento, pueden conseguirlo.

Pero entonces lo ve. A los pies de la valla, por la parte exterior, hay una zanja que tiene como mínimo metro y medio de profundidad. No se ve el fondo. Es imposible sortearla con Lincoln, ni siquiera si consiguieran superar la valla los dos. Su fantasía de trepar con Lincoln tiene un montón de puntos débiles, incluso con Kailynn ayudándolos. Serían un blanco fácil, sus cuerpos quedarían expuestos e indefensos en la valla.

Da media vuelta y echa a correr en dirección contraria, de nuevo hacia las vías del tren y los animales.

Salta por encima de un tronco, refunfuñando, y se promete que no volverá a hacerlo con los dieciocho kilos de peso que lleva cargados en la cadera. En el suelo hay baches inesperados y Lincoln grita cada vez que su barbilla golpea contra el hombro de ella. Hay troncos por todas partes, árboles muertos que se pudren y se transforman en mantillo, el follaje que cubre el suelo sigue siendo tupido y se ven más murciélagos iluminados colgando. Vislumbra la silueta de las jirafas a su izquierda, detrás de vallas que tienen sin duda más de dos metros y medio de altura.

Nota la mano de Kailynn pegada otra vez a la espalda, tirando del tejido de la camiseta. Oye los jadeos de la chica. Lo que no ha oído son más disparos, lo cual augura buena suerte para la señora Powell. Pero hay otros sonidos: ahora que Kailynn y ella hunden sus pasos en las hojas, que sus pisadas son más crispadas y crujientes, puede distinguir los zapatos que aplastan la gravilla. Y si ella es capaz de oír a los hombres, es más que probable que ellos puedan también oírla a ella.

Si baja el ritmo, las pisadas serán más leves. Pero, si baja el ritmo, la atraparán más rápido.

—Los tenemos detrás —le susurra a Kailynn, volviendo la cabeza.

El tejido de la camiseta se destensa cuando la chica la suelta. Y entonces, sin mediar palabra, Kailynn echa a correr hacia la izquierda, trazando un ángulo hacia las jirafas, y Joan piensa que es buena idea que la chica pruebe a ir en otra dirección, puesto que juntas se convierten en un blanco más fácil. Ir en grupo no implica seguridad. De hecho, hace ya rato que quería librarse de Kailynn, ¿o no? La chica y la maestra eran más un problema que un alivio.

Si solo están Lincoln y ella, todo es más sencillo. Más seguro.

Joan no dice nada cuando la distancia entre ellas se amplía. Está aún viendo la silueta de la chica corriendo en zigzag cuando su pie se engancha con algo. A lo mejor la sandalia se ha roto por fin y ha tropezado con ella o a lo mejor se ha partido la correa al engancharse, no lo sabrá nunca, pero hay un instante eterno de caída, de pánico, de sentir que Lincoln se escapa de entre sus brazos, de oírse a sí misma chillar. Lo agarra fuerte con un brazo a la vez que intenta girar el cuerpo para no aterrizar sobre él. «No lo sueltes, no lo sueltes, no lo sueltes», va pensando mientras cae. Consigue girar el cuerpo lo bastante como para que Lincoln quede medio montado sobre su espalda. Choca contra el suelo, pero el codo se da un buen golpe y el impacto la obliga a levantar los brazos, de tal modo que Lincoln sale volando, por mucho que se haya repetido que no debía soltarlo, y lo ve chocar contra el suelo, la cabeza rebotando sobre las hojas.

Ha aterrizado sobre el hombro y el codo izquierdos, la cabeza doblada sobre el costado, y se ha mordido además el labio. Nota el sabor de la sangre. Intenta mover el brazo para alcanzar a su hijo y el brazo responde, pero la mano no.

Lincoln no llora. Lo cual le genera pánico. La oscuridad le impide verle la cara, ve solo la silueta. Pero entonces Lincoln se mueve, se impulsa hacia arriba, parece una tortuga por un instante.

—Lincoln —musita ella.

—Nos hemos caído —dice él.

—¿Estás bien? —pregunta Joan, arrastrándose hacia él y abrazándolo con el brazo bueno.

—Sí, estoy bien —responde Lincoln, extendiendo la mano y tocándola—. Tienes la cara mojada.

Se seca la boca ensangrentada y aguza el oído.

Voces.

No muy cerca, pero lo suficientemente cerca.

El zapato derecho no está, ha desaparecido como la chica. Tiene sangre en la rodilla y la mano cuelga flácida, aunque no le duele mucho. ¿Se habrá torcido la muñeca?

No puede llevarlo en brazos si la mano no responde.

Oye alguna cosa más en los árboles que quedan detrás de ellos. El movimiento de una rama. El crujido de la pinaza o de las hojas. Pequeños movimientos, tal vez sea simplemente el viento, aunque en estos momentos no sopla. Una ardilla, lo más probable.

Se impulsa para arrodillarse y sofoca un grito cuando el peso del cuerpo cae sobre la rodilla lesionada, aunque consigue ponerse en pie. El suelo está frío y no parece muy sólido. Mueve los dedos de los pies y se plantea quitarse también la sandalia izquierda, pero el terreno está lleno de objetos cortantes y piensa que es mejor tener al menos un pie protegido. Da un paso hacia Lincoln, armándose de valor, pero la rodilla le falla y a punto está de volver a caer.

El sonido detrás de ella cambia: ya no es un crujido. Son pasos, lentos y cautelosos.

Se acercan esos hombres y no tiene ni idea de si están diez pasos detrás de ella o a una hectárea de distancia, y la policía sigue sin aparecer. La rodilla aguanta a duras penas su propio peso, tiene la muñeca inutilizada y no puede moverse con la rapidez necesaria. En la planta del pie se le clavan todo tipo de cosas.

Están a punto de morir, piensa, y se odia por pensar eso.

No. Ella no es un animal. Tiene más recursos que el de luchar o salir huyendo. Coge a Lincoln de la mano y le dice en voz baja que se acercan los hombres armados y Lincoln empieza a correr con ella, aunque haciendo mucho ruido, aplastando con fuerza las hojas, y va además muy lento. Así no lo conseguirán.

No conseguirán correr más que los asesinos.

Pasos, pasos.

Oye de nuevo el riachuelo en algún lugar cercano, el sonido de agua contra piedras, salpicando. Lincoln tropieza y está a punto de caer, ella lo levanta tirándole de la mano, elevándolo, depositándolo de nuevo en el suelo con ambos pies y sin parar de correr.

Levanta la vista y se plantea la posibilidad de los árboles. Podrían trepar, más de uno de esos robles tiene ramas y ramificaciones enormes que se pierden en la oscuridad del cielo. Pero si se equivoca y los ven, no tendrán escapatoria, y tampoco está segura de poder subir allí a Lincoln y no tiene tiempo de pensar en esas cosas, pero subirlo... Subirlo. Lo piensa bien, se plantea la idea de dejarlo en algún lugar seguro.

No en los árboles. Cambia de dirección, sin perder la inercia pero estudiando el paisaje: sombras, luz de luna y, de vez en cuando, algún elemento decorativo colgando. Delante de ella tiene un arbusto que le llega a la altura del hombro y es muy frondoso. Guía a Lincoln hacia allí, pasa una mano entre las ramas para ver si pincha antes de levantar las ramas inferiores para abrir un poco de espacio debajo.

—Quédate aquí —le dice, la mano inutilizada presionándolo ligeramente por la espalda, guiándolo—. Túmbate en el suelo boca abajo y gatea para meterte dentro. Quédate en el más absoluto silencio. No me llames. No digas nada de nada. Y enseguida volveré, piensa que si haces algún ruido te matarán.

Lincoln lloriquea, pero empieza a gatear y Joan no quiere darle la más mínima oportunidad de llevarle la contraria ni tenerla ella misma de replantearse lo que está haciendo.

—Desaparece —dice Joan, ya de pie, dedicando un segundo más a acariciarle la cabeza, su preciosa forma curva, antes de dejar caer las ramas. Ha desaparecido y solo se le ven los pies. Joan se agacha de nuevo y le flexiona un poco las piernas.

Echa a correr con un paso tambaleante que le hace sentirse como una heroína patética en una película de terror. Intenta olvidarse del dolor y da zancadas más largas y veloces, la rodilla se vuelve irrelevante y ve una araña del tamaño de una pelota de playa con una bombilla en su interior, colgada de un árbol, las patas blandas, incomprensible. Está sonriendo y muestra unos colmillos manchados de rojo.

Cree que Lincoln se quedará allí, tanto porque ella le ha dicho que lo hiciera como porque en el exterior está oscuro y no sabe dónde se encuentra. No le gusta mucho caminar sin rumbo fijo, sobre todo si está nervioso. Se quedará. Pero lo de hacer ruido…, eso es otro tema. No confía en que guarde silencio.

Pisa el suelo con todas sus fuerzas. Las hojas explotan bajo sus pies, transformándose en polvo. Coge una rama y la parte por la mitad. Imagina que los sonidos que emite le hacen parecer más un elefante que una mujer. Cuando considera que está lo bastante lejos de Lincoln, grita, un «¡ah!» breve y entrecortado que supone que se oirá desde lejos. Suelta el aire, sonoramente. Mantiene la mano herida bien pegada a la tripa. Vuelve a pisar con fuerza, avanzando a la mayor velocidad posible, porque aunque quiere atraerlos hacia ella, no desea morir.

Oye a los hombres detrás de ella, avanzan con determinación, haciendo también mucho ruido. La invade una oleada de satisfacción, de sed de sangre y de miedo.

Ha dejado atrás el recinto de los elefantes y a su izquierda queda un edificio anodino de varios pisos de altura con un cartel escrito en letras enormes que reza: «Centro de Investigación de Animales Grandes». Los canalones plateados y el techo metálico resplandecen bajo la luz de la luna. Sigue adelante, las hojas y las ramitas clavándosele en la piel. Pasa por delante de una guirnalda de calabazas con luces. La rodilla le duele muchísimo y piensa en la maestra, en su cojera, y se la imagina sana y salva escondida detrás del tiovivo. Piensa en las manos de Kailynn tirando de ella y echa de menos el calor de la chica, y piensa en que no le importaría oír de nuevo su cháchara interminable y en lo precioso que era su pelo, como cintas rojas ondeando al viento.

Si Lincoln ve una luz y siente curiosidad, ¿se moverá? ¿Y si se le acerca un bicho y se asusta o si se imagina oír su voz? Está delirando, el pánico empieza a apoderarse de ella y por eso intenta correr más. Piensa en cubos de basura, sólidos y seguros, y piensa en que siempre fue un bebé fácil, que comía bien y dormía bien, por mucho que de vez en cuando pillara una rabieta y llorara sin parar y ella no pudiera hacer nada para calmarlo, y recuerda las oleadas de salvaje frustración que la llevaban a imaginarse —muy brevemente— qué pasaría si lo encerraba en un armario y lo dejaba allí. ¿Y si la madre de ese bebé había sentido aquel terror, aquel agotamiento y aquella frustración —multiplicado todo ello por mil— y en un segundo de debilidad había dejado allí al bebé y había huido? ¿Podría entenderlo?

No. No puede entenderlo.

Pero ¿y si los hombres estuvieran acercándose, como ahora? ¿Y si aquella madre hubiera dejado allí a su bebé y hubiera intentado atraer la atención de los hombres hacia ella? ¿Y si hubiera pasado eso? Joan se imagina a la mujer corriendo, el cabello en la cara, los brazos vacíos.

No ha sido justa con esa mujer.

El suelo bajo sus pies cede. Hojas, mantillo y pinaza, supone, pero entonces, con el pie que sigue calzado, pisa algo distinto, algo que le cierra de repente la garganta. Es blando pero consistente, la sensación inequívoca de carne y músculos. Retrocede cuando cae en la cuenta de que, sea lo que sea, es demasiado pequeño para ser humano. Baja la vista y en la penumbra vislumbra la punta triangular de un ala y una cabeza redonda.

Un pájaro. Un pájaro muerto.

Tienen un libro de la biblioteca sobre los antiguos griegos y sus deportes, y Lincoln le ha contado que por aquel entonces jugaban al hockey con un pájaro muerto y que, cuando un equipo marcaba un gol, el pájaro volvía a la vida y se iba volando.

Lincoln. Obliga a los pies a ponerse de nuevo en movimiento.

Oye un carillón.

Una vez, yendo en coche por el campo con su tío, se dio cuenta de que el intermitente hacía tictac siguiendo la misma melodía que un trabalenguas que acababa de aprender —«Zorro zorro pide un gorro. / Zorro zorro pide un gorro»—, que la luz cantaba al mismo ritmo, y era tan claro, tan evidente que el intermitente pronunciaba aquellas palabras, como que ahora el carillón entona el nombre de Lincoln y lo mismo hacen las hojas bajo sus pisadas: «Lin-coln, Lin-coln, Lin-coln».

Lo ha conseguido. Los hombres se han alejado de Lincoln, pero no ha pensado qué hacer a continuación: ¿cómo librarse de ellos? No puede conducirlos de nuevo hacia Lincoln. Y, de hecho, no está ni siquiera segura de que todavía la sigan. Ya nos los oye, no oye nada por encima del sonido de sus pasos y de su respiración jadeante. Se detiene.

Nada. Nada excepto las hojas y el carillón.

Pero no pasa mucho tiempo parada. Es posible que haya despistado a los hombres, pero también es posible que aún estén siguiéndole la pista. Sea como sea, lleva demasiado tiempo lejos de su hijo. Tiene que regresar adonde lo ha dejado y siempre puede cambiar de dirección si detecta algún indicio de su presencia.

Hacer planes mientras se esquivan troncos de árbol y zarzales es complicado. Orientarse es complicado. ¿Hacia dónde tiene que ir? Todos los árboles le parecen iguales. Pero entonces, después de arañarse el hombro con la corteza escamosa de un pino gigantesco, capta el sonido del riachuelo. Está tan desorientada que no sabe ni hacia dónde está la valla exterior ni hacia dónde está el punto donde ha dejado a Lincoln, pero sabe que el riachuelo la llevará en la dirección correcta. El sonido del agua camuflará el de sus pasos y cuando vea la araña colgante sabrá que está cerca.

En esta parte del bosque la oscuridad es más completa. Ya no ve el suelo y tiene que ralentizar el paso, porque no se puede permitir torcerse el tobillo.

Se da cuenta de que ya no siente el brazo, de que no siente nada desde el hombro hasta la mano, lo cual tal vez tendría que preocuparle. En este momento, sin embargo, le parece una bendición. Sigue el sonido del agua y, con la oscuridad, casi se mete en el arroyo antes de verlo. Patina un poco con las hojas y fija la vista en el agua, no es más que un tajo en el suelo del bosque. Podría saltarlo sin problemas si tuviera ambas piernas en buen estado.

A pesar de que el riachuelo es estrecho, la orilla se eleva algunos metros por encima y la cuesta es pronunciada. No sabe a qué profundidad está el agua. Es una negrura informe y brillante, al fondo. Le parece ver una pequeña pasarela río arriba o río abajo, no sabe, y no entiende quién puede utilizar un puente aquí, pero es el camino hacia Lincoln. Aunque ¿necesita realmente cruzar el riachuelo? ¿Está Lincoln en este lado del agua o en el otro? Se rasca la frente, furiosa consigo misma, porque necesita toda su agudeza, toda su concentración.

Oye de nuevo pisadas en el bosque, aunque estaba segura de que le habían perdido la pista. Los oye acercarse y piensa de nuevo en su padre —tenía las manos enormes—, en cuando les arrancaba la cabeza a las palomas.

«Lincoln, Lincoln, Lincoln». Los pies entonan también su nombre mientras pisan las hojas.

Y entonces los ve, dos sombras en movimiento. Están más cerca de lo que se imaginaba. No puede perder tiempo comprobando si Robby Montgomery es uno de ellos. Se echa al suelo, boca abajo.

Las botas no tardarán en aplastarla como si fuera un pájaro muerto. Presiona el suelo con las palmas abiertas y empieza a rodar cuesta bajo, hacia el riachuelo, colocándose en ángulo para que los pies sean lo primero que entre en contacto con el agua, ralentizándola.

Se sumerge en el agua sin emitir sonido alguno.

El frío le corta la respiración y cierra los ojos, porque si pierde las lentillas no verá absolutamente nada.

Emerge, abre los ojos y en cuanto toca el fondo se reorienta. El agua apenas le cubriría por encima de las rodillas si estuviera de pie, pero está tumbada en posición casi horizontal, prácticamente sumergida. No ve nada más allá de la orilla del riachuelo. La zona es oscura y segura. Introduce las manos en el agua, estruja entre los dedos el lecho del riachuelo y empieza a caminar sobre las manos, como una foca, el cuerpo flotando detrás de ella.

Imagina que si los hombres la hubieran visto habría disparos.

El agua fría la ha espabilado. Es consciente de todas y cada una de las huellas que está dejando en el fondo del riachuelo, de cada piedra que le roza la rodilla, de cada gota de agua que le salpica las mejillas, de cada centímetro que la separa del puente. Piensa que —si no muere— habrá tenido una idea brillante sin siquiera darse cuenta. Puede regresar adonde está Lincoln así, flotando, sin hacer ruido. Lo único que necesita es esperar a que los hombres la dejen atrás y luego ir río abajo en busca de Lincoln.

Llega al puente en cuestión de segundos, se da la vuelta y se mete de espaldas en el hueco. La cabeza toca las planchas de madera de la pasarela. No entra en calor y enlaza las rodillas con las manos. Nota algo rozándole el brazo —¿algas?— y no le gusta no poder ver qué hay bajo la superficie, pero eso significa que los hombres tampoco pueden ver nada.

No se oye más sonido que el del agua. Se acuclilla un poco más. Está más caliente dentro del agua que expuesta al aire. El puente es un arco y observa a través del espacio en forma de semicírculo que se abre entre la madera y el agua.

Ahí vienen: ve dos pares de pies en la orilla del riachuelo. No atisba nada por encima de las rodillas porque el puente le tapa la visión. Ve que un par de pies saltan el riachuelo, un salto sencillo, ve que aterriza un pie y luego el otro. Se alegra de que el que ha saltado no haya reparado en el puente o haya considerado que no necesitaba tomarse la molestia de utilizarlo. Espera a que el segundo par de piernas dé el salto, pero las piernas no se mueven.

«Vamos —piensa—. Vamos».

Pero el segundo hombre no cruza el riachuelo. El primer hombre salta de nuevo el agua en sentido contrario —¿lo habrá llamado el otro?— y se acerca al segundo hombre, como si estuvieran hablando.

No cree que se hubieran parado justo aquí si la hubiesen visto. A menos que esto tenga algo que ver con el juego. Que estén intentando hacerla salir de su escondite. Se desliza hacia abajo, gira la cabeza de tal modo que la mejilla se sumerge en el agua y puede verlos mejor a los dos. Miran en dirección opuesta y ve que uno de ellos es robusto y lleva la chaqueta holgada de Robby Montgomery. El otro es más pequeño y estrecho de hombros. El amigo de Robby, supone.

De modo que están aquí, piensa. Los tres.

En algún lugar cercano están la maestra, la chica, Lincoln y el monstruo sin cara con su blindaje e, imagina, la policía. En algún lugar cercano hay un bebé que llora en el interior de un cubo de basura y una madre perdida. Joan piensa en su hijo y sus montañas de personajes de plástico y en que hay veces en que esos personajes no están donde esperas que tendrían que estar. A veces, Thor ha caído detrás de un cojín del sofá y Iron Man pasa a ser la estrella del espectáculo. A veces, el Joker pierde un brazo y utilizas a Hiedra Venenosa como villano. Cambias el elenco. Lo replanteas todo.

Los hombres deben de estar a unos ocho metros de distancia. Le pasa entonces por la cabeza que ha perdido el bolso en algún lado. Empieza a temer la hipotermia. Piensa en la historia que le contaba su tío de cuando, siendo adolescentes, él y Larry, su mejor amigo, se encontraban cruzando en coche un puente sobre el río Tennessee y una mujer que circulaba en dirección contraria a ellos invadió su carril. El coche se estrelló contra los quitamiedos del puente y ambos chicos atravesaron el parabrisas y cayeron al agua. «¿Te dolió cuando atravesaste el cristal? —le preguntaba siempre—. ¿Te dolió cuando chocaste contra el agua? ¿Tocaste el fondo?». Su tío no podía responder a todas sus preguntas. No se acordaba de nada de lo que sucedió desde el momento en que su cabeza impactó contra el salpicadero cuando pisó el freno hasta que salió del agua, descalzo. «¿Te quitaste los zapatos mientras nadabas? ¿O los perdiste cuando volaste por los aires?». Lo que su tío recordaba la tenía fascinada —la sensación del lodo entre los dedos de los pies y el detalle de que la mujer que conducía el otro coche tenía el cabello blanco—, pero las partes con las que fantaseaba eran aquellas sobre las que no podía contarle nada. Se imaginaba allí y veía todas las cosas que él no recordaba.

«¿Salvaste a Larry? —le preguntaba—. ¿Gritaste para pedir ayuda?».

«Me quedé allí tendido —le respondía él—. Simplemente me quedé allí tendido en el barro, observando».

Empieza a desvariar de nuevo. Tiene el cerebro entumecido. Y los pies también, lo bastante entumecidos como para empezar a preocuparse pensando si será capaz de levantarse y, después, andar. Si no puede andar, no le servirá de nada a Lincoln.

Y los hombres siguen ahí.

No. Se mueven, se distancian el uno del otro. El delgado se aleja del agua y Robby Montgomery lo agarra por el brazo. Pero el más pequeño se suelta y hay algún tipo de movimiento que la oscuridad le impide ver bien, y luego pierde de vista al más pequeño.

Robby se queda un instante quieto y Joan está a punto de aprovechar la circunstancia para empezar a avanzar río abajo, cuando ve que se acerca alguien más. Un par de pies y unas piernas se mueven con cautela, y reconoce las piernas flacas y los vaqueros ceñidos incluso antes de ver toda la mata de pelo.

Ve el momento en que Kailynn se da cuenta de que tiene a Robby delante: el cuerpo de la chica se queda rígido. Ve el momento en que Kailynn se da cuenta de que el otro hombre armado está también allí: la chica gira, un cuarto de vuelta. Lleva algo en los brazos.

Joan no puede oír qué dicen. Si se retira un poco más, debajo del puente, no podrá ver nada.

Tal vez sea mejor.

Se sumerge más en el agua.

Le acerca la mano, muy lentamente. Dicen que a los perros hay que tenderles la mano y dejar que se acerquen, y piensa que a veces con los niños pequeños es igual y que con esta marmota también tiene que ser similar. Se dispone a cogerla, con cuidado, y la marmota se deja coger. Se acurruca contra ella mientras Kailynn prosigue su camino, enganchándole con las garritas las puntas del cabello. Su hermana pequeña hace igual, se acurruca contra ella cuando está asustada por algo. Kailynn avanza unos pasos. Hace un buen rato que no corre; no tiene sentido. No sabe dónde está y no sabe dónde va.

Pero no es verdad. Tendría que ir en busca de Lincoln y su madre. Tendría que haber dejado de correr hace ya cinco minutos, cuando vio que se caían, pero le resultó imposible detener sus propias piernas y, cuando por fin las controló, estaba completamente sola. Lo más probable es que ya estén muertos —ese Lincoln tenía un pelo precioso y le había sonreído—, pero tal vez no lo estarían si ella no los hubiese hecho entrar en el almacén. Creía que lo hacía por su bien. Se dijo que lo estaba haciendo para ayudar a la gente, aunque a lo mejor no fue así. A lo mejor lo único que quería era no estar sola. Su hermana pequeña le suplicó que no se instalara en otra habitación porque a veces tiene miedo a medianoche y le gusta acurrucarse a su lado —como una marmota—, pero Kailynn no está del todo segura de que la razón de seguir compartiendo habitación con su hermana sea que esta se lo suplicara. ¿Cómo saber si lo hizo por sí misma o por su hermana? Porque una cosa la convierte en buena persona y la otra en una egoísta y, si es una egoísta, lo más probable es que haya matado a ese niño y a su madre.

Acaricia la cabeza de la marmota.

De pronto ve una luz y de entrada piensa que es posible que haya encontrado el camino hacia la parte principal del zoo, pero luego se da cuenta de que la luz proviene de una forma amplia que se perfila entre los árboles y baja el ritmo hasta llegar a una tienda de campaña, parecida a las que utilizan en el ejército, con capacidad para al menos diez personas. Junto a ella hay un todoterreno destartalado. La tienda está iluminada por dentro y se ven las siluetas de tres hombres sentados en círculo, y se queda aterrada unos instantes hasta que cae en la cuenta de que son maniquíes. Otra decoración de Halloween.

Retrocede, cambia ligeramente la trayectoria y se aleja de la luz.

Ojalá tuviera más galletas de animales. O galletas Oreo o Famous Amos. No le gusta esta sensación en la boca. Su padre se reiría al saber que está pensando en galletas —sabe que lo haría— y recuerda entonces aquel día en que su hermana y ella estaban solas en casa y estaba preparando una taza de té cuando oyeron un ruido muy fuerte en la sala de estar y luego una carcajada espeluznante. Su hermana y ella se metieron corriendo en el cuarto de baño, pero, en cuanto se encerraron en su interior, Kailynn se dio cuenta de que se había olvidado fuera el teléfono, que lo necesitaban obligatoriamente para llamar a la policía, de modo que abrió la puerta del cuarto de baño muy despacio. Había un hombre delante… y empezó a gritar al instante, antes de reconocer que era su padre, que no podía parar de reír.

Le encanta gastarles bromas. Kailynn piensa que eso le hace acordarse de cuando era pequeño, antes de que llevara siempre traje y asistiera a charlas con los profesores y tuviera que recoger los vómitos del gato. Era hijo de un predicador y se cargó el coche dos veces antes de cumplir los dieciséis. Lanzaba pelotas de béisbol contra las ventanas a propósito. Una vez, capturó veintitrés gatos en una sola tarde y los tiró uno a uno a un tejado cogiéndolos por la cola.

Un gamberro. Esa es la palabra que utiliza para referirse a su antiguo yo. Los demás niños le tenían miedo. Los mayores le tenían miedo.

La gente dice de ella que es buena chica. Saca casi siempre sobresalientes y notables. Apenas aprobados. Ahorra dinero en el banco. Pero ahora le gustaría ser de ese tipo de chicas que prenden fuego a las cosas en vez de ser del tipo de chicas que repasan y corrigen sus propios deberes. Le gustaría saber cómo provocar sensación de miedo en los demás. Le gustaría haber trabajado ayer en vez de hoy y le gustaría haber llevado siempre encima espray de pimienta, como su madre le ha dicho que hiciera, y le gustaría haberse comido un Almond Joy frío, y le gustaría estar en casa metida en la cama, con sus almohadas mullidas, y le gustaría haber cogido de la mano a aquel niñito, Lincoln, y haber echado a correr con él y haberlo salvado, y le gustaría ser una mujer de un videojuego con pistolas en las caderas y canalillo en el escote. Le gustaría que su padre aún pudiera cogerla y llevarla en brazos, pero pesa demasiado.

La marmota tiembla contra su pecho y todos los sonidos que oye le parecen pasos. Se detiene, escucha y concluye que lo único que oye son las hojas.

Su padre era uno de esos chicos que terminan convirtiéndose en psicópatas o, al menos, eso es lo que dice la gente. Que cuando torturas animales estás destinado a convertirte en un asesino en serie. Pero se convirtió en su padre y no tiene ninguna maldad. Lo ha visto llorar con los anuncios de la tele.

Oye delante un ruido de agua corriendo y cree percibir de nuevo pasos. Se acerca para ver si puede vislumbrar algo moviéndose entre los árboles.

Ve el riachuelo y le parece oír una voz, pero cuando se para a escuchar no oye nada más. Se esconde detrás de un árbol, y espera y observa. Permanece allí durante lo que le parece una eternidad, acaricia a la marmota y camina con cautela hasta que llega justo a la orilla del agua, y piensa en si debería cruzarla, y entonces... —los profesores le dicen que tiene un problema de concentración, que a menudo divaga—, y entonces levanta la vista y descubre que tiene enfrente a Robby.

—Hola —dice, como si estuviera en los pasillos del instituto y él hubiera aparecido a su lado mientras guardaba los libros en la taquilla, como si no estuviera allí con su arma y lo que le parece un cinturón con balas colgado al hombro. Se siente avergonzada por haberle dicho hola y eso también es de idiotas, sentirse avergonzada, pero ya no puede dar marcha atrás.

Y entonces nota que tiene a alguien detrás y, cuando se gira, ve que hay otro hombre.

Es más pequeño que Robby y, si es el mismo que ha entrado antes en el restaurante, le había parecido más grande. Ahora lo mira y piensa que no parece ni siquiera más fuerte que ella, que es el tipo de chico al que podría derrotar echando un pulso, pero lleva un arma en cada mano, una grande y otra pequeña. El chico le sonríe, una sonrisa amistosa que le seca todavía más la boca.

—¿Haciendo amistades? —pregunta, dirigiéndose claramente a Robby.

Robby no dice nada. No ha dicho palabra.

Kailynn mueve el cuerpo hasta quedarse en un ángulo que le permite vigilar los movimientos de los dos. Retrocede un par de pasos, con cuidado de no caer al riachuelo. Sujeta a la marmota con tanta fuerza que el animal intenta liberarse. Espera que no le hagan ningún daño a la marmota. Da un tercer paso y un cuarto, y una rama se parte bajo su pie y se sobresalta.

Ellos se limitan a observarla. Las sombras que proyectan los árboles se mueven sobre sus rostros y son tan oscuras que hacen imposible adivinar su expresión.

—¿Una última copa? —pregunta el que Kailynn no conoce.

Al principio se siente aliviada cuando ve que tira las dos armas al suelo. Pero luego se acerca a ella a tal velocidad que ni siquiera le da tiempo a levantar las manos antes de que él la obligue a girarse y la inmovilice con la espalda contra su pecho, que es duro como el metal.

—¿Y tu gran huida? —pregunta Robby y ella lo mira a los ojos. No piensa apartar la vista. No sabe por qué, pero le parece importante.

—¡Si incluso tiene el pelo como un puto *squab!* —dice el que la retiene—. ¿Te has preguntado alguna vez si podrías partirle el cuello a alguien solo con las manos? Mi primo decía que eso es solo en las películas, que en el cuello tenemos demasiada musculatura, pero me parece que esta no tiene mucha.

Kailynn no ve al que habla porque la tiene sujeta de tal manera que le resulta imposible. Nota que mueve las manos entre su pelo, que la agarra por las trenzas y que le echa la cabeza hacia atrás, con fuerza, y nota que parte de las extensiones se sueltan, que el cuero cabelludo le escuece. Sigue tirando hasta que se le queda la cara apuntando hacia los árboles y tiene el cuello doblado hacia atrás. Sigue mirando fijamente a Robby, a duras penas.

Desea decir algo valiente. Desea escupir al hombre que la sujeta o morderle o decirle que no es lo bastante fuerte como para hacerle daño con esos brazos de palillo, pero no puede hablar porque le está apretando la garganta con los dedos y ejerce tanta presión que piensa que le dejará moratones.

Mira a Robby. Sigue sujetando el arma. Su expresión no le permite adivinar qué piensa.

—Ayúdame —balbucea Kailynn.

—Os advertí que fuerais a los leones marinos —dice Robby, o Kailynn piensa que dice eso.

Patalea y le da la sensación de que le ha dado al hombre pequeño en la espinilla, pero no sirve de nada.

Las nubes se mueven por encima de los árboles. Sujeta con ambas manos las muñecas del hombre y le clava las uñas; ha soltado a la marmota.

Piensa en su padre. Piensa en su padre cuando lanzaba gatos a los tejados. Contaba que lo hacía como si practicara el lanzamiento de disco y que se sentía muy satisfecho cuando los soltaba y los veía volar por los aires.

Nota la piel bajo las uñas. Nota sangre en los dedos. El hombre refunfuña en su oído y lo único que Kailynn siente ahora es cómo él la estruja. Está girándole la cabeza con ambas manos, literalmente, y nota cómo uno de sus dedos se le hunde en una parte blanda de la oreja. Aspira una bocanada de aire. Duele.

Robby dice algo.

—Ya estamos casi —susurra la voz cerca de su oído.

Alguien grita. No puede oír bien y no está siquiera segura de que la voz sea real, pero las manos que le sujetan el cuello aflojan la presión. Amortigua la caída con las manos. Las hojas del suelo se le pegan en los dedos ensangrentados.

Cuando respira hondo, el sonido no es humano.

Busca la marmota entre las hojas y no la ve. Luego levanta la vista hacia Robby y ve que está allí, de pie, y se da cuenta de que está más enfadada con él que con el hombre que ha estado intentando arrancarle la cabeza del cuerpo.

Pero Robby mira más allá de donde está ella. Kailynn se gira, su respiración sigue siendo horrorosa, y ve una mujer caminando por el riachuelo, como un monstruo del pantano.

«¡Robby Montgomery!», es lo que grita la mujer, solo una vez, o a lo mejor lo ha dicho ya un montón de veces y es la primera vez que los oídos de Kailynn funcionan bien.

Es la madre de Lincoln, completamente empapada. Lincoln no está con ella y Kailynn se estremece de pánico.

La marmota está a sus pies. La coge, está caliente. Todo el mundo excepto ella se pone en movimiento.

La madre de Lincoln está saliendo del agua.

El hombre que estaba estrangulándola se abalanza hacia el lugar donde tiró las armas.

Robby está apuntando con su arma a la mujer.

—La señora Powell me pidió que te dijera… —empieza a hablar la madre de Lincoln, que está tan cerca de Kailynn que esta oye incluso el agua que gotea sobre las hojas del suelo.

El estrangulador ha cogido la pistola, pero por el lado contrario al correcto, y está manipulando el arma a la vez que intenta situarse en el ángulo adecuado para apuntar a la mujer. Robby ha levantado su arma, que ahora apunta al cielo, aunque no la ha soltado. Kailynn tiene la sensación de que algo se ha roto en su garganta.

—La señora Powell me dijo que quiere hablar contigo —continúa la madre—. La señora Powell dice que quiere hablar contigo una vez más.

La madre de Lincoln está intentando colocarse delante de ella, piensa Kailynn. La mujer se acerca muy lentamente. Ahora, el agua que le gotea del pelo salpica los zapatos y los muslos de Kailynn.

Robby Montgomery continúa observándolas.

—No me importa —dice y baja el arma hacia ellas, y Kailynn piensa: «Bueno, le ha importado un poco, lo que duran tres segundos», y ve que el estrangulador apunta con la pistola, y piensa en su padre y aquellos gatos.

Les lanza la marmota.

No tiene buena puntería, no les da ni al estrangulador ni a Robby. Pero la marmota pasa rozando la cara del estrangulador, que pega un salto hacia atrás, pierde el equilibrio y cae en la maleza. Robby Montgomery se queda mirando a su amigo y entonces Kailynn ya no ve nada más, porque la madre de Lincoln está encima de ella, un peso mojado. Es más fuerte de lo que aparenta. Levanta a Kailynn, tira de ella, le grita al oído y la empuja hacia la orilla, hacia el agua.

Kailynn cae primero de cara, traga agua y entonces oye los disparos.

20:05

Joan oye los disparos, pero no los siente. Llegan espaciadas, las balas, y mientras procura mantener la cabeza baja, la barbilla rozando el agua, y las manos y los pies se hunden en el lodo y las algas, se pregunta si Robby Montgomery y el otro hombre las verán con claridad. Ella apenas vislumbra sus propias manos en el interior del agua, por lo que está segura de que ellos no podrán ver mejor, lo cual explica por qué aún no está muerta.

Nota que se le clava una piedra en el muslo, una explosión de dolor. Kailynn tiene arcadas, posiblemente esté vomitando, pero la chica se arrastra también hacia el puente con toda la rapidez con la que Joan es capaz de remolcarla.

Están ya debajo del puente. No a salvo, pero más a salvo, aunque sea por unos segundos. Los disparos han cesado.

—Continúa —le susurra a Kailynn, mientras ve cómo los dos pares de pies se dirigen hacia el puente, porque, claro, ¿hacia dónde podrían haber ido Kailynn y ella si no es hacia el puente?

Empuja a la chica y salen de debajo del puente, retrocediendo, y por un instante las planchas de madera les impiden ver por completo a los hombres. Pero enseguida distingue el vago perfil de las cabezas y se da cuenta de que no se mueven. Hay algún tipo de tira y afloja entre ellos. ¿Será que uno intenta convencer al otro de ir en dirección contraria? De tratarse de una discusión, dura poco, puesto que en un abrir y cerrar de ojos cruzan el riachuelo corriendo y se dirigen hacia el bosque situado en la otra orilla.

Se pregunta si Robby Montgomery habrá disparado alguna vez su arma. No la mató cuando la vio salir del agua y estaba completamente indefensa, pero ahora no hay tiempo para reflexionar sobre eso.

—Tranquila —le dice a Kailynn, que ha tropezado, se ha sumergido en el agua y ha sacado la cabeza de nuevo, escupiendo.

Pasa un brazo por debajo de la chica y la levanta, le quita el agua de la cara y nota el peso del cabello de la chica en el brazo, ve que el cuello muestra una fragilidad tremenda, pero no pueden detenerse y sigue empujándola para que avance.

Se ponen en marcha y Joan ve que Robby Montgomery y el otro hombre se alejan del riachuelo para adentrarse en la arboleda. Pero no se fía, porque no puede fiarse de nada.

Nota fuertes punzadas en la pierna y empieza a preguntarse si lo que se le ha clavado era una piedra u otra cosa. Se concentra en la frialdad del agua, en el lodo en las manos y piensa en cómo, durante su primera excursión al lago, Lincoln se quedó mirando el agua, receloso, y le preguntó: «¿En América hay hipopótamos?». No hay nada en el mundo que desee más que volver a sentir el peso de su cuerpo.

Kailynn y ella están ya a una buena distancia del puente, avanzando aún boca arriba por el agua negra. Joan apenas alcanza a ver a los hombres armados: se han transformado en meras sombras. Mientras intenta que sus manos y sus pies se muevan a más velocidad, uno de los hombres levanta un brazo hacia el riachuelo y entonces alguien lanza una piedra al agua, que da saltitos sobre la superficie.

Joan sabe de inmediato que no es posible, pero el sonido es ese, el de una piedra que salta sobre la superficie del agua tres o cuatro veces. Medio segundo después de ese sonido, escucha cuatro estallidos en el aire, uno después de otro. A continuación, uno de los hombres cae de rodillas y grita.

Y entonces lo entiende.

Las balas no impactan solo en el agua, sino también en el suelo, levantando las hojas; no es una lluvia de balas, nada que ver con lo que sale en las películas, sino una serie de disparos, delineados. Más similar a lo que recuerda de la caza de palomas: el estallido de un disparo, su padre recargando el arma y luego otro estallido.

Mira en dirección a los hombres y adivina que el que ha caído de rodillas en el suelo es Robby Montgomery. Vislumbra la anchura de sus hombros y el movimiento de la chaqueta. El otro hombre está corriendo.

Alguien está disparando a los hombres armados.

Se ven luciérnagas que deben de haberse espantado con los disparos. Centellean entre los árboles. Robby Montgomery cae sobre sus codos y, luego, deja de moverse. Ya no lo reconoce como una persona, ahora es una forma oscura en el suelo. Un montón de hojas. Un tronco.

El otro sigue corriendo.

Joan vuelve la cabeza hacia el otro lado del riachuelo y ve que por fin llega la policía. Hay dos grupos y avanzan en formación de triángulo: un hombre a la cabeza, dos hombres detrás del primero, uno a cada lado; le recuerda a los gansos, solo que aquí hay también otro hombre detrás.

Hay un tercer grupo que aparece entre los árboles, salvadores que llegan por todas partes, solo que la formación aquí no es completa. Están amontonados, un amasijo de brazos y armas levantadas apelotonado en torno al centro y formando ángulos extraños; guardan silencio. Siguen lloviendo balas —Joan las oye, cree, una tras otra, un silbido en el aire, un sonido distinto al chasquido del disparo— y cada vez suenan más fuerte. Más armas. Más balas pasando por encima de ella, aterrizando a escasa distancia. Desde aquel primer estallido de disparos, no han caído más balas al agua, pero siguen muy cerca.

Se sumerge todo lo que puede.

El hombre que corre está gritando, pero es imposible descifrar qué dice.

Las luciérnagas destellan, rítmicamente.

Consigue coordinar las manos y los pies lo suficiente como para retroceder, para alejarse aún más, pero la muñeca lesionada le falla y se hunde en el agua. Ahora es Kailynn quien la ayuda a salir y ve que tiene algas enrolladas en el brazo… No, son los dedos de la chica que la enlazan por la muñeca, que envuelven el vendaje que ella misma le ha hecho antes. Joan expulsa agua por la nariz.

«Vamos, vamos, vamos», se dice a sí misma.

Nadie te cuenta que la realidad es así.

Nadie te cuenta que no puedes diferenciar los buenos de los malos, que el ruido es tan intenso que no solo te deja sorda, sino que además te ciega porque no puedes evitar cerrar los ojos y que, como hay sonido y movimiento por todas partes, no sabes en qué dirección ir.

No entiende por qué hay tanto humo.

Uno de los hombres —¿de los buenos?— ha llegado casi al riachuelo, está a escasos metros de ellas, y parece muy alto. Es el vértice del triángulo y ni corre ni anda, sino que avanza con una combinación de ambas cosas, con rapidez y con un ritmo regular. Se acerca lo bastante como para permitirle apreciar que lleva una especie de orejeras para protegerse los oídos, aunque no logra verle la cara; le gustaría verle la cara. No quiere incorporarse de repente y sobresaltarlo, porque entiende que no es más que una forma en la oscuridad y a saber qué haría el hombre si lo sorprende de ese modo.

Lleva el arma preparada y Joan ve un destello cuando el hombre aprieta el gatillo. No sabía que es posible ver la bala cuando sale de un rifle.

No hay luciérnagas, ahora se da cuenta.

Ve que el hombre que no es Robby Montgomery cae al suelo, pero sigue disparando. Ve que se arrastra hasta situarse detrás de un pino y entonces se vuelve prácticamente invisible para ella...

«Muévete», se recuerda.

Algo atraviesa el aire justo delante de ella. Esta vez percibe un golpe de calor que le calienta la mejilla.

Lincoln podría estar dando vueltas por el bosque, piensa, y podría tropezarse directamente con este o con cualquier otro grupo de hombres armados —sabe Dios cuántos policías habrá ahora por aquí, apostándose, y, una vez que por fin han decidido intervenir, no van a andarse con chiquitas—, y Lincoln no tiene ni idea de lo que significa el sonido de las balas. Lincoln no sabe nada y podrían matarlo en un segundo. Es tan pequeño, tan difícil de ver entre tanto humo y tantos cuerpos...

Algo vuelve a salpicar el agua, cerca de donde tiene los pies. Está ahora a cuatro patas, intentando aún pasar desapercibida, pero cobrando velocidad, y Kailynn está a su lado. Joan se dice que, si el tiroteo cesa, gritará para pedir ayuda y que confiará en que la policía reconozca la voz de una mujer y no le disparen. Pero el tiroteo no cesa. Kailynn y ella coordinan el movimiento de manos y rodillas, como los remos de una canoa —dentro y fuera—, e ignora el frío e ignora su cuerpo entero, las muñecas vacilantes, los pies entumecidos y todas sus partes débiles y desesperanzadas. Cuando mira de nuevo por encima del hombro, no vislumbra ninguna forma humana. Tal vez los policías se hayan adentrado en el bosque persiguiendo al hombre armado. Solo ve árboles y oye el sonido más amortiguado de las balas.

Permanecen en el agua un rato más, parece que hayan recorrido kilómetros, aunque se imagina que serán poco más de cien metros.

—Salgamos de aquí —le dice en voz baja a Kailynn y por primera vez cae en la cuenta de que la chica no ha pronunciado palabra—. ¿Estás bien?

—¿Dónde está Lincoln? —pregunta la chica cuando salen del agua y alcanzan la orilla fangosa.

Joan pierde el equilibrio y le cuesta estabilizarse.

—Lo he escondido bajo un arbusto. Tenemos que ir a buscarlo. Las balas… —dice, y la falta de aire le impide acabar la frase.

Se incorpora. Tiene la falda pegada al cuerpo y, milagrosamente, sigue entera. Kailynn se está levantando también. Joan ayuda a la chica cogiéndola por un brazo y piensa que es todo lo contrario a Lincoln, tan compacto y tan sólido. Ella, en cambio, parece que tenga los huesos de porcelana, de cristal, parecen las asas de las tacitas de té.

La chica le recuerda a todo tipo de cosas preciosas. Joan no entiende por qué ha tardado tanto en darse cuenta de ello. Es evidente que no se da cuenta de nada si es incapaz de ver a la chica que tiene enfrente, a esta chica con cintas rojas a modo de pelo y piernas que parecen una figura de origami, que fríe aros de cebolla y cuyo padre se hace voluntariamente una herida por ella.

—¿Que lo has escondido? —repite Kailynn.

—Teníamos a esos hombres encima —le explica Joan y la visión se le vuelve un poco borrosa.

Intenta mantener el equilibrio. Coge la falda por ambos extremos y se la levanta por encima de las rodillas. Baja la vista, ve que está pisando pinaza y comprueba que no nota la diferencia entre el pie que lleva calzado y el que no. Lo cual es mejor. La ausencia de sensaciones resulta útil. Corre y se siente bien, se siente como cuando lleva recorridos diez o doce kilómetros, ligera, la mente desconectada. Pero sigue dando traspiés y se ve obligada a irse apoyando en los árboles. Necesita conectarse con su cuerpo, porque el cuerpo le falla.

—Lo encontraremos —le dice a Kailynn.

—Lo encontraremos —replica Kailynn.

El pelo de la chica se mueve arriba y abajo mientras corre y Joan piensa en lo malo que era su plan de ir al encuentro de esos hombres sin haber reflexionado previamente sobre lo que iba a decirles, excepto pronunciar el nombre de la señora Powell, como si fuera un talismán, una espada mágica con la que conquistar a Robby Montgomery. Es una suerte que Kailynn y ella no estén muertas a estas alturas, pero el hecho es que no lo están, así que tal vez el plan no era tan malo.

Joan no siente ninguna parte de su cuerpo excepto la pierna, el dolor que le sube hasta la cadera, y sigue tropezando. Pero corre de todos modos y nada de lo poco que ve le resulta familiar, aunque justo cuando el pánico empieza a manifestarse discierne la araña colgando entre los árboles —simplemente una masa amorfa iluminada— y se dirige hacia allí. Lo llama, en voz baja, aminorando el ritmo. Está a tres metros de distancia. A un metro y medio, y vuelve a llamarlo.

Nadie responde.

—¿Estaba aquí? —pregunta Kailynn.

—Está aquí —dice Joan.

Llega a la araña, extiende el brazo y le toca una pata; la araña se mueve. Está segura de que es la misma. Recorre el bosque con la mirada... El arbusto, ¿cuál era?

Allí. Cree que es allí.

El tiroteo se ralentiza a lo lejos, como las palomitas cuando ya están casi todas hechas.

Corre hacia el arbusto, pero de pronto se descubre gateando y, cuando alcanza a tocar las ramas, tiene la cabeza en el suelo y las rodillas clavadas en la tierra. Levanta las ramas y mira debajo.

No está.

—¿Lincoln? ¿Lincoln? —lo llama igualmente, incapaz de apartar la vista del suelo vacío, de las ramas vacías, del espacio que Lincoln no ocupa—. ¿Lincoln?

Le gustaría pronunciar el nombre con más potencia, pero le falla la voz. Se incorpora y echa a correr en otra dirección, se detiene y prueba con otro arbusto.

No se le ocurre cómo buscarlo. No tiene un patrón que seguir. Lincoln nunca se escapa. Siempre va de su mano. Solo lo perdió en una ocasión, en la feria, y lo encontró en treinta segundos.

—¿Lincoln? —susurra, bajando la voz en vez de subir el volumen—. ¡Lincoln! —grita. De pronto, la voz empieza a funcionar y el nombre de su hijo resuena alto y claro y le da igual que puedan oírla. Kailynn lo llama también.

Su hijo ha obedecido a la perfección. Dondequiera que esté, no emite ningún sonido. Estaba segurísima de que estaría tan asustado que no se aventuraría a salir de allí, pero lo ha juzgado erróneamente. ¿Y ahora qué?

Hay posibilidades que no está dispuesta a considerar. No tiene que considerarlas mientras siga buscando.

Empieza a correr en círculos, cada vez más amplios, alrededor del arbusto donde lo ha dejado. Cae al suelo y evita que el golpe sea mayor amortiguándolo con las manos. Se incorpora.

Joan mira bajo los arbustos y se acerca a cualquier rama que se mueva. Pasa otra vez junto a la araña colgante y pasa por delante de veinte árboles que le parecen completamente iguales, por delante de un tronco hueco, por delante de un pino joven envuelto en hiedra. Hay un fantasma de plástico colgando, sin luz, en forma de campana.

Se para, cambia el peso del cuerpo de una pierna a la otra y sabe que algo no va bien. Se agacha y se da cuenta de que tiene los dedos de los pies cubiertos de sangre. Pero como no siente dolor, no le da importancia.

Kailynn sigue llamando a Lincoln.

Joan se concentra en el suelo, que antes le parecía el mismo fragmento de hojas y madera podrida repitiéndose eternamente, pero que, ahora que se fija bien, descubre que está lleno de detalles. Hay luz de luna suficiente como para ver pequeñas setas y unos brotes de serpentina. Un globo desinflado aún con el hilo. Un caldero de bruja de plástico volcado en el suelo. Una solitaria guirnalda de luces blancas que rompe la oscuridad. Evita la luz y levanta las ramas de un sauce. Pasa de nuevo por delante del pino cubierto de hiedra y aparta la hiedra. Es densa, impenetrable, y sigue sin encontrar ni rastro de Lincoln.

No existen palabras para describir la sensación que percibe en el interior de su caja torácica, latiendo con fuerza. Es como un grito, pero con puños y garras. No está dispuesta a dejarla salir.

Ve otra vez la araña con luz, no es más que una forma vaga que cuelga entre los árboles. Observa de nuevo todo lo que ya ha mirado y allí está aquella guirnalda de luces blancas sin ningún sentido, y un bulto que podría ser una glicina muerta. Se acerca a la glicina, que es lo suficientemente grande como para ocultarlo. A la izquierda vuelve a tener el caldero de la bruja y esta vez ve lo que no ha visto la primera vez.

Se para en seco.

El caldero tiene una inclinación que podría sugerir que hay algo debajo. Que podría sugerir que se apoya sobre un pequeño tobillo o un pie.

«Soy una tortuga, soy una tortuga, soy una tortuga».

Piensa en cuando se esconde debajo de la alfombra, con la cabeza asomando.

Sabe que ha acertado antes incluso de levantar el caldero, sabe que ha seguido un fino hilo que conecta su cerebro con el de su hijo. Entre ellos corren millones de hilos como este, de cerebro a cerebro, hilos que le dicen en qué momento Lincoln empieza a tener hambre y cuándo está a punto de romper a llorar y que le dicen que le gustará la idea de utilizar trocitos de malvavisco para fabricar unas botas para sus astronautas. A veces, los hilos se enredan; después de todo, estos hilos le habían dicho que Lincoln se quedaría bajo el arbusto. Pero ahora está ante un hilo perfecto, blandito y cálido como el pelo de Sarge y plateado como el casco de Thor, y el hilo la conduce hasta él.

Levanta el caldero de plástico barato con una mano y ahí está, hecho una pelotita como una cochinilla. Es la misma postura que recuerda que decían que había que adoptar cuando, de pequeña, hacían ejercicios de simulacro de tornado. Se cubre la cabeza con los brazos y no levanta la vista.

Retira el caldero. Se arrodilla.

—¿Lincoln?

—Mamá —dice él, mirándola con una sonrisa, y el cuerpo de ella deja de funcionar. Ni siquiera puede abrazarlo, pero entonces él se pone en movimiento y esto la lleva a moverse también. Lo coge por debajo de los brazos y lo arrastra por las hojas, y lo siente pegado a ella, tan cálido. Tan sólido, tan pesado.

La sensación similar a un grito de su interior se evapora en el instante en que lo siente a su lado, se disuelve en el aire, en la sangre y en los huesos. Acaricia a su hijo, que parece sereno, aunque tiene la cara mojada.

—¿Sabes lo que era? —le pregunta Lincoln al oído.

De entrada no puede hablar. Traga saliva.

—Una tortuga —responde.

—¡Sí! —susurra él, eufórico, enterrando los dedos entre el cabello de ella—. ¿Por qué estás tan mojada?

Retira las manos de su pelo empapado. Ella se las coge y lo abraza y, a pesar de que el frío le cala los huesos, piensa que jamás se había sentido tan aliviada.

—Me he caído al riachuelo —le dice.

—Oh. ¿Y qué eran esos ruidos? ¿Disparos? ¿Más disparos?

Apenas se oyen disparos ya.

—Ha llegado la policía —le explica en voz baja—. ¿Y por qué no me respondías cuando te llamaba?

—No te he oído. Había desaparecido.

Joan se impulsa para levantarse y le da la mano a Lincoln, porque no cree que pueda llevarlo en brazos. Tendrían que regresar a la entrada del zoo, quizá… No, seguro, porque, fuera lo que fuese lo que estaba pasando, ya ha terminado.

—¿Está bien? —pregunta Kailynn, que aparece detrás de ellos, jadeando.

—Sí —responde Joan, intentando dar un paso—. Está bien. Vamos.

Cuando Kailynn se coloca a su altura, se fija en que la chica tiene hojas entre el cabello.

—¿Qué sucede? —quiere saber Kailynn.

Joan no sabe por qué se lo pregunta, pero entonces se da cuenta de que está otra vez arrodillada. Le confunde, de entrada, notar el suelo tan mojado.

Siente dolor.

Ha oído decir que la gente no se entera cuando recibe un disparo... ¿Quién lo dijo? ¿Un personaje real o de ficción? Pero ahora lo nota. Le recuerda a cuando su padre le pilló sin querer la mano con la puerta de casa cuando era pequeña —su padre no sabía que la tenía detrás— y el dolor era tan grande que no lo notó de entrada.

Kailynn le da la mano, tira de ella. Joan baja la vista y ve que la sangre brota a tanta velocidad de su pierna que empieza a formar un charco en el suelo.

Kailynn deja de tirar de ella.

—Oh —dice la chica, su cara muy cerca de Joan. La suelta con mucho cuidado—. Oh.

Joan se lleva la mano al costado y descubre que también está mojado y que no puede mover las piernas. Oye también que sigue habiendo pasos en el bosque, no lo suficientemente lejos de donde están, y no está segura de si el tiroteo ha cesado por completo.

Quedarse allí no es seguro.

—Llévatelo —le dice a Kailynn, moviendo la cabeza en dirección a Lincoln—. Id hacia los recintos de los animales. Sentaos donde podáis y esperad a que llegue la policía y os ayude.

Le gusta esa imagen. No la de las figuras borrosas de los policías en el bosque, sino la de un muro sólido de hombres y mujeres uniformados, sin armas por ningún lado. Ellos se encargarán de explicarle a su hijo que esto ha terminado. Le harán sentirse sano y salvo. Encontrarán a la señora Powell y le curarán la rodilla y luego verificarán todos los recovecos, todos los escondrijos y todos los cubos de basura. Descubrirán un bebé y encontrarán una madre y, naturalmente, el bebé y la madre se reunirán de nuevo. Tiene que acabar así, por supuesto.

Lincoln se agarra a ella con ambas manos.

—No —dice, negando con la cabeza, los ojos abiertos de par en par—. No.

—Ve —le ordena Joan y lo empuja para apartarlo de ella.

Pero entonces tira de nuevo de él, porque no puede evitarlo, porque no puede dejarlo marchar sin antes volver a abrazarlo. Tiene una rodilla apoyada en el suelo y la otra pierna estirada detrás. Lo abraza y presiona la cara contra la sien de Lincoln, inspira hondo para capturar todo su olor, que es cambiante y a la vez es siempre el mismo y que en estos momentos le recuerda el aroma del pan. Se esfuerza para que todas las células de su cuerpo recuerden esto —la mano de él entre su cabello, la piel suave del pómulo, «mamá»—, para que, si hay algo que pueda guardar siempre consigo, sea esta sensación.

—Eres mi chico. Vete con Kailynn. —No, comprende, esto no es justo. Lincoln necesita algo más. Necesita entenderlo—. Yo tengo que esperar aquí. De momento. Hasta que lleguen los médicos.

Lincoln está llorando.

Se obliga a soltarse de la mano de su hijo, se obliga a soltarlo por completo, por mucho que el momento en que la piel de él se convierte en algo separado de su propia piel resulte insoportable.

—Quiero quedarme contigo —dice el niño.

Kailynn se acerca a él, le coge la mano, enlazan los dedos. Se marcha con ella diciendo «vale» con esa voz temblorosa que utiliza a veces y a Joan la cabeza le da vueltas. Pierde el sentido de las cosas durante un largo instante y entonces abre los ojos de nuevo.

Las luces que cuelgan entre los árboles le parecen ahora bellísimas. No sabe cómo no se ha dado cuenta antes. Hay guirnaldas de color blanco, como perlas o lunas, y se ve una bola anaranjada a lo lejos y luces rojas y azules que parpadean y se reflejan en los árboles.

Sigue de rodillas. No, está tumbada boca abajo. Enseguida se incorporará, pero por un momento ve a Lincoln marcharse corriendo, de la mano de Kailynn. Corre más de lo que cabría esperar, con esa forma de correr tan poco elegante que a ella le encanta, los pies hacia los lados. No es rápido, no es lineal, pero todo él está en movimiento: hombros, pies, manos y codos se mueven en todas direcciones. No está hecho para la aerodinámica su niño.

Nota sabor a sangre. A lo mejor ha vuelto a morderse el labio.

Lo ve más grande cuanto más se aleja y tiene consciencia suficiente como para comprender que eso no es lógico. Pero Lincoln llena toda la pantalla que tiene delante, oculta incluso las ramas inclinadas de los pinos. Solo está él. Y las luces. Luces brillantes que se expanden por el cielo como las cintas del palo de mayo de cuando iba a sexto y llevaba un vestido de color lavanda y levantaba la vista para mirar su cinta, larga y ondulante —«Prestad atención, niñas», decía la señora Manning, que era la responsable de todo el montaje, «esto es complicado»—, y entonces enlazaba su cinta con las de las demás, primero hacia dentro y luego hacia fuera, y las cintas de color sorbete inundaban el cielo, y al final de cada cinta había un par de manos sujetándola con fuerza —los dedos de Kailynn tirando de su camiseta, la mano de Kailynn enlazada con la de Lincoln, las cintas entrelazándose—, y así es como son ahora las luces. Bellas.

Hay cosas bellas. Presta atención.

Se le ha metido el pelo en la boca y sacude la cabeza. El suelo está mojado.

Lincoln. No sabe dónde está. Necesita levantar la cabeza.

Vuelve a perderle la pista, pero entonces, cuando gira la cabeza, lo ve a lo lejos, sus rizos enredados, y ve que está rodeado de gente vestida de oscuro, arrodillada. Cuando los adultos tienen el detalle de intentar no parecer gigantes a su lado es agradable. Pero no está segura de si está realmente allí hablando con la policía o si es que sus pensamientos empiezan a volverse confusos.

«Te voy a contar una historia sobre un niño llamado Steve que de mayor se hizo jinete».

«Te voy a contar una historia sobre robots y láseres».

«Te voy a contar una historia sobre cuando me case, mamá. Tendré esposa. Se llamará Lucy. Tendré cinco niños y cinco niñas. Pero crecerán en mi barriga, no en la de ella, como con los caballitos de mar».

Desea escuchar su historia. Cerrará los ojos para oírlo mejor.

Necesita cerrar los ojos, porque las cintas de luz tienen un brillo demasiado intenso.

No, las cintas no. Es una sola luz.

Un hombre con una linterna se inclina sobre ella.

—¿Señora? —dice. Está arrodillado y la luz ha desaparecido—. Se pondrá bien. —Nota una presión fuerte en la pierna—. Aguante un segundo más. Ya llega la ayuda.

Lleva una camisa oscura y percibe el destello de una cosa brillante en el pecho. Piensa que debe de ser el señor Simmons, un profesor que tuvo en quinto que leyó un ensayo que ella escribió y le dijo que algún día llegaría a ser alguien.

—Lincoln —dice Joan.

—¿Su hijo?

El hombre le aparta el pelo de la cara y lo hace con mucha delicadeza.

—¿Un niño moreno? —le pregunta.

Joan tiene los ojos cerrados. Desea abrirlos.

—Lincoln —repite.

Tiene la sensación de que lo dice.

Tiene la sensación de que el tiempo pasa. Nota que la cogen, que la levantan. Hay voces, pero no pronuncian palabras. Hay más luces. Hay formas que se mueven a su alrededor.

Percibe el contacto de unos deditos en la mano.

Se mueve un poco y la mano de Lincoln se encaja en la suya. Tiene la sensación de que Lincoln ha pronunciado su nombre. Tiene la sensación de que percibe su aliento, caliente. Tiene la sensación de que percibe la piel de Lincoln junto a la suya y que las puntas de sus deditos se pasean por la palma de su mano, contándole todas las historias que ha oído en su vida.

AGRADECIMIENTOS

Quiero dar las gracias a Laura Tisdel, mi amiga, que renovó mi sueño ridículo de que llegaría un día en que descubriría un editor brillante y que además todo sería tan divertido como una fiesta de pijamas. Y el proceso ha sido realmente así: una fiesta de pijamas brillante y de largo recorrido. Tanto Frankie Gray como Anne Collins me han ayudado a esculpir el libro para convertirlo en una versión más ligera y mejor de sí mismo. Estoy inmensamente agradecida a Kim Witherspoon por aconsejarme que complicara las cosas y por gestionar una combinación impresionante de competencia y encanto. William Callahan me ayudó con una inteligente y concienzuda lectura que dio una riqueza mucho mayor al libro. Gracias, Jason Weekley, por tus conocimientos sobre armas y tu temprana y útil verificación de la información que se incluye. Mi agradecimiento también para mi hermano Dabney por explicarme lo que sucede cuando disparas a distintos objetos (y gracias por lo de las cabras).

Un agradecimiento especial para mi madre, Gina Kaye Phillips, por todas las historias que aportan más de cuatro décadas dedicadas a la enseñanza. Gracias a Hannah Wolfson por una útil y temprana conversación y a Donny Phillips por sus correrías gatunas. Me gustaría asimismo agradecer las referencias que en el texto se hacen a *Buenas noches, Luna,* de Margaret Wise Brown; *The Highwayman,* de Alfred Noyes; y *That Hell-Bound Train,* de Robert Bloch.

Finalmente, gracias a Fred, el mejor marido y el mejor lector del mundo.